GOLDMANN

Peter Zeindler, geboren 1934 in Zürich, studierte Germanistik und Kunstgeschichte. Nach der Doktorpromotion war er mehrere Jahre Dozent an verschiedenen Goethe-Instituten und Redakteur beim Schweizer Radio. Seit 1974 lebt er als freier Schriftsteller in Zürich. Viermal mit dem Deutschen Krimi-Preis ausgezeichnet, gilt Zeindler als der wichtigste deutschsprachige Autor von Politthrillern. Von ihnen sind außer dem vorliegenden Band als Goldmann-Taschenbücher erschienen:

Die Ringe des Saturns (5200)
Schattenagent (9970)
Tarock (5194)

Peter Zeindler

FEUERPROBE

Roman

GOLDMANN VERLAG

Ungekürzte Ausgabe

Umwelthinweis:
Alle bedruckten Materialien
dieses Taschenbuches sind chlorfrei, umwelt-
freundlich und recyclingfähig.

Der Goldmann Verlag
ist ein Unternehmen der Verlagsgruppe Bertelsmann

Made in Germany · 1. Auflage · 4/93

Umschlagentwurf: Design Team München
Umschlagfoto: Hesser, Paris
Druck: Elsnerdruck, Berlin
Verlagsnummer: 41318
MV · Herstellung: pap
ISBN 3-442-41318-4

Feuerprobe

I

Woher dieses Geräusch so plötzlich kam? Dieses Sirren, das immer mehr anschwoll, das wie rotierende Sägeblätter auf mich zudrängte, als sollte ich mitten durchgeschnitten werden? Der große Kopf des Mannes am Tisch vor mir bewegte sich sanft im Kreis. Seine Glatze schimmerte wie eine weiße Scheibe. Dann erfaßte die Bewegung den massigen Körper des Mannes und ließ ihn aufblähen. Gleichzeitig schwoll der Ton an und erreichte eine Frequenz, die ich kaum mehr zu ertragen vermochte.
Jetzt endlich hob der Mann vor mir seinen feuchten Zeigefinger, mit dem er sein Weinglas zum Singen gebracht hatte. Einen Augenblick lang hing sein Arm starr im Raum, fiel dann ruckartig auf den Tisch zurück. Ich hörte das Geräusch eines Feuerzeugs, sah gräuliche Rauchschwaden in die Höhe steigen. Sie lösten sich auf, bevor sie die hohe kuppelartige Decke erreicht hatten. Dann warf der Mann das orangefarbene Feuerzeug mit einer nachlässigen Bewegung auf den Tisch, die glühende Spitze seiner Zigarre zeigte über seine rechte Schulter steil nach oben, und als er den Kopf drehte, um die Glut zu prüfen, wurde für einen Augenblick sein höckeriges Profil sichtbar.
Ich saß in meiner Ecke, über mir ein Stück gemalten Himmels, in dem sich Putten mit Stummelflügeln auf engstem Raum tummelten. Der »Kropf« war Freds Lieblingstreffpunkt in Zürich. Vielleicht, weil der Raum etwas Sakrales an sich hatte?
»Katholiken sind die besten Spione!« hatte Rolf einmal gesagt. Die kuriose Überzeugung eines eingefleischten Marxisten! Wahrscheinlich hatte mein Führungsoffizier dasselbe zu

Fred gesagt, und deshalb bevorzugte dieser die Bierhalle als Treff. Andererseits hatte Rolf recht. Spionage war mit dem Gefühl verbunden, ein Eingeweihter zu sein, Teil einer höheren, undurchschaubaren Macht. Dieses Gefühl hatte ich schon in meiner Jugend als Ministrant gehabt, wenn mich Weihrauchschwaden und Gesänge in einen Schwebezustand versetzt hatten und ich davon überzeugt war, daß der Weihrauchkessel, dessen süße Schwaden die Gläubigen einnebelte, Behälter des letzten göttlichen Geheimnisses war, das mir anvertraut worden war. So fühlte ich mich denn auch gewaltsam aus dem Allerheiligsten verstoßen, als mein Vater nach dem Krieg zum evangelischen Glauben konvertierte.
Ich tastete die Außenseite meiner Jackettasche ab, fühlte die Umrisse der Zigarettenpackung, in deren Hülle der Mikrofilm steckte. Sollte Fred nicht kommen, hatte ich keinen Abnehmer dafür. Ich stand auf und ging zur Toilette, schloß mich ein und wartete, bis ich die schweren Schritte des Mannes draußen hörte. Ich vernahm sein unterdrücktes Ächzen, als er sich nach vorn beugte, um unter der Türöffnung hindurchzuschauen. Ich saß unbeweglich, die beiden Füße korrekt nebeneinander, die Hose auf den Schuhen, auf dem Klo. War er enttäuscht, daß ich nicht auf der Kloschüssel stand, um im Spülkasten oder sonstwo nach einer versteckten Mitteilung zu suchen oder eine Information zu verstecken?
Als ich die Tür der engen Kabine öffnete, stand er, den Rücken mir zugewandt, am Waschbecken und hielt seine großen Hände unter den scharfen Wasserstrahl. Er hatte den Kopf aus dem Spiegel nach vorn gebeugt und hob ihn erst wieder, als ich mich neben ihn stellte und den Wasserhahn aufdrehte. Dann verschwand er in der Toilette und verriegelte geräuschvoll die Tür.

»Das Stück geht zu Ende!«
Als ich im vergangenen August Fred diesen Satz zugeflüstert hatte, hatte er mich erstaunt angesehen. Das war in Luxemburg gewesen.
»Was soll's, Jürgen! Du bist Kundschafter des Friedens, ein Agent, wenn dir der westliche Ausdruck lieber ist, und du wirst es ein Leben lang bleiben!«
»Du weißt, daß immer mehr Landsleute über Ungarn in den Westen flüchten!«
Er zuckte mit den Achseln. Es wäre ihm ohnehin schwer gefallen, das Gegenteil zu beweisen, schließlich wohnte *ich* im Westen, nicht er!
»Diese Republikflüchtlinge verhalten sich individuell und nicht gesellschaftlich. Sie bedeuten keinen Verlust für unser System!«
Ich hatte Fred konsterniert angeschaut. Wo hatte er diese Terminologie denn abgerufen? Sie war doch längst kein verbindliches Muster mehr zwischen uns gewesen. Als ob da einer zuhörte, für dessen Ohren diese Floskeln bestimmt gewesen wären!
»Die Sache kippt!« hatte ich geflüstert und ihn am Oberarm gepackt.
Er hatte mich abgeschüttelt: »Willst du abspringen?«
»Angenommen, die Amis ziehen aus der Bundesrepublik ab, die Airbase in Ramstein verliert ihre Bedeutung! Eine solche Entwicklung ist doch jetzt plötzlich möglich! Was dann, Fred? Wem, verdammt, verkaufe ich dann meine Antiquitäten und Kunstdrucke? Den Übersiedlern?«
Ich hörte den schlurfenden Schritt des Mannes auf den Stufen, die in den vorderen Teil der Bierhalle führten. Auf dem Tisch neben dem Glas und der Karaffe lag halb aufgeschlagen

eine Zeitung mit schwarzen Lettern. »Denkst du an Deutschland...« Sein Körper deckte die Schlagzeile zu. Er griff mit der Rechten nach seiner erloschenen Zigarre im Aschenbecher, schenkte sich gleichzeitig mit der Linken sein Glas voll und leerte es in einem Zug.

»Jeder fünfzigste Übersiedler arbeitet ohnehin bald für uns!« hatte Fred in Luxemburg hoffnungsvoll gesagt. »Und jeder zehnte ist ein Perspektivagent in unseren Diensten! Was denkst du, was sich da abspielen wird! Die werden doch im sogenannten goldenen Westen stranden, hoffnungslos! Und dann bleibt ihnen nichts anderes übrig, als entweder zurückzukehren oder unser Angebot zur Mitarbeit anzunehmen, wenn sie überleben wollen!«

Das war vor bald einem Jahr gewesen. Seitdem hatte ich Fred noch einmal in Straßburg getroffen. Und heute war Zürich an der Reihe.

Der sirrende Ton des vibrierenden Weinglases traf mich erneut. Ich unterdrückte die Beklemmung, die mich plötzlich überfiel, zwang mich, langsam aufzustehen, und während der Ton immer schneidender und unbarmherziger wurde, ging ich auf den Ausgang zu, spürte den Blick des andern im Rücken, schlug die schweren Vorhänge im Windfang auseinander und packte den Türgriff.

Als sich der Vorhang hinter mir schloß, fühlte ich mich einen kurzen lächerlichen Augenblick lang wie im Theater. Der Held hatte seinen Abgang gehabt – nur war niemand da, der applaudierte. Der Mann mit dem Glas gehörte nicht zu meinen Anhängern!

Ich drückte mich durch die engen Gassen. Die ersten zögernden Glockenschläge setzten ein, mit denen die Stadt den Sonntag einläutet. Daß der schwergewichtige Mann mir

folgte, war so lange bedeutungslos, als Fred nicht plötzlich doch noch auftauchte. Es war auch ein Samstagabend um sieben gewesen, als ich ihn zum erstenmal getroffen hatte. Wie jetzt war die Stadt vom Läuten der Kirchenglocken erfüllt gewesen. Von überall her waren die gewaltigen Schläge auf mich herabgeprasselt, hatten mich gnadenlos geklöppelt, und als ich mich vom Münsterplatz in die Storchengasse flüchtete, um den Attacken von Frau- und Großmünster zu entgehen, hatte mich auch schon St. Peter mit seinen brutalen Schwengeln empfangen und gleichzeitig Fred vor sich her- und auf mich zugetrieben.
Als ob gerade die gnadenlose Klöppelei Freds Verfallenheit an diese Stadt noch verstärkt hätte! Es war nicht der gleißende Luxus der Bahnhofstraße, der ihn nach Zürich zog, sondern als notorischer Bordellgänger schien er in der Stadt der Glocken, Brunnen und Banken jene Frau gefunden zu haben, die es ihm nach seinen Neigungen besorgte. Wir hatten damals im Bauschänzli ein Bier getrunken, hatten später scheinbar zufällig nebeneinander auf einer Bank am See gesessen, wo ich ihm die Ansichtskarte von Zürich mit dem Mikropunkt zugesteckt hatte, der in einem Fenster des Großmünsters versteckt war. Er würde sie jenem Mann im Hintergrund überbringen, der von drüben her mein Leben auf dieser Seite der Welt bestimmte und dirigierte: Rolf, meinem Führungsoffizier.
»Die Frau ist ganz einsame Klasse!« hatte Fred zum Schluß eines jeden Treffens gemurmelt. Dieser Satz war zu seinem Zürcher Abschiedsgruß geworden. Und ich hatte ihm jedesmal nachgeschaut, wenn er mit leicht vorgebeugtem Oberkörper und weit ausholenden Schritten über die Bellevuebrücke ging, bis ich ihn am anderen Ufer der Limmat aus den

Augen verlor. Die Adresse hatte er mir eines Tages dann doch noch anvertraut.
Was kümmerte mich der fettleibige Mann hinter mir! War es denn so ungewöhnlich, wenn ein Reisender in Sachen Kunst im Ausland einmal fremdging?

2

Sie hatte die Tür halb geöffnet und schüttelte den Kopf.
»Nein, er war nicht hier – bis jetzt nicht!«
Ich zögerte. Sie schaute auf meinen Musterkoffer; die Türöffnung vergrößerte sich. Ein Frauenbein in einem schwarzen Netzstrumpf schob sich nach vorn.
»Nun?«
»Eigentlich ...!«
»... wollten Sie sich nach Ihrem Bekannten erkundigen. Oder wollen Sie etwas verkaufen?«
Ihr Zeigefinger zielte auf meinen Musterkoffer. »Kosmetika?«
Ich schüttelte den Kopf. »Kunst!«
»Frauenakte?«
»Auch!«
»Komm rein!«
Es war einfacher, als ich gedacht hatte. Sie zündete das Licht im Flur an und öffnete die Tür ganz. Ich stand ihr gegenüber. Der goldgerahmte Spiegel mit den Engelsköpfen am Ende des Flurs zeigte einen etwas irritiert dreinblickenden blassen Mann in einem beigen Regenmantel. Der hochgeschlagene Kragen kaschierte die Irritation nur schlecht. Die Gläser der

randlosen Brille spiegelten und verdeckten die Augen. Ich drehte mich aus dem Spiegel, schob mich an ihr vorbei.
»Wann war er zum letztenmal hier?«
Sie schaute mich erstaunt an und trat einen Schritt zurück.
»Sind Sie von der Polizei?«
»Wie Sie hören, bin ich Deutscher! Aus Kaiserslautern. Ich habe mich mit ... Fred ... verabredet.«
»Hier?« Ihre ungeschminkten Lippen zogen sich in die Breite. Sie fuhr sich mit dem schwarzlackierten Zeigefinger über den Mund, betrachtete ihn dann verwundert wie einen fremden Gegenstand: »Ich bin nicht geschminkt!«
Ich zuckte die Achseln. »Stört mich nicht!«
»Was ist nun?« Sie griff hinter sich und gab der Tür einen Stoß.
Ich starrte auf die zinnoberrotgestrichene Wand im angrenzenden Zimmer, wo eine Reitpeitsche, Handschellen, eine Halbmaske aus schwarzem Leder und eine Fackel hingen, und spürte, wie mein Arm mit dem Musterkoffer schwer wurde, in dem ich meine »Galeria mundi« mit mir herumtrug, eine Sammlung von Kunstwerken aus großen Museen, mit denen ich offiziell mein Geld verdiente.
Es war nur ein einziges Bild, das meinen Arm nach unten zog! *Der Doge Leonardo Loredan von Venedig*, gemalt von Giovanni Bellini. Es war nicht die Faszination für die geniale Kunst des Malers, mit der er die Illusion echten Brokats in der Kleidung des Dogen herzustellen vermocht hatte. Es war der kalte und abweisende Blick des Dogen.
Diesen undurchschaubaren, maskenhaften Mann, der mich an meinen Führungsoffizier erinnerte, trug ich mit mir, wohin ich auch ging. Er begleitete mich auf meinen sogenannten Geschäftsreisen. Er war immer gegenwärtig.

Das Gewebe der kostbaren Kleidung des Dogen ist so gemalt, daß man glaubt, es anfassen zu können.
Alle meine Bemühungen, dem Mann auf dem Bild seine Allmacht zu rauben, indem ich nach Einzelheiten suchte, die ihn angreifbar machten, ins Lächerliche hätten ziehen können, scheiterten.
Seine Kopfbedeckung zum Beispiel, diese enganliegende Kappe, kostbar gemustert wie der Mantel und von einem goldenen Band an die Stirne gepreßt, mit dieser eigenartigen hornförmigen Ausbuchtung hinten am Kopf, als ob sich ein praller Penis unter einer straffen Badehose gewaltsam zu entfalten suchte!
Ich hatte mich ausgezogen, ohne es zu merken, und lag auf ihrem Bett. Ich spürte den wabbeligen Druck ihrer Oberschenkel und ihres Gesäßes, als sie sich rittlings auf mein Kreuz setzte, dann einen heißen und gleich darauf scharfen Schnitt der Peitsche auf meinem Rücken. Danach nichts mehr.
»Warum schweigst du?«
Was wollte sie hören von mir? Schreie?
Das Kissen roch nach Schweiß und dem Rasierwasser fremder Männer. Ich drehte meinen Kopf nach rechts, wo die Instrumente hingen.
»Du bist pervers!«
Als sie sich seitlich über mich beugte, um meine Reaktion zu prüfen, sah ich ihr Gesicht einen Augenblick lang ganz nahe, fixierte die vielen kleinen Poren in ihrer Haut, die schwarzen Pünktchen unter der verkarsteten Puderschicht und betrachtete die beiden stoppeligen, hellblond gefärbten Härchen auf ihrem Kinn, das feinmaschige Netz von Rissen, das ihre Halspartie ziselierte, wie durch ein Mikroskop.

»Der liebe Gott und ich verkehren miteinander unter dem Mikroskop!«
»Was sagst du?«
»Ach nichts!«
»Es ist unnatürlich, wenn einer erst nach dem Orgasmus nach der Peitsche verlangt!«
Ihr Gesicht verschwand. Die Matratze wippte. Sie hatte sich auf das Fußende des Bettes gesetzt. Vielleicht betrachtete sie jetzt meinen Rücken und mein Gesäß, um die Spuren ihrer bezahlten Tätigkeit zu begutachten? Um herauszufinden, ob das Preis-Leistungsverhältnis stimmte?
»Beides ist pervers! Vorher und nachher!« murmelte ich endlich ins Kissen.
Es gelang mir nicht, mich umzudrehen. Unbeweglich blieb ich auf dem Bauch liegen und horchte dem Schmerz nach, diesem feurigen Wirbel auf meiner Haut, und stellte beinahe verwundert fest, daß sich in mir noch immer nichts gegen diese Stellung der Unterwerfung sperrte.
Ich lag auf demselben Bett, auf dem Fred gelegen hatte, hatte mich von derselben Frau traktieren lassen. Wenn Rolf das wüßte!
Offiziell weiß ein Geheimagent nie, wer sein Mittelsmann, sein Instrukteur, und wer sein Führungsoffizier wirklich sind. Er kennt weder ihre richtigen Namen noch weiß er, wo sie wohnen und welchen Deckberuf sie ausüben. In dieser Dreierkette sind nur der Instrukteur und der eigentliche Frontagent gefährdet, weil sie im feindlichen Ausland operieren. Die Anonymität, in der sie miteinander verkehren, soll verhindern, daß einer den andern im Fall einer Panne verrät. Nach bald zwanzig Jahren der Zusammenarbeit jedoch war trotz aller Dienstvorschriften eine Art von Vertrautheit ent-

standen, mehr Kumpanei als Freundschaft, die die Anonymität gelockert hatte.
Allerdings wußte ich nur über Fred, meinen Instrukteur, mehr, als ich hätte wissen dürfen. Von ihm erfuhr ich, daß er ein notorischer Bordellgänger und Käufer von Pornovideos war. Er wiederum wußte, wo ich wohnte, und hatte mir, als ich ihm Fotos meiner Frau Sabine gezeigt hatte, grinsend als Gegengeschäft schweinische Aufnahmen aus seinem Repertoire angeboten. Mein Führungsoffizier dagegen war über all die Jahre hinweg ein Fremder geblieben, die bestimmende anonyme Macht im Hintergrund!
Die Matratze unter mir gab nach. Die Frau war aufgestanden und ging ins anliegende Badezimmer. Ich hörte den Strahl der Brause auf ihrem Körper, folgte dem prickelnden Geräusch, wanderte mit ihm über ihre Brüste hinunter zum Bauch, wo es dumpfer klang, und dann zwischen ihre Schenkel, wo der Wasserstrahl endlich gurgelnd erstickte.
»Natürlich kannst du noch ein Viertelstündchen so liegenbleiben, wenn dir der Schmerz das Geld wert ist!«
Sie war aus dem Badezimmer zurückgekommen, trug jetzt einen hellblauen seidenen Bademantel und hatte ihr Haar mit einem silbernen Reif an den Kopf gezwungen. Sie begann, sich zu langweilen. Ich hatte ihre Zeit über Gebühr in Anspruch genommen. Sie nahm die Reitpeitsche mit dem roten Griff von meinen Kniekehlen und hängte sie neben die andern Instrumente an die Wand, aber es gelang mir noch immer nicht, mich aufzusetzen.
»Fred ist also wirklich nicht gekommen?« Dieser Satz kostete mich unendliche Anstrengung.
»Nein! Aber er wird schon noch kommen. Er ist immer gekommen, wenn er in Zürich war«, fügte sie beinahe trö-

stend hinzu, obwohl Fred sicher keine feste und verläßliche Größe in ihrem Geschäft gewesen war. Dazu waren seine Besuche zu selten gewesen.
Er wird nicht kommen! Nie mehr! Diese Sätze kreisten wie ein Ritornell in meinem Kopf. Ich drehte mich auf den Rükken, sah mein Glied, das wie ein fremder Körperteil schräg auf meinem Oberschenkel lag. Dann stützte ich mich auf die Ellbogen und setzte mich langsam auf.
»Warum sollte er nicht mehr kommen? Er wurde hier immer gut bedient!«
Sie wechselte das Standbein, so daß ihr rechter Oberschenkel in der Öffnung ihres Morgenrocks sichtbar wurde. Aber das hatte längst nichts Provozierendes mehr.
Ich hätte ihr sagen können, daß es mit der DDR zu Ende ging. Daß der Mann, den wir beide unter dem Namen Fred kannten, es nicht mehr nötig haben würde, seine Neigungen in der Illegalität auszuleben. Er würde dort bleiben, wo er hergekommen war, und niemand würde wissen, wer er wirklich gewesen war, daß er als Instrukteur im Auftrag der Staatssicherheit immer wieder Kontakte zu einem Mann im Westen aufgenommen hatte, den er selbst nur unter dem Namen Jürgen kannte.
Ich stand auf und zog mich langsam an. Sie schaute mir dabei zu und stellte vielleicht verwundert fest, wie sorgsam ich meine Kleider über die Stuhllehne gelegt hatte. Noch immer hatte ich die Warnung meiner Großmutter nicht vergessen, man könne nachts vom Feuer überrascht werden und müsse deshalb seine Kleider immer griffbereit haben. Immer auf dem Sprung! Nie nackt erwischt werden! Nicht verbrennen!
»Kommst du wieder?« fragte sie ohne wirkliches Interesse.
»Ich weiß noch nicht«, antwortete ich ausweichend.

»Nur einmal eine neue Erfahrung machen, was? Du bist wohl verheiratet!«
Ich machte eine vage Handbewegung.
»Weißt du, was Exorzismus ist?« fragte ich, als ich den Mantel anzog und den Kragen hochschlug.
»Teufelsaustreibung oder so.«
Ich nickte. »Jemanden von seiner Dämonenbesessenheit befreien!«
»Warum erzählst du mir das?«
Ich zog den Gürtel des Mantels stramm.
»Es hätte ja sein können, daß du ein Stück Biographie aus mir hättest herausprügeln können!«
Sie verzog ihr Gesicht zu einer Grimasse.
»Und? Ist es mir gelungen?«
Ich überlegte lange und schüttelte dann den Kopf.

3

Mein Vater sitzt auf dem Balkon. Hinter der ausgebreiteten Zeitung steigt kräuselnd der Rauch seiner Pfeife empor. Ich meine deutlich, das von einem Knacklaut ausgelöste Stöhnen zu hören, mit dem er das Pfeifenrauchen betreibt. Er raucht nicht Pfeife, er stöhnt sie. Pfeifenrauchen ist Arbeit für ihn.
Der Schmerz zwischen meinen Beinen wird stärker. Der obere Rand der Zeitung beginnt, leise zu zittern. Für einen Augenblick kann ich seine schmale hohe Stirn sehen und die Ränder seiner Hornbrille. Jetzt qualmen blaugraue Wolken in kurzen Abständen hinter der Zeitung hervor. Sein veränderter Rauchrhythmus deutet an, daß er mich gesehen hat.

Die Haustür, die sich genau unter dem Balkon befindet, ist nur angelehnt. Aber ich weiß, daß ich mir den Zutritt ins Haus nicht verdient habe. Ich muß hier auf dem Kiesweg stehen bleiben, bewacht von den metallen schimmernden Edeltannen, die den Weg links und rechts zum Haus säumen. Ich fühle warmes Blut über meinen rechten Schenkel kriechen. Aber noch immer bewegt sich der Mann oben auf dem Balkon nicht. Er hat nur die Stellung seines Beines gewechselt, hat das rechte über das linke geschlagen. Seine Fußspitze wippt beinahe unmerklich. Die Frontberichte beunruhigen ihn mehr als die Nöte seines Sohnes.
Die Glocke der evangelischen Kirche schlägt einmal. Ein Laster donnert über die schwere Brücke. Bei den Steinkohlewerken steigt eine schwarze Rauchwolke in den frühherbstlichen Himmel. Oelsnitz im Erzgebirge. Bevorzugtes Zielobjekt der alliierten Bombergeschwader.
»Komm, wir reden zusammen. Wer redet, ist noch am Leben!«
Mit diesen Sätzen hätte er meine Einsamkeit aufheben können. Aber Einsamkeit gehört zum Männerbild, das er vertritt. Einsam sitzt er auf seinem Balkon, hört hinter sich die vertrauten und diskreten Geräusche, mit der seine Frau den Haushalt betreibt. Und einsam absolviert er jeden Samstagabend den Liebesakt. Genau um halb zehn Uhr beginnt das Wasser, im Badezimmer zu rauschen. Eine Viertelstunde später höre ich das platschende Geräusch, wenn seine Frau ihren schweren Körper in die Wanne drängt. Eine weitere Viertelstunde später tappt sie mit nackten Füßen ins Schlafzimmer, wo er schon wartet, die Zeitung weglegt, seine Pfeife ausklopft und dann das Licht der Nachttischlampe löscht. Den Liebesakt nimmt er lautlos vor. Stöhnen ist dem Akt des

Pfeifenrauchens vorbehalten. Zehn Minuten später knipst er das Licht wieder an, und während er auf die Toilette geht und sich dort vernehmlich erleichtert, schleicht sie ins Badezimmer, um die Spuren seiner lautlosen Liebe zu beseitigen.
Jetzt endlich läßt er die Zeitung nach vorn kippen. Er hat die Pfeife zu Ende geraucht, klopft sie auf dem schmiedeeisernen Balkongeländer aus, faltet die Zeitung zusammen und zieht sich langsam am Geländer in die Höhe.
Er steht hochaufgerichtet da. Den Kopf leicht ins Profil gedreht, schaut er schräg an mir vorbei, dorthin, wo die Abendsonne in meinem Rücken hinter dem fernen Hügelzug versinkt. Ich fühle, wie die Wärme langsam von meinem Rücken weicht und endlich nur noch ein letzter Strahl meinen Scheitel streift und seine Stirn aufglühen läßt.
»Nun?«
Er stützt sich mit beiden Händen auf dem Geländer ab und blickt zu mir herunter. Er ist zur Audienz bereit. Obwohl er mich sicher die ganze Zeit beobachtet hat oder seine Vertrauenspersonen, Nachbarn zum Beispiel, aber auch Schulkameraden, die er sich kauft, indem er sie mit Abbildungen militärischer Rangabzeichen beschenkt, ihn längst über meine Aktivitäten informiert haben, will er, daß ich ihm persönlich rapportiere. Ich bin Gefangener eines differenzierten Spitzelsystems, das er sich aufgebaut hat.
Aber längst habe ich mir eine Art Überlebensstrategie zurechtgelegt. Jedesmal, wenn mich die Ereignisse zu ihrem Opfer machen, versuche ich, mich mit meiner Einbildungskraft in die Rolle des Beobachters zu schmuggeln. Ich bin dann ein anderer, bin mein eigener Doppelgänger und mache mich zu meinem Objekt. So gelingt es mir immer wieder, alles als eine Art Schauspiel zu betrachten.

»Kein Kopfsprung rückwärts vom Zweimeterbrett?« fragt er. Er weiß, daß ich eher zu allen andern Mutproben bereit bin, als rückwärts mit perfekt durchgebogenem Körper ins Wasser zu springen. Und weil er das weiß, fordert er mich immer erneut auf, weit über das Ende des Sommers hinaus, ihm endlich den Beweis meines Mutes zu erbringen. Er ködert mich mit einem neuen Taschenmesser, einem Märklinbaukasten, Coopers *Lederstrumpf* und in der Endphase des Krieges sogar mit seinem Eisernen Kreuz, das sein steifes Bein ihm eingebracht hat.

Aber ich erfinde immer wieder etwas anderes, um meine Männlichkeit zu beweisen. Meine Phantasie spuckt immer neue und verrücktere Akte aus, mit denen ich meine Umgebung blende und beeindrucke. Ich fordere Schulkameraden auf, einen Kieselstein zu schlucken. Ich mache es ihnen vor. Und nur ein einziger versucht sich an einem glatten Steinkügelchen. Ich verschlinge eine Spinne, treibe eine Stecknadel unter den Nagel meines linken Zeigefingers oder marschiere barfuß über Flaschenscherben. Daß ich ganze Nachmittage und Abende damit verbringe, Bonbons so zu präparieren, daß sie wie Kiesel aussehen, aus Lakritze eine Spinne zu formen, meine Fingerfertigkeit so zu perfektionieren, daß niemand mitverfolgen kann, daß die Stecknadel zwischen Zeigefinger und Daumen der rechten Hand und nicht unter dem Nagelbett des linken Zeigefingers verschwindet oder meine Fußsohlen mit gefärbtem Teer so einzustreichen, daß ihr Glasscherben nichts anhaben können – das bleibt mein Geheimnis, und nie durchschaut mich einer meiner Gegner. Bis auf einen!

Er beugt sich leicht vor und streckt seinen Hals. Sein spitzer Kehlkopf bewegt sich unablässig auf und ab.

Bereits am Morgen hängen Nebelschwaden über der Badeanstalt, und aus dem Holzrost ist der Geruch des Imprägniermittels gewichen und mit ihm die Wärme des Sommers. Der Krieg geht zu Ende, und ich weiß, daß mir jetzt nur noch ein Blitzangriff der Alliierten, ein Zusammenbrechen der deutschen Front, helfen können. Und der Mann auf dem Balkon weiß es auch, und so wird seine Forderung, nach dem Rückwärtskopfsprung vom Zweimeterbrett zu wagen, immer heftiger. Und als er dann an diesem 26. September 1944 beim Frühstück berichtet, daß sein ehemaliger Vorgesetzter, General der Infanterie Wilhelm Wegener, in der Abwehrschlacht zwischen Düna und der Rigaer Bucht den Heldentot gefunden hat, weiß ich, daß mich jetzt nur noch ein Bravourstück vor dem Kopfsprung ins Nichts retten kann.

Das Grundstück meines Vaters ist vom Territorium unseres Nachbarn, eines Panzeroffiziers, der anscheinend den Rußlandfeldzug vorläufig heil überstanden hat, durch einen schwarzgestrichenen Eisenzaun mit pfeilförmigen Spitzen getrennt. Zwischen diesen Widerhaken gibt es gerade genug Platz für den Fuß eines Heranwachsenden. Um die Forderung nach dem Kopfsprung rückwärts durch eine noch gewagtere Mutprobe zu übertreffen, fordere ich Helmut, den Sohn des Panzeroffiziers, auf, in einem Akt höchster Equilibristik zwischen den Spitzen über den eisernen Zaun zu balancieren. Diesmal hilft mir kein Trick mehr. General Wegeners Heldentod fordert ähnliches!

Helmut erklärt sich nur dann bereit, wenn ich es ihm vormache. Doch damit bin ich nicht einverstanden, und nach langem Feilschen einigen wir uns darauf, uns in der Mitte des Eisenzauns zu treffen.

Die vergoldeten Spitzen gleißen in der Herbstsonne, die

Astern flammen auf, und die Luft ist von Holunderduft und fernem Rauch erfüllt, als wir mit weit ausgebreiteten Armen gleichzeitig den sicheren Steinsockel verlassen und aufeinander zu balancieren. Drei Zwischenräume habe ich geschafft.
Ich schwitze. Meine Knie zittern. Trotzdem fange ich sekundenschnelle Signale meines Antipoden ein: Ich höre, wie seine Atemstöße kürzer und lauter werden. Und als ich schnell aufschaue, Helmut ins Visier nehme, sehe ich, wie er immer stärker hin- und herschwankt und sich mit einem Sprung ins Dahlienbeet rettet.
Noch ein einziger Schritt, und ich habe ihn endgültig übertroffen! Doch im Triumph des Sieges und des erleichterten Gefühls, vielleicht für immer vom Rückwärtskopfsprung befreit zu sein, verhake ich mich mit dem linken Fuß im Gestänge, versuche noch einmal verzweifelt, das Gleichgewicht zurückzugewinnen, stürze dann mit gespreizten Beinen auf den Zaun und werde von einer der goldglänzenden Spitzen zwischen den Beinen aufgespießt.
»Ich wollte auf dem Eisenzaun balancieren! Ich bin gestolpert! Ich wurde aufgespießt! Zwischen den Beinen!«
Einen Augenblick erstarrt der Mann oben. Dann stößt er einen Schrei aus, wie ich ihn noch nie gehört habe. Er dreht sich um, stelzt hastig ins Haus und hinkt mir dann auch schon entgegen, wobei jeder Schritt von einem tiefen Stöhnen begleitet ist.
Ich sinke langsam in die Knie, falle nach hinten und liege schließlich mit gespreizten Beinen da und hoffe, daß mich die vergoldete Pfeilspitze nicht tödlich getroffen hat.
Er kniet über mir, reißt mir die Hosen herunter, tastet mit der knochigen Hand unter meiner Unterhose nach meinem

Hodensack, fingert mein Glied ab und richtet sich dann langsam und erleichtert auf.
»Die Spitze ist in den Oberschenkel gedrungen! Zwei Zentimeter weiter oben, und du wärst nie ein Mann geworden!«
Er dreht sich um und hinkt hochaufgerichtet ins Haus zurück. Ich schließe meine Beine.

4

Der Mann stand, geduldig an einen Baum gelehnt, auf der andern Straßenseite, als ich aus dem Haus trat.
Ich hätte gleich wieder wegfahren sollen. Statt dessen verbrachte ich die Nacht in einem kleinen Hotel in der Nähe des Kunsthauses. Zweimal ging ich an dem klotzigen Betongebäude vorbei, hielt eine Weile vor der Kopie von Rodins Höllensturz neben dem Eingang inne, stellte mir Gemälde von Hodler oder Füssli vor, die Magerlinge von Giacometti, aber wagte nicht, das Museum zu betreten.
Ich war Vertreter in Sachen Secondhandkunst, ein Mann, der Kulturbedürftigen den Museumsbesuch in den bedeutenden Häusern dieser Welt ersparte. Meine »Galeria mundi« enthielt alles, was London, Florenz, Rom, Paris, Madrid, Wien oder Nürnberg an Werken großer Meister anzubieten hatte, und all das auf holzfreiem, weißem Kunstdruckpapier, in den strahlendsten Offsetfarben aus organischen Pigmenten und Kunstharzen.
In diesen kurzen Augenblicken auf dem Platz vor dem Kunsthaus gelang es mir, Fred vorübergehend aus meinem Gedächtnis zu drängen. Erst in der Nacht, als mir das Liegen

schwerfiel und immer wieder ein scharfer Schmerz über meinen Rücken zuckte, kam die Erinnerung an Fred zurück und mit ihr an einen Mann, der all meine Aktionen im Westen aus der Ferne dirigierte: Rolf.

Dieser Mann war präsent wie eh und je. Meine Versuche, ihn aus meinem Leben zu verdrängen, scheiterten immer wieder. Ich wurde dieses Bedürfnis nach Unterwerfung unter seine Autorität einfach nicht los. Aber wofür stand dieser Führungsoffizier überhaupt noch? Die DDR befand sich in der Agonie. Nur, Rolf war kein offizieller Vertreter dieses berstenden Staatsgebildes: Er war der Repräsentant einer anonymen Macht im Untergrund, einer Gegenwelt, die selbst dann überleben konnte, wenn die offiziellen Potentaten fielen.

»Haben Sie eine Nachricht für mich?« fragte ich am Morgen die Frau an der Rezeption. Ich hatte die Hoffnung nicht begraben, Fred doch noch zu treffen, um ihm mein Material übergeben zu können. Aber die Frau schüttelte den Kopf, quittierte die Rechnung und nickte mir zum Abschied lächelnd zu. Fred hatte sich nicht gemeldet.

Als ich auf die Straße trat und meine Schritte auf dem Pflaster hörte, fühlte ich mich erleichtert. Das Geräusch kam mir vor wie der Beweis, daß es mich gab. Ich schlenderte durch die Kirchgasse zum Großmünster und dann zur Limmat hinunter. Friedliche Kirchgänger und ein paar frühe Sonntagsspaziergänger kreuzten meinen Weg. Der Mann, der Gläser zum Singen bringen konnte, war nicht zu sehen. Er fehlte mir. Nein, nicht dieser Mann an sich. Ein Ersatz für Fred, den Menschen, der mich mit den Zentren der Macht an der Magdalenenstraße in Ost-Berlin verband, wo all die Materialien gehortet wurden, die Leute wie ich gesammelt und dorthin hatten transferieren lassen. Dort, in einem der Räume, schienen dann all diese Informationen wie in einem gewaltigen alchimistischen Prozeß zu einem gestaltlosen Unding zu verschmelzen, in dem sich die Herkunft der einzelnen Partikel verwischte. Denn Geheimhaltung war oberstes Gebot dieser anonymen Nachrichtenverwerter. Sie allein kannten die Formeln, nach denen die Transmutation der Materialien in einen neuen Aggregatzustand vor sich ging. Und sie waren es auch, die den Prozeß wieder rückwärts in Gang setzen und am Ende jene ausmachen konnten, die ihnen die Partikel geliefert hatten.

Als ich in der Bahnhofshalle stand, mitten im Gedröhn ein- und ausfahrender Züge, eingepackt in die hektische Geschäftigkeit der Wochenendreisenden, von Lautsprecherdurchsagen gelöchert, zögerte ich plötzlich. Die Bahnhofsuhr zeigte neun Uhr 53. Der Sekundenzeiger sprang. Neun Uhr 54! Ein Zeitsprung von einer Minute in einer halben Sekunde.

»14 Stunden später am Ausweichtreffpunkt!«

Noch hatte ich eine Chance! Es war ja möglich, daß sich Fred nur verspätet hatte. Oder daß er beschattet worden war und seine Reiseroute ändern mußte. Die einzige feste Größe im Staat bei einem Umsturz ist sein Geheimdienst. Also mußte Fred kommen!

Ich saß auf der Bank am Bürkliplatz und schaute auf den See hinaus. Möwen im Sturzflug zerschnitten die sonntägliche Idylle. Hinter mir bemühte sich der eherne Adler auf dem Sockel wie immer umsonst, Ganymed in lichte göttliche Höhen zu entführen.

Ich wartete eine Stunde über die fixierte Zeit hinaus. Fred kam nicht.

Zwischen der Führungsstelle drüben und den Frontoffizieren existiert ein Warnsystem, das in drei Stufen funktioniert und je nach Dringlichkeit eingesetzt wird. Aber weder hatte ich in den letzten Tagen eine Ansichtskarte aus Stockholm bekommen, als Aufforderung, meine Tätigkeit zu »konservieren«, noch einen Telefonanruf aus West-Berlin, bei dem sich der Anrufer entschuldigte, daß er sich verwählt habe: Vernichtung aller gefährlichen Unterlagen hätte dieser Anruf verlangt. Auch war meine Codezahl nach den Dreiundzwanziguhrnachrichten nicht über den Sender gekommen, was bedeutet hätte, mich umgehend abzusetzen.
Ich aber saß in der Schweiz, am Ufer eines Sees, auf dem Segelboote dümpelten und die Berge zum Greifen nahe waren. Der Gedanke, einfach nicht mehr zurückzukehren, mich irgendwo in einer Alphütte zu verkriechen, die Identität ein weiteres Mal zu wechseln, als Hinz oder Kunz erdnahe Arbeit zu verrichten, den Kopf beim Melken an warme Kuhleiber zu pressen, die schäumende Milch aus prallen Eutern zu rupfen, wurde von der klobigen Gestalt eines Mannes abgewürgt, der breitbeinig auf den Landesteg hinausstapfte und dort, die Hände über den Augen, auf den See hinausblickte.
Ich stand auf, schlenderte zum Ufer, lehnte mich auf das eiserne Geländer und warf die Reste meines Frühstücksbrötchens ins Wasser.
Eine halbe Stunde später stand ich an der Reling des schneeweißen Dampfers und fuhr den Bergen entgegen. Der Mann hatte mich gehen lassen. Er hatte auf dem Steg gestanden und mir nachgeschaut. Auf dem Zürichsee kommt einem keiner abhanden, mochte er gedacht haben. Er zog ein großes weißes Schnupftuch aus der Tasche. Er winkte nicht, sondern fuhr sich damit nur über die Stirn. Dann blieb er, das Tuch

in der Hand, bewegungslos stehen, wurde immer kleiner, schrumpfte zur ungefährlichen Miniatur und löste sich endgültig auf. Erst als ich ihn und er mich aus den Augen verloren hatte, holte ich vorsichtig die Zigarettenpackung mit dem Mikrofilm aus der Tasche, nahm die Zigaretten heraus und schob den Kieselstein hinein, den ich am Quai aufgelesen hatte. Das weiße Päckchen wurde in den Heckstrudel gezogen, tauchte noch einmal kurz auf, balancierte auf einem Wellenkamm und versank dann endgültig in der Tiefe des Zürichsees.
Mit einem Campari begoß ich die Trennung von meinem Instrukteur. Den Mann dahinter aber vermochte ich nicht hinunterzuspülen.

5

»Great!«
Colonel Brewer ließ seinen Whisky im Glas kreisen. Die Eisstücke klirrten leise. Er meinte die Währungsunion und sah mich erwartungsvoll an.
Ich stand mit dem Rücken gegen den Barockschrank, den ich den Brewers vor zwei Jahren verkauft hatte und lächelte.
»Wir haben sie endgültig in die Knie gezwungen!«
Diese doppeldeutige Bemerkung verlangte eine Replik.
»Meinen Sie mich oder die Ossis, Frank?« fragte ich und lächelte wieder. Die Kinnmuskulatur schmerzte mich. So viel und so angestrengt hatte ich schon lange nicht mehr gelächelt.
»Nicht Sie, Gerd!« sagte Brewer lachend. »Ein kleines s!«
»Alles hat seine zwei Seiten, Frank. Der Kalte Krieg ist end-

gültig zu Ende. Aber vielleicht gehen damit auch Freundschaften zu Ende!«
Ich hatte einen Versuchsballon steigen lassen und wartete gespannt auf Brewers Antwort. Sabine war aus dem Nebenzimmer gekommen, wo sie sich mit Vertreterinnen des deutsch-amerikanischen Frauenclubs unterhalten hatte. Sie haßte diese Besuche bei unseren Nachbarn in der Fliegerstraße. Sie haßte deren Küche und die Fliegengitter vor den Fenstern und kam nur mir zuliebe mit, weil die amerikanischen Offiziersfamilien mir immer wieder teure Antiquitäten abkauften, während ich das Fußvolk mit den Reproduktionen von Bildern großer europäischer Meister versorgte.
»What do you mean, Gerd?« fragte mich Brewer und verschüttete erregt einen Teil seines Whiskys.
»Wenn ihr jetzt in die Staaten zurückkehrt, ist es mit den Freundschaften zu Ende. Schließlich werden schon die Raketenköpfe mit chemischen Kampfstoffen vernichtet. So kann eure Eliminierung nicht auf sich warten lassen.«
»Die Air Force bleibt, Gerd! Wir werden gerupft, aber wir bleiben!«
»Gerupft? Das heißt...?«
Ich hielt einem jungen Mädchen in Schwarz beiläufig mein Glas hin.
»Nicht die Anzahl ist entscheidend, sondern die Qualität, Gerd«, flüsterte mir Brewer ins Ohr, als ich einen Schluck genommen hatte. »Das ist mit den Freunden genauso wie mit den Flugzeugen. Wir erhalten neues hochwertiges Material.«
»Ich bin müde«, sagte Sabine dazwischen. »Und eure Fachsimpelei langweilt mich.«
Brewer hob sein Glas und schaute sie über dessen Rand

irritiert an. Beziehungen, dachte ich, scheitern an den weißen Flecken in der Biographie der Partner. Je mehr weiße Flecken, desto fragiler die Beziehung. Aber was für eine Ehe gilt, gilt nicht für den Geheimagenten. Je mehr weiße Flekken, desto größer die Überlebenschancen. Schweigen ist eine Form von Überlebensstrategie. Und Verstellung ist eine Variation von Schweigen.

Manchmal kam es mir vor, als ob ich die Figur eines Filmregisseurs sei, der mich mit kühnen Schnitten von Ereignis zu Ereignis hetzte und dazwischen ganze Passagen meines Lebens aussparte. Wie nie gelebt!

Eine Deutsche vom deutsch-amerikanischen Frauenclub hatte sich an Brewer herangemacht und erzählte ihm von der bevorstehenden Herbstmodenschau. Sabine zog mich in den Flur.

»Laß uns gehen, Gerd!«

Sie preßte die Lippen zusammen und schaute an mir vorbei. Ich kannte diesen Ausdruck in ihrem Gesicht, als ob sich eine feine Membran über ihre Augäpfel stülpe und den Glanz darin ersticke. Diese Verstimmung überkam sie immer dann, wenn wir in Gesellschaft waren, wenn ich mich scheinbar unmerklich von ihr entfernte, nicht jene eheliche Einheit demonstrierte, nach der sie sich in ihrem Innern sehnte, ohne es sich einzugestehen, sondern den gewandten Debattierer und penetranten Interviewer spielte, dem es immer wieder gelang, durch provozierende Äußerungen und indiskrete Fragen Informationen aus arglosen Gesprächspartnern herauszuschmeicheln, die sie ihm freiwillig niemals gegeben hätten.

»Schwätzer!« sagte sie leise, und ich horchte vergeblich nach einem Hauch von Zärtlichkeit in ihrer Stimme.

»Journalistin!« zischte ich zwischen den Zähnen, als ob es sich um einen Schimpfnamen handelte.
Sie drehte blitzschnell ihren Kopf, schwieg aber.
»Tut mir leid! Ich habe mich im Ton vertan!«
Ich versuchte ein Lächeln. Es mißlang, weil sie mir den Rükken zuwandte. Sie ging bereits auf die Garderobe zu. Aber da stand schon Webster und wedelte mit einem rosafarbenen Katalog.
»Die ›Pink Pages‹, Gerd!« rief er laut. »Ein doppelseitiges Inserat steigert Ihre Verkaufschancen auf das Vierfache! Da wird doch vor dem großen Exodus noch mal gewaltig zugelangt: Kunst aus Europa. Antiquitäten aus dem Abendland!«
Die Anzeigen in den »Pink Pages«, diesem Katalog, der in den Kreisen der Amis zirkuliert, hatte mir manch wichtigen Kunden eingebracht.
»Die DDR ist am Ende! Stammen Sie ursprünglich nicht auch von drüben, Herr Brenner?« Es war Websters Frau, eine schlanke schwarzhaarige Pfälzerin.
»Zwanzig Jahre her!«
»Haben Sie noch Verwandte drüben?«
»Meine Eltern sind tot. Schon lange. Mein Vater arbeitete in den Steinkohlewerken von Zwickau. Aber er hat den Krieg nicht überlebt. Meine Mutter starb vor zehn Jahren.«
Sabine schaute mich von der Seite an.
»Keine Heimatgefühle?« fragte Frau Webster.
Ich schüttelte den Kopf.
»Du lügst«, flüsterte mir Sabine ins Ohr.
Das Gespräch war gekippt. Ich fühlte, wie mir der Schweiß auf die Stirne trat.
Da paßte nichts mehr zusammen. Meine Fragen nach der

Zukunft der Airbase hatte ich wie unter einem innern Zwang gestellt. Und das verlogene Stück Biographie hatte ich automatisch hinzugeliefert. Insgeheim hatte ich darauf gewartet, daß einer in der Runde mich unvermittelt fragen würde, wie ich denn meine Zukunft als Spion sähe. Jetzt, wo alles im Umbruch sei. Jetzt, wo das neue Deutschland der NATO angehören würde.

Umsonst gelebt...?

Als wir den Wachsoldaten in seinem Häuschen am Ende der Straße passierten und ich seine freundschaftliche Abschiedsgeste kurz erwiderte, fühlte ich mich besser. Ich hatte fast vergessen, daß Fred gestern und auch heute nicht nach Zürich gekommen war, und der Gedanke, daß ich langsam dieses Leben, das ich angetreten hatte, nicht mehr als Vorwand benutzen, sondern wirklich und überzeugt zu Ende leben würde, erschreckte mich zumindest in diesem Augenblick nicht. Ich fühlte Sabines Hand in meiner Hosentasche, in der sie nach meinem Taschentuch grabschte. Diese Intimität hüllte mich ein und tat mir gut. Als wir dann bald durch unsere Haustür in der Amselstraße traten, wurde das Gefühl der Geborgenheit noch stärker und brach erst wieder auf, als wir unter der Flurlampe einander gegenüberstanden und uns bewußt wurden, daß es das Schweigen auf dem Heimweg gewesen war, das uns verbunden hatte, und daß uns das Gespräch wieder trennen würde, weil unsere Worte nicht das meinten, was sie ausdrückten.

»Es tut mir leid wegen vorhin!« sagte Sabine, halbherzig, wie mir schien, als sie ihren dunkelgrünen Blazer auf den Bügel hängte. Sie brauchte dazu länger als üblich, blieb, den Rücken mir zugewandt, stehen und wartete auf meine Antwort.

»Schwätzer!« sagte ich bitter. Ich horchte dem Wort nach und spürte, wie ich mich verkrampfte. »Ein schweigsamer Verkäufer ist ein schlechter Verkäufer!«
Sie strich den Stoff ihrer Jacke auf dem Bügel glatt, langsam und automatisch. »Du horchst die Leute aus, Gerd! Es ist mir erst in letzter Zeit aufgefallen.«
Ich starrte auf ihre Hände. Ihre Fingernägel schimmerten wie Perlen, als sie sich in den grünen Fasern verkrallten und sichtbare Furchen gruben.
»Was tust du denn anderes, Sabine! Gute Fragen kennzeichnen die gute Journalistin!«
»Du bist kein Journalist! Du verkaufst alte Möbel und Kunstdrucke! Du handelst mit Dingen von früher und interessierst dich doch in Wirklichkeit nur für das, was heute ist!«
Ich wußte nicht, wie sie das meinte, aber ich fragte nicht nach.
Sie drehte sich langsam um und sah mich erstaunt an.
»Keine Antwort?«
Ich schüttelte den Kopf.
»Ein beschissener Abend!« antwortete ich endlich ausweichend.
Sie wandte sich wortlos ab und verschwand im Schlafzimmer, wohin ich ihr nach einer Weile folgte.

6

Ich stand dicht neben ihr, als sie sich auszog. Wie abwesend entledigte sie sich ihrer Kleider, Stück für Stück, als ob ihr niemand dabei zuschaute. Als sie ins Badezimmer ging, folgte ich ihr. Ich war noch immer angezogen, hatte zwar mein blaues Leinenjackett abgelegt, aber mein weißes Hemd war weiterhin zugeknöpft und die ockerfarbene Krawatte straff gebunden.

Sabine stieg, ohne mich zur Kenntnis zu nehmen, in die Badewanne, zog den Duschvorhang zu und drehte die Brause an. Ich horchte angestrengt und versuchte, einen Unterschied zwischen dem Geräusch, das der Wasserstrahl auf ihrem Körper hervorrief, und jenem, das ich am Vorabend gehört hatte, auszumachen. Aber da war kein Unterschied. Allein ihr Bauch, so schien mir, bot dem Strahl anderen Widerstand. Vielleicht waren Sabines Bauchmuskeln straffer. Dann aber verschluckte ihr Schoß die prickelnde Garbe genauso endgültig wie jener des mir fremden Körpers es getan hatte.

Als sie aus der Wanne stieg, hielt ich ihr das rosaweißgestreifte Badetuch entgegen. Ich sah die Wassertropfen auf ihrem Körper, der mir in diesem Augenblick fremd und fern erschien. Ich lehnte mich gegen den Heizkörper und schaute ihr zu, wie sie sich abtrocknete. Sie ging dabei systematisch vor, hielt das Tuch mit beiden Händen und trocknete dann einhändig ihre Brüste. Und plötzlich spürte ich den Schmerz in meinem Rücken. Die Striemen brannten wie Feuer, und mir wurde bewußt, was mich von ihr trennte.

»Worauf wartest du?«

Es waren beinahe dieselben Worte, die die Frau am Vorabend zu mir gesagt hatte.

Sabine hatte das Badetuch gewechselt, als sie beim Unterleib und endlich bei den Füßen angekommen war.
Sie zog ihren hellblauen Frottéemantel an und band den Gürtel fester zu als sonst.
»Manchmal habe ich das Gefühl, mit einem Fremden verheiratet zu sein. Und nie war dieses Gefühl so stark wie in letzter Zeit.«
»Ich habe zuviel zu tun!« sagte ich schnell und öffnete den Knoten meiner Krawatte. Es war ein Scheingefecht, nichts sonst.
Sie trat auf mich zu und löste die Krawatte vollends. Dann knöpfte sie mein Hemd auf, öffnete meine Hose, die herunterfiel und sich wie eine graue Hülle um meine Beine ringelte. Ich bewegte mich nicht. Wie ein Boxer, der in den Seilen Schutz sucht, vermied ich es, ihr meinen Rücken zuzuwenden. Wenn sie die Striemen auf meinem Rücken sehen würde, hätte ihr vages Mißtrauen unvermittelt einen realen Anlaß. Das waren Beweise meines Verrats, die nicht mit Worten wegzudiskutieren waren.
Wieviel leichter war es doch gewesen, ihr über fünf Jahre hinweg eine falsche Vergangenheit anzudrehen. Und wenn sie auch oft an den Abenden, an denen ich meine amerikanische Kundschaft besuchte, die fünf Fotos in der Zellophanhülle, die ich in der Brusttasche über den Grenzfluß gerettet hatte, betrachtete, um die Spuren des Mannes, den sie geheiratet hatte, zurückzuverfolgen, so ließ sich daraus kein gewichtiges Stück Biographie herauslesen. Sie betrachtete dann, die Zungenspitze zwischen die Zähne geklemmt, die Bilder, die den kleinen Gerd auf der Wickelkommode zeigte, nackt auf dem Rücken. Auf einem andern Foto lag Gerd im Kinderwagen, den seine schmale Mutter, einen breitrandigen Filzhut keck

über das rechte Ohr gezogen, vor sich herschob. Und dann war da noch ein Bild, Gerd auf dem Dreirad, hinter ihm der rundliche kleingewachsene Vater, glatzköpfig und mit Nikkelbrille. Dann riß die Chronik ab.

»Nach Vaters Tod hatte meine Mutter anderes zu tun, als zu fotografieren«, hatte ich Sabine eines Abends beim Heimkommen erklärt, als sie mit penetranter Hartnäckigkeit nach der Fortsetzung der Chronik verlangte. Aber diese Fortsetzung gab es nicht. Es gab keine Bilder vom Schulanfang. Keine vom Tag, als er seine Buchhändlerlehre in Zwickau antrat, und keine von seiner ersten Hochzeit, wenn man von einem schummrigen Bild absah, auf dem zwar eine strahlende Braut, nicht aber der Bräutigam zu sehen war, der vom triumphierend hochgereckten Arm eines Hochzeitsgastes verdeckt war. Und als ich Sabine über die Schulter blickte und die Fotos betrachtete, ertappte ich mich dabei, daß ich ihr vom Leben des kleinen Gerd Brenner erzählte, als ob es mein eigenes sei. Nur als ich bei der gutmütigen rundlichen Gestalt des früh verstorbenem Vater angekommen war, wurde ich das Gefühl nicht los, als ob hinter ihm bedrohlich und mächtig die Figur des Mannes auf dem Balkon wachse, der mein Leben bestimmte und der, Kunst geworden, mich als Doge Loredan von Venedig weiterhin begleitete.

»Warum hast du keine Fotos von deiner ersten Frau?«

Diese Frage hatte sie nur einmal gestellt.

»Vorbei ist vorbei!« hatte ich geantwortet und meiner Stimme einen harten Klang zu geben versucht.

»Aus irgendeinem Grund hast du die Frau doch geheiratet!«

Ich schaute sie erstaunt an. »Dörte!« sagte ich und wartete vergeblich auf ein Echo.

»Etwas muß sie doch mit mir gemeinsam haben«, fuhr sie

hartnäckig fort und biß sich dann schnell auf die Lippen, als fürchtete sie sich vor der Antwort.
Dörte war eine ganz durchschnittliche Frau, so mindestens hatte es in der Akte gestanden, die die Abteilung XII in Ost-Berlin über sie angelegt hatte. Sie war Arbeiterin in einer Aufzugfabrik gewesen, bevor sie Brenner geheiratet hatte.
»Sie hatte dieselbe Haarfarbe wie du, so zwischen lackierter Eiche und Kastanie.«
Sie fuhr sich flüchtig durch das kurze Haar, als wollte sie dessen Qualität prüfen. »Komm schon! Der Wiederholungszwang in einer zweiten Ehe beschränkt sich nicht auf die Haarfarbe. Was noch?«
Ich versuchte verzweifelt, mir Brenners erste Frau vorzustellen. Natürlich hatte ich Fotos von ihr gesehen. Einmal hatte ich auch ihre Stimme gehört, die man mir auf Tonband vorgespielt hatte, eine harte, gefühllose Stimme. Bestimmt hatte sie nicht dasselbe ansteckende Lachen wie Sabine, nicht die hellwache Präsenz im Gespräch, aber vielleicht auch nicht ihre Verletzlichkeit. Sie war sicher viel weniger kompliziert gewesen als Sabine. Da hatten sich die beiden wohl nicht immer wieder nach den Gründen gefragt, die sie zusammengeführt hatten, nicht nach den Ursachen von Auseinandersetzungen, sondern hatten alles, was zwischen ihnen vorgefallen war, einfach zur Kenntnis genommen, bis sie eines Tages festgestellt hatten, daß der Vorrat an Gemeinsamkeit aufgebraucht worden war. Nein, bewußt war es den beiden wohl nie geworden, daß die Gleichgültigkeit den Haß abgelöst hatte – und dann waren sie eben nach einem letzten großen Zank, in dem noch einmal alles mobilisiert worden war, was auf der Schutthalde ihrer Erinnerungen qualmte, endgültig auseinandergegangen.

»Jedermann hat doch ein Recht darauf, sich zu verändern«, sagte ich endlich. »Damals war ich eben noch Buchdrucker und entmündigtes Opfer des sozialistischen Systems. Die zwanzig Jahre im Westen haben mich verändert.«

»Wer war die Frau?« fragte sie hartnäckig noch einmal.

»Sie hat nichts mit dir zu tun, Sabine. Und ich kann sie nicht mit dir vergleichen. Sie war keine Intellektuelle. Die Briefe, die sie mir zu Anfang schrieb, waren einfach und voller Fehler.«

»Und das hat dich nicht gestört?«

Natürlich hätte es mich gestört. Ich verachte Menschen, die nicht mit der Sprache umgehen können. Das war ja auch einer der Gründe, warum mich Sabine so fesselte.

»Wenn man verliebt ist...!« murmelte ich statt dessen vage und hob hilflos die Hände. Nichts paßte zusammen. Ich liebte Sabine, weil sie eben nichts mit der geschiedenen Frau Brenner zu tun hatte. Aber das durfte ich ihr nicht sagen.

»Du hast eine verschlungene Biographie«, hatte sie gesagt und war nie mehr auf dieses Thema zurückgekommen.

»Verstellung gehört zum Geschäft«, wiederholte sie kopfschüttelnd und drängte sich an mir vorbei. Noch immer stand ich da, mit nacktem Oberkörper, die Hose auf den Schuhen, als das Telefon klingelte. Ich stieg aus der Hose und schob mich seitlich an Sabine vorbei zum Telefon im Flur.

»Hallo.«

»Herr Brenner?« fragte eine Männerstimme.

»Ja. Was wollen Sie?«

»Es ist schon gut«, sagte die Stimme. Der Mann hatte aufgelegt.

»Wer war es?« Sabines Stimme war plötzlich dicht neben mir. Sie war mir in den Flur gefolgt.

»Ich weiß es nicht. Eine Männerstimme.«
Ich rührte mich nicht von der Stelle. Mein Rücken brannte wie Feuer. Ich hatte Angst.
»Du hast aufgehängt!«
»Er!«
Sie zuckte die Achseln und ging ins Schlafzimmer zurück. Ich starrte auf den Telefonapparat. Aber er blieb still.
Als ich ins Schlafzimmer kam, lag sie auf dem Rücken.
»Du verschweigst mir etwas.«
Diesen Satz hatte ich in letzter Zeit in regelmäßigen Abständen immer wieder zu hören bekommen. Seit die DDR in Bewegung geraten war. Und wenn ich auch immer wieder nahe daran gewesen war, ihr alles zu erzählen, so hielt ich mich doch immer wieder im letzten Augenblick zurück. Und auch dieses Mal legte ich mich auf den Rücken neben sie, redete und redete. Redete von Absatzsorgen mit meinen Kunstdrucken und Antiquitäten und wartete die ganze Zeit darauf, daß sie sagen würde, ich solle mich auf den Bauch legen und ihr meinen Rücken zeigen, auf dem die einzig sichtbaren Zeichen meines Verrats zu sehen waren.
Statt dessen sagte sie endlich nur einen einzigen traurigen Satz: »Wenn du mich liebst, dann schweigst du jetzt!«
Aber ich redete weiter, endlos, sinnloses Zeug, und als ich dann einen kurzen Augenblick aufhörte zu reden, merkte ich, daß Sabine bereits fest schlief und sich ihre Hand, je mehr sie wegdriftete, immer mehr in meine Schamhaare verkrallte. Vorsichtig löste ich ihre Finger, und als ich mich behutsam auf die Seite drehen wollte, hörte ich sie plötzlich leise sagen: »Das war es nicht, was ich hören wollte.«

7

Die Sonne stand wie eine goldstrahlende Münze am Himmel, als ich am andern Morgen aus dem Haus trat. Mein blauer BMW wartete am Straßenrand vor der Haustür. Ich warf meinen Musterkoffer auf den Rücksitz und setzte mich ans Steuer. Sabine stand am Küchenfenster und schaute mir bewegungslos nach. Ich winkte ihr zu. Sie nickte nur.

Es war unser Haus, weiß und freundlich. Die Fenster waren holzgerahmt wie Bilder. Von der Terrasse aus konnte man über die Stadt sehen. Und vom Küchenfenster aus hatte ich Colonel Websters pompöses Wohnhaus an der Fliegerstraße, oben an der »Amiwiese«, im Blickfeld.

Gerd Brenner hatte Karriere gemacht. Der kleine Buchdrukker war ein erfolgreicher Antiquitätenhändler und Verkäufer von Kunstdrucken geworden. Ein Mann, der wie selbstverständlich in amerikanischen Offizierskreisen verkehrte, bei jenen Offizieren, die »Auf dem Seß« ihre Häuser hatten, und der auch bei den untern Chargen draußen am Ostende der Stadt, im »Vogelweh«-Quartier, gern gesehen war.

Und nun war die DDR am Ende! Der Gedanke, weiterhin Antiquitäten und Kunstdrucke zu verkaufen, um Geld zu verdienen, kam mir absurd vor.

Ich fuhr in die Stadt hinunter und dann ostwärts quer durchs Carnival Parking, das Vergnügungsviertel der GIs. Ein Stück Vereinigte Staaten in komprimierter Form, knallige Reklameschilder »Military Sales Center«, »The Carolina Car Company«, »Fortune Automobile Insurance«. Ich fuhr an der American Church vorbei, die im Stil eines Landhauses gebaut, verloren auf einem weitläufigen Areal stand.

Nach ein paar Umwegen bog ich in die 4th Avenue ein, von der sternförmig vier Straßen abzweigten. Ich nahm die zweite, die Carolina Avenue.
Ich parkte den BMW vor einem hübschen zweistöckigen Haus. Die Rolläden im ersten Stock waren heruntergelassen. Die Vorhänge im Wohnzimmer bewegten sich leise, als ich auf das Haus zuging. Die gelben und orangefarbenen Blumen in den Rabatten verströmten einen penetranten Geruch. Der Topf mit den Geranien an der Decke des Eingangs schwang sanft hin und her. Ich drückte auf den Klingelknopf. Jennifer Harmes ließ auf sich warten. Ich hatte ihren hellblauen Pontiac auf dem üblichen Parkplatz nicht gesehen. Statt dessen stand dort ein dunkelgrüner Mercedes Diesel.
Es war nicht Jennifer Harmes, die mich begrüßte, sondern ein hellblonder Mann in zerknautschtem, eierfarbenem Jackett.
»Hallo«, sagte er freundlich. Doch sein Lächeln fand nur in der Mundpartie statt. Mit einer beiläufigen Handbewegung forderte er mich auf einzutreten.
»Ich wollte zu Mrs. Harmes«, murmelte ich und trat einen Schritt zurück. Diese Sorte Männer kannte ich.
»Ihr Pech«, grinste er, zog einen Ausweis aus der Jackettasche und hielt ihn mir beiläufig hin. Und wenn all das auch sekundenschnell vor sich ging, gelang es mir trotzdem, den Namen des Mannes und der Behörde, die er vertrat, zu lesen: Martin Loewe, Bundesamt für Verfassungsschutz.
Da stand ich also zum erstenmal bewußt einem Mann von der bundesdeutschen Spionageabwehr gegenüber. Warum kam mir jetzt die Geschichte des Mannes, der zum Tod durch den Strang verurteilt worden und dessen Seil im entscheidenden Moment gerissen war, in den Sinn? Was denn in ihm vorgegangen sei, als ihm der Henker den Boden unter den Füßen

weggezogen habe, wurde er gefragt. Er habe einen Mann gesehen, der gehenkt wurde, war seine Antwort.
Ich stand neben mir, sah mir zu, wie ich Martin Loewe anlächelte, dann nickte, ins Wohnzimmer trat und mich umschaute. Ich betrachtete die mir wohlbekannte Einrichtung mit den Augen eines Fremden, den wuchtigen Schrank aus guter deutscher Eiche, in dem die Sektkelche korrekt wie Wachsoldaten in Reih und Glied standen. Den lackglänzenden Eßtisch mit der Spitzendecke in der Mitte, den pompösen Fernseher, der in eine mit Blumen bemalte Truhe eingebaut war, davor die beiden ausladenden Sessel, von denen einer am Kopfende etwas schmuddelig und abgewetzt war, dort, wo der vor ein paar Wochen bei einem Manöver verunglückte Mr. Harmes, seines Zeichens Panzerfahrer, sein Haupt angelehnt hatte.
Der Kampf ist hart! Wir sind härter!
Loewe deckte mit seinen klobigen hellbraunen Schuhen das Vexiermuster auf Jennifers Perserteppich zu. Jetzt öffnete er die Hand und drehte die Handfläche nach unten. Drei blasse Rosenblätter von Jennifers Prunkstrauß auf dem Eßtisch torkelten in engen Spiralen auf den Boden. Auf Loewes Handfläche waren drei zarte rosafarbene Flecken zu sehen. Ich starrte einen Augenblick darauf, und dann schaute ich dem blassen Mann mit den tiefliegenden grauen Augen ins Gesicht.
»Sie wollten zu Mrs. Harmes?« fragte er und ordnete die drei Rosenblätter mit der Schuhspitze so, daß sie auf dem Teppich ein zusätzliches Muster bildeten.
»Ich wollte nicht nur zu Mrs. Harmes, ich hoffte, auch Mrs. Miller, Mrs. Red und Mr. Forman zu treffen«, sagte ich förmlich und stellte meinen Musterkoffer auf den Tisch,

neben die »Pink Pages«, die just auf der Seite aufgeschlagen waren, wo ich mein Inserat plaziert hatte.
»Und mit welcher Absicht?« fragte Loewe.
Ich zeigte auf das Inserat in den »Pink Pages«.
»Ich verkaufe Antiquitäten und Kunstdrucke.«
Loewe schaute sich um. Natürlich blieb sein Blick auf dem Bild über dem Fernseher hängen.
»Haben Sie dieses Bild verkauft?« fragte er nach einer langen Pause.
Ich nickte. Es war der einzige Haushalt in ganz Kaiserslautern, wo es mir gelungen war, das Bild loszuwerden.
Giovanni Bellini überwand die harte Zeichnung Mantegnas, von der er ausging, und lernte mit dem weichen Pinsel breit und saftig zu malen. Eines der schönsten Zeugnisse hierfür ist das tonig und farbig in schlagenden Kontrasten gestaltete Bildnis des Dogen Leonardo Loredan von Venedig. Einen solchen Kommentar, von prominenter kunsthistorischer Seite abgesegnet, hätte ich Loewe gerne zitiert. Statt dessen mußte ich den profitorientierten Verkäufer mimen.
»Die Amerikaner hier in Kaiserslautern interessieren sich für europäische Kunst. Ein gutes Geschäft.«
Loewe nickte abwesend. »Ihr Name, bitte?«
»Gerhard Brenner.«
»Sie wohnen in Kaiserslautern?« fragte er uninteressiert.
Bestimmt wußte er über meine offizielle Biographie Bescheid. Er war nicht Kriminalbeamter, sondern ein Mann der Abwehr. Und es war sicher kein Zufall, daß er mich hier erwartete. Aber wo war Jennifer? Hatte sie gesungen?
»Ja, ich wohne in Kaiserslautern. An der Amselstraße.«
»Ein gutes Quartier. Da wohnen doch auch amerikanische Offiziere, nicht wahr?«

Ich nickte.
»Sie besuchten Mrs. Harmes häufig?«
»Eine zweideutige Frage, Herr Loewe.«
»Geben Sie mir eine eindeutige Antwort«, sagte er, und wieder lächelte er mit der Mundpartie.
»Ich habe kein Verhältnis mit Mrs. Harmes, wenn Sie das gemeint haben sollten.«
»Das habe ich nicht gemeint. Trotzdem haben Sie Mrs. Harmes häufig besucht.«
Wie in Zürich gelang es mir, Loewe gleichsam unter mein Mikroskop zu zwingen. Ich konzentrierte mich auf seine Stirn, über die ein wildes Geflecht von Falten lief. Ich sah den kleinen Leberfleck über seinem rechten Auge, aus dem ein einzelnes schwarzes Härchen sproß. Und ich sah, wie einzelne Borsten aus seinen Brauen nach unten über das Auge vorgestoßen waren.
»Häufig? Nein. Es konnte schon vorkommen, daß ich bei ihr vorbeischaute, wenn ich in der Gegend war.«
»Ohne Verkaufsabsicht?«
»Mehr als zwei Bilder pro Haushalt liegen nicht drin. Aber ich setze auf Mundpropaganda. Und Mrs. Harmes ist eine Frau mit einem großen Bekanntenkreis.«
»Mrs. Harmes war in einem Kiosk auf der Airbase tätig.«
Ich zuckte mit den Schultern. Ich konzentrierte mich auf Loewes Augenbrauen, aber er entzog sich mir, ging zum Fenster, hob den Vorhang ein wenig und blickte hinaus.
»Sagten Sie *war*, Herr Loewe?«
Loewe hatte jetzt die Stellung eingenommen, die mein Vater bevorzugte, wenn er das Geheimnis um seine Person vervielfachen wollte. Eine Demonstration von Magie und Allmacht wie bei einem Dirigenten.

»Mrs. Harmes ist tot!«

Ich begann zu zittern. Würde mir Loewe Zeit geben, mich wieder zu fassen? Gehörte es zu seinem Spiel und den antrainierten Verhörmethoden, die Souveränität des Inquisitors zu mimen, der es nicht nötig hatte, die Reaktion seiner Worte auf dem Gesicht seines Opfers zu registrieren? Mir war, als ob ich den kalten Blick des Dogen von Venedig in meinem Rücken spürte.

Wir haben nur eine Parole: Sieg!

»War sie krank?«

Jetzt drehte sich Loewe ruckhaft um. Auf seinen Lippen erschien ein boshaftes Lächeln. Er schüttelte ganz leicht den Kopf und zeigte dann mit dem Zeigefinger auf seine Stirn.

»Mrs. Harmes ist ermordet worden, Herr Brenner!«

Jemand hatte die Nerven verloren. Wer?

»Ein Fall für die Kripo!« sagte ich beiläufig. »Es tut mir leid für die Frau. Ich mochte sie.«

Ich starrte auf das Foto im silbernen Rähmchen: Jennifer Harmes, platinblond, mit dünnem, langem Haar. Rotmundig. Viele große Zähne. Und ein ansteckendes Lachen.

»Jennifer Harmes hat auf der Airbase gearbeitet, Herr Brenner!«

»Und?« Meine Stimme klang gleichgültig.

»Sie hatte dort viele Bekannte!«

Ich wartete ab.

»Sie haben ja dort auch freien Zugang.«

»Ich bin Geschäftsmann, Herr Loewe.«

»Als Geschäftsmann hört man doch dies und das!«

»Ja.«

»Was hat sie Ihnen erzählt?« fragte Loewe scharf und schaute mir ins Gesicht.

»Klatsch! Seit dem Tod ihres Mannes hat sie sich verändert.«

Ich mußte sparsam mit Informationen umgehen. Wer viel redet, hat etwas zu verbergen. Ich wußte, daß Loewe darauf wartete, daß ich mir eine Zigarette anzündete. Er hatte seine rechte Hand in der Jackettasche und spielte mit dem Feuerzeug.

»Sie wurde erschossen. Mit einer Army-Pistole.«

»Wann?«

»Gestern nacht.«

Ich schwieg. Loewe erwartete wohl, daß ich jetzt ein Alibi für die Tatzeit präsentieren würde. Aber ich schwieg. Loewe hatte weniger Geduld als ich.

»Sie haben wohl ein Alibi für die Tatzeit?«

»Herr Loewe, warum sollte ich Mrs. Harmes erschießen?«

»Ja, warum sollten Sie!« murmelte er. Er war verstimmt, weil ich nicht einmal die Frage nach der Tatzeit gestellt hatte. Er zog eine weiße Zigarettenpackung aus der Jackettasche und zündete sich eine Zigarette an.

»Nein, Sie waren es nicht, Herr Brenner«, sagte er endlich und blies den Rauch haarscharf an meinem rechten Ohr vorbei.

»Nein, ich war es nicht«, wiederholte ich.

»Sie waren zuerst auf einer Party bei Brewers. Und dann waren Sie zu Hause!«

»Sie haben sich erkundigt?« fragte ich lächelnd.

»Wir haben miteinander telefoniert, Herr Brenner.«

Jetzt hatte er unmißverständlich seinen Verdacht formuliert. Ich wartete ab. Aber ich spürte die Beklemmung, die mir das Atmen schwer machte. Ich begann zu schwitzen.

»Wir gehen allen möglichen Spuren nach, Herr Brenner.«

Warum relativierte er nun plötzlich seine Attacke? Gehörte es zu seiner Taktik, mich an langer Leine laufen zu lassen? Oder hoffte er auf eine Panikreaktion?
»Ein beeindruckendes Bild!«
Loewe zeigte auf den *Dogen von Venedig*. Das Verhör war beendet.
Ich nickte.
»Das heißt, ich kann jetzt gehen?« fragte ich.
»Natürlich, Herr Brenner. Möglich, daß wir oder die Kripo noch einmal mit Ihnen Kontakt aufnehmen. – Vielleicht auch nicht«, fügte er nach einer Weile hinzu, den Blick noch immer auf Leonardo Loredan gerichtet, der aber an ihm vorbei in die Ferne blickte.
Ich ging zur Tür. Als ich zurückschaute, fiel mir auf, daß auf dem Tisch zwei halbvolle Whiskygläser standen. Loewe ergriff eines davon und leerte es mit abwesendem Gesichtsausdruck.

8

Ich fuhr nach Saarbrücken, trank dort ein Bier, machte einen unverdächtigen Kundenbesuch und kehrte im Laufe des Nachmittags nach Kaiserslautern zurück. Loewe ließ mich nicht observieren, was mich wunderte. Oder stellte er es so geschickt an, daß ich nichts davon merkte? Vielleicht nahm er aber auch an, daß ich an diesem Tag, sofern er überhaupt einen Verdacht hatte, nichts mehr tat, was mich kompromittieren könnte.
Das war sein Irrtum. Und damit rechnete ich.
Am Nachmittag fuhr ich in großen Bogen um das Flugplatz-

gelände von Ramstein herum. Ich traute mich nicht auf die Airbase, obwohl mir mein Ausweis als Geschäftsmann jederzeit Zutritt verschafft hätte. Die Airbase war eine kleine hermetische Stadt mit allem, was dazu gehörte, Schulen, Geschäften, Kiosken, Kinos, Vergnügungsstätten, Wohnhäusern. Plumpe Galaxy-Transportmaschinen vom Typ C5 flogen ein. Sie hingen wie dicke Hummeln beinahe bewegungslos am Himmel und stürzten doch nicht ab. Ich fuhr auf der Zusatzlandepiste, als sechsspurige Autobahn getarnt, bis zur Kontrollstelle, beobachtete durch den Zaun die Wagen, die nach kurzem Halt weiterfuhren. Der schwarze Chevrolet, den ich suchte, war nicht dabei.

Ich fuhr auf einen nahen Hügel, setzte mich am Waldrand ins Gras und schaute hinunter in die gelbgrüne Landschaft. Die Luft flirrte. Es war heiß. Die Wege, Felder und Äcker legten ein Muster über die Ebene. Aber das alles berührte mich nicht. Landschaft begann für mich erst zu leben, wenn sie Kunst geworden war, gerahmt, eingefangen, in einen Ausschnitt gepreßt. Diese geformte, bewältigte Welt lag in meinem Musterkoffer bereit: »Galeria mundi«.

Camille Pissarro zum Beispiel: *Ernte,* 1877, Tate Gallery. Im sonnendurchfluteten strohgelben Vordergrund sind Landarbeiter mit der Ernte beschäftigt. Ihre dünnen Schatten scheinen in der Hitze auszutrocknen. Die Bäume im Hintergrund sind zu weit weg, um Schatten zu spenden. Im hellblauen Himmel lösen sich die Wolken an den Rändern auf.

Ich nahm meinen Feldstecher und suchte die Gegend ab. Der schwarze Chevrolet, dessen Chromteile in der Sonne blitzten, gehörte nicht in diese Landschaft vor mir, die ich Pissarros unruhiger Pinselführung anpassen wollte. Ich holte das Auto so nahe wie möglich an mich heran. Da fuhr einer, den

Jennifers Tod auch aufgeschreckt hatte. Nur wußte er nicht, daß ich seine Identität kannte. In einem einzigen, von einem schnellen Whisky verfälschten Augenblick unserer langen Bekanntschaft hatte Jennifer mir seinen Namen ins Ohr geflüstert und gleichzeitig ihren beachtlichen Busen an meinem Oberarm gerieben: »Sergeant Ronald Francis!«

Ich hatte mich ihr kurz zugewandt und sie auf ihre vollen Lippen geküßt, flüchtig nur, denn zu mehr reichte mein Engagement für Jennifer nicht.

»O. k., darling«, hatte sie gemurmelt, war aufgestanden und hatte den Fernseher eingeschaltet.

»Je weniger man weiß, desto größer die Überlebenschance! Und je weniger man voneinander weiß, desto größer die Chance, nicht zu Feinden zu werden.«

»O. k.«, hatte Jennifer noch einmal gesagt. Ihr war rechtzeitig in den Sinn gekommen, daß eine Wiederholung ihrer bevorzugten Familienserie auf dem Programm stand.

Eine halbe Stunde später sah ich den Chevrolet wieder. Er tauchte so plötzlich in der Landschaft auf, als ob ihn der feurige Rachen der untergehenden Sonne ausgespuckt hätte. Ein Raubvogel kreiste über dem Auto. Die Sonne verschwand langsam am Horizont. Der Vogel, noch ins rote Licht getaucht, schmierte über den rechten Flügel ab und wurde von der Staubwolke verschluckt, die der Chevrolet hinter sich herzog. Sergeant Ronald Francis fuhr in Richtung Einsiedler Hof.

Eine Viertelstunde später parkte ich vor dem Arabella House, einem ehemaligen Bordell. Der schwarze Chevrolet stand nicht dort. Im Golden Nugget trank ich ein Bier und fragte beiläufig nach Sergeant Francis. Er sei da gewesen: »For a quick Whisky!«

Ich kannte die Gewohnheiten des Mannes. Ich hatte ihn oft genug beschattet, um seine Connections auszumachen. Meine Kunden kannten mich. Aber für sie war ich nicht Mr. Brenner, sondern ganz einfach der Mann from K-Town.
Noch war es zu früh, um nach Kaiserslautern zurückzufahren. Ich hatte Sabine einen langen Arbeitstag angekündigt, und daran würde ich mich halten. Ich stieg in mein Auto und fuhr ein Stück in westlicher Richtung. Schatten hatten sich über die Landschaft gelegt und die Farben erstickt. Das entsprechende Bild, das mir die »Galeria mundi« anbot, kam aus Breughels Teufelsküche, obwohl ich es abzuwehren versuchte: *Landschaft mit der Elster auf dem Galgen*. Ein weites Tal. Burgen säumen den Hintergrund. Eine Stadt verschwimmt im Fluß. Im Vordergrund ein Galgen und daneben ein Armesünderkreuz, in den Boden gerammt.
Pieter Breughel ist ein deprimierender Beifahrer. Ich trat aufs Gas. Es war schon dunkel, als ich auf den Parkplatz vor dem Restaurant La Gondola fuhr. Ich manövrierte den BMW seitlich vom Restaurant genau in die Lücke neben den schwarzen Chevrolet. Ein schneller Blick auf die ebenerdige Terrasse vor dem Haus überzeugte mich davon, daß Francis nicht unter einem der Bastsonnenschirme saß. Ich ging quer über den Platz auf das Lokal zu. Die Tische draußen waren bis auf einen einzigen alle besetzt. Es wurde vor allem amerikanisch gesprochen. Bei Pizza und Bier.
Aber auch drinnen war Francis nicht zu sehen. Die mit rosafarbenen Tüchern bedeckten Tische waren kaum zur Hälfte besetzt. Bei der Hitze zogen die Gäste die Terrasse vor, selbst wenn sie dabei den Lärm der nahen Autostraße in Kauf nehmen mußten.
Ich aß eine Pizza, trank ein Viertel Chianti und wartete auf

Francis. Der Sergeant tauchte nicht auf. Der Kellner hatte ihn nicht gesehen. Die Bastfransen der Schirme bewegten sich kaum. Ich saß wie unter einer Glocke, eingepackt in die Hitze und einen sanften Rausch.

Das Lokal leerte sich. Ich horchte den Schritten der Gäste nach, die über die Terrasse zu ihren Wagen gingen. Autotüren knallten zu. Die Motoren der Karossen röhrten und gurgelten dann still vor sich hin. Ein Wagen nach dem andern fuhr davon. Elf Uhr. Ein Mückenschwarm tanzte im grellgelben Licht der Lampenkette. Der Kellner hatte schwarze Ringe unter den Augen, und mit jedem Schritt, den er tat, fiel sein Lächeln mehr in sich zusammen.

Mit einem Mal wirkte alles trostlos, und ich wußte nicht, ob der Kellner meinen innern Zustand von meinem Gesicht ablesen konnte. Ich wußte, daß mich mein Mund verriet, daß er der Indikator meines Seelenzustandes war. Irgendwie war ich erleichtert, daß Francis nicht aufgetaucht war.

Ich zahlte, stand auf und ging mit vorsichtigen Schritten über den staubigen Vorplatz zu meinem Auto. Das kleine Gehölz hinter dem Restaurant warf lange Schatten. Als ich mich bückte und den Schlüssel ins Schloß steckte, hörte ich hinter mir ein Geräusch. Ich blieb unbeweglich stehen. Meine Gesäßbacken zogen sich zusammen. Und dann spürte ich diesen harten Gegenstand mit der kreisrunden Öffnung zwischen meinen Schulterblättern.

»Herr Brenner!«

Ich erkannte die rauchige Stimme. Und ich stellte mir die massige Silhouette des Mannes vor, der hinter mir stand, seinen dicken Kopf mit dem gekräuselten Haar, seine gewaltigen Hände, den Bauch, der sich unter der Uniformjacke wölbte.

Ein Gefühl totaler Lähmung hatte mich überkommen. Es fiel mir kein Bild ein, mit dessen Hilfe ich die Situation auf Distanz hätte bringen können. Ich wußte den Mann in meinem Rücken, und mir war, als ob ich herauszufinden hätte, wie ein Spiegel funktioniert, und dabei feststellen mußte, daß das einzige, was diese Untersuchung hervorbrachte, ich selbst war.

»Yes?« sagte ich leise. Ich antwortete auf englisch, um ihm damit verstehen zu geben, daß ich ihn kannte. Sein vermantschtes R in meinem Namen hatte ihn als Amerikaner identifiziert.

Aber Francis war mir trotzdem zuvorgekommen. Hatte Jennifer nicht dichtgehalten? Am Nachmittag hatte ich ihn noch durch mein Fernglas betrachtet, wie er durch die Landschaft fuhr. Er war eine Figur in meinem privaten Theater gewesen. Jetzt aber war mir, als ob mein Gehirn entblößt worden sei. Er war mir entsprungen.

»Turn round and go!«

Zwei schnelle Schritte brachten ihn in meine Nähe und erneut in meinen Rücken, als ich mich umdrehte und auf das Dunkel des Wäldchens zuging. Ich hatte ihm bei der Drehung ins Gesicht zu schauen versucht, aber da war nichts gewesen als Nacht. Nur als er ruckartig seinen Arm mit der Pistole hob, hatte ich sein Rangabzeichen blitzen sehen.

»O. k., Sergeant«, sagte ich scheinbar gleichgültig.

Ich wunderte mich über dieses plötzliche Gefühl der Gelassenheit. Obwohl es über zwanzig Jahre her war, wußte ich genau, wie ich mich zu verhalten hatte.

9

Euphorie hatte sich meiner bemächtigt, als ich in Begleitung eines Offiziers in Zivil im grauen Wartburg durch Ost-Berlin fuhr.
»Kein Blick hinaus«, hatte der bleiche Mann neben mir leise gesagt.
Es war Nacht, und es regnete. November. Allerseelenstimmung. Die Fassaden der Häuser verschluckten das trübe Licht der Straßenlaternen. Ich getraute mich nicht zu fragen, wohin wir fuhren, obwohl ich wußte, in welcher Gegend wir uns befanden: Berlin-Karlshorst. Aber die genaue Adresse sprach niemand aus. Sie existierte offiziell nicht. Es war das, was in der Fachsprache, die ich mir bereits angeeignet hatte, als konspiratives Objekt bezeichnet wurde. Dort würde ich also die nächsten sechs Monate verbringen.
Die massigen Umrisse des Fahrers vor mir schienen sich aufzublähen. Die Sicht nach vorn war mir verstellt. Als wir ein großes Eisentor passierten, das sich lautlos geöffnet hatte, konnte ich nirgendwo einen Wachtposten ausmachen. Kiefernstämme flogen im Stakkato vorbei. Nur einmal hatte ich zwischen den Bäumen das metallische Blitzen einer Waffe gesehen. Der Offizier neben mir hatte seine Hände auf den Oberschenkeln gefaltet. Es waren schmale weiße Hände.
»Ist dir etwas aufgefallen, Genosse?« fragte er plötzlich mit leiser Stimme.
»Ein Mann mit einer Maschinenpistole rechter Hand«, sagte ich schnell. War das die Antwort, die er erwartet hatte?
Er schüttelte den Kopf. »Es mag sein, daß da ein Mann stand«, sagte er verärgert. »Das meine ich nicht. Du hast also nicht bemerkt, daß hinter uns ein Wagen ohne Licht fährt?«

»Du hast mir doch verboten, hinauszuschauen, Genosse Hauptmann!«
»Ich habe es verboten. Und solche Verbote haben Gültigkeit für die Bürger dieses Staates. Du aber wirst außerhalb der Legalität operieren. Und du überlebst nur, wenn du an dich selber denkst!«
Es war das erste Mal, daß ein Vorgesetzter so zu mir sprach, daß da einer in diesem Staat das Kollektiv in Frage stellte. Sollte denn all das, was ich bis jetzt vertreten hatte und was meine Ausbilder, Lehrer und Gewerkschaftsführer mir eingebleut hatten, nicht mehr gültig sein?
»Was für dich und deinesgleichen gilt, gilt nicht für alle!« sagte er, als der Wartburg am Ende der Allee angekommen war und auf einem ovalen Platz hielt. Die gezackte Silhouette einer Villa aus der Gründerzeit hob sich vom nächtlichen Himmel ab. Die Stufen einer ausladenden Freitreppe glänzten feucht.
»Wir sind da«, sagte der Fahrer und drehte seinen Kopf ins Profil. Er hatte eine scharf gebogene Nase und ein spitzes vorstehendes Kinn. Ich stieg aus und holte meine Kunstledertasche aus dem Kofferraum. Der Wagen hinter uns kam in meinem Rücken zum Stehen. Ich warf einen schnellen Blick ins Innere, konnte aber die Gesichtszüge des Mannes im Fond nicht erkennen. Mir fiel nur seine Größe auf, als er mit abgewandtem Gesicht ausstieg und an mir vorbei über die Freitreppe zum Eingangsportal ging. Der Mann hielt sich gerade, hatte die Schultern nach hinten gedrückt. Sein Gang hatte etwas Feierliches, als ob er einem Staatsakt beiwohnen würde. Überraschend blieb er stehen und drehte sich um. In diesem Augenblick schaltete der Fahrer des Wartburg die Scheinwerfer ein, und eine schnelle gleißende Lichtgarbe fiel

auf die Fassade und den Mann, bevor der Wagen abdrehte und in die Allee eintauchte.
Dieser kurze Augenblick, in dem der Mann vom Licht angesprungen worden war, hinterließ einen Eindruck in mir, der nie und durch nichts mehr zu tilgen gewesen war. Die Irritation auf dem wächsernen Gesicht war nur für den Bruchteil einer Sekunde ablesbar, ein kaum wahrnehmbares Zucken der Mundwinkel, eine Vibration, die sich wie der Strahl eines Oszillographen verlor. Dann gefror dieses Gesicht auch schon zur Maske, stand der Mann wie eine Figur im Theater auf der Treppe, eine Mumie, die erst wieder zu leben begann, als das Licht von ihr abgezogen wurde. Noch leuchtete das Gesicht im Dunkeln nach, auch als sich der Mann bereits abgewandt und die restlichen Stufen hinter sich gebracht hatte – als ob er nun auch am Hinterkopf eine Maske trüge, so wie gewisse Figuren in der Commedia dell'arte, an die ich mich erinnerte.
Als Kind hatte ich immer wieder in dem dunkelblauen Band mit den vergoldeten Schriftzügen, den ich ab und zu aus der Bibliothek meines Vaters mitgenommen hatte, geblättert. Dort hatte ich diese schillernden Figuren zum erstenmal gesehen, die ihr wahres Gesicht hinter einer Maske verbargen und die als zusätzliche Irritation und Tarnung auch am Hinterkopf eine Maske befestigt trugen, so daß die Menschen ihrer Umgebung nie aus der Verstörung herausfinden konnten und selbst dann, wenn sich der Maskenträger abwandte, noch das Gefühl hatten, von dessen Rücken beobachtet zu werden.
Bevor ich in die Kunst der Observierung und der Tricks, wie man sich der Beschattung entziehen konnte, eingeweiht worden war, hatte ich bereits durch diese Begegnung begriffen, worauf es ankam: Der Mann, der jetzt im Eingang der Villa

verschwunden war, hatte mir eine erste Lektion in Sachen Verunsicherung des Gegners gegeben.

Währenddessen hatte der Offizier, der vorher neben mir im Auto gesessen hatte, im Schatten der Bäume gewartet und mich, der ich den Mann auf der Treppe beobachtete, seinerseits beobachtet. Als ich mich umwandte, wurde mir klar, daß man zwar einen Menschen observieren konnte, aber dabei nie sicher war, ob nicht ein anderer einen im Verborgenen wiederum bespitzelte, ohne daß man um seine Anwesenheit wußte.

Auf der Klinge des Brotmessers meiner Mutter war in einem ovalen Medaillon ein Adler abgebildet, der seinerseits wieder auf der Klinge eines Messers saß, auf dem in einem Medaillon ein Adler auf einer Klinge saß. Zum erstenmal bekam ich damals als Kind eine Vorstellung von dem, was man unter dem Wort Unendlichkeit versteht. Das Geschäft der Spionage bewegt sich immer in den echolosen Vorräumen der Ewigkeit, und ich begriff bald, daß der die größten Überlebenschancen hat, der in der unendlichen Reihe eine Position einnahm, die möglichst nahe an jenem Punkt war, wo alles unscharf wurde, wo die Konturen verschwammen und die Unendlichkeit begann...

»Ihr werdet ausgebildet in Geheimschreiben, Mikrographie, Observation, Auswertung von Informationen, Funk- und Morsetechnik, im Umgang mit verschiedenen Waffen und in angewandter Psychologie. Nach diesem sechsmonatigen Lehrgang werdet ihr als Offiziere entlassen. Jeder von euch wird an seinen bisherigen Posten im Beruf zurückkehren. Ein konspirativer Einsatz ist vorerst nicht geplant.«

Der Mann, der uns vor dem prasselnden Kaminfeuer in der Halle die ersten Informationen lieferte, sprach mit leiser, zurückhaltender Stimme. Er meinte jeden einzelnen von uns zehn Absolventen dieser Kaderschule. Jeder bewohnte ein Einzelzimmer, so daß die Kasernierung, die total war, uns nie wirklich penetrant bewußt gemacht wurde. Ich begann, das Alleinsein zu genießen, und freute mich auf den Augenblick, wo ich mich in mein Zimmer zurückziehen und ein Buch aus der umfangreichen Bibliothek lesen konnte, das nichts mit meiner Ausbildung zum Spion, aber auch nichts mit Ideologie und Marxismus zu tun hatte. Ich las alles, was an kunstgeschichtlichen Werken aufzutreiben war, knüpfte dabei an mein Kunstgeschichtsstudium an der Universität Leipzig an und bereitete mich gleichzeitig auf meinen Einsatz als Lehrer für Kunstgeschichte an der polytechnischen Oberschule in Zwickau vor, in der Zeit nach der Ausbildung zum Agenten.

»Frauen sind tabu!« sagte unser Ausbilder, ohne dabei auch nur eine Miene zu verziehen. Vergeblich warteten wir auf eine zusätzliche Bemerkung, auf einen obszönen Witz, auf einen Ansatz von konspirativen Männerphantasien, die den apodiktischen Satz relativieren würden. Nichts von all dem. Der Dozent zeigte keine Regung. Er fügte nur hinzu, daß die äußerst seltenen Ausflüge ins Zentrum Berlins ausschließlich in Begleitung eines Führungsoffiziers zu geschehen hätten und daß auch da Frauenbekanntschaften verboten seien.

Erst einen Monat nach meinem Eintritt in die Kaderschule sah ich den Mann mit dem maskenhaften Gesicht wieder. Er stand vor dem tiefblauen Vorhang in der Halle und folgte ausdruckslos den Ausführungen eines Dozenten über die Geheimnisse wirkungsvoller Observation. Und damals wurde

mir plötzlich bewußt, an wen mich dieser Mann vor dem blauen Vorhang erinnerte: an das *Bildnis des Dogen Leonardo Loredan von Venedig*, gemalt von Giovanni Bellini, über den ich an der Universität Leipzig meine Diplomarbeit geschrieben hatte.
Einen Tag später erfuhr ich, daß dieser Mann künftig mein Führungsoffizier sein würde. Und so war es denn auch er, der mich auf meinem ersten Gang in die Stadt begleitete. Bald stellte ich dabei fest, daß nicht in erster Linie Entspannung oder Vergnügen der Grund war, warum man in die Stadt gehen durfte, sondern daß die Kunst der Observierung gewissermaßen in der Praxis mit Hilfe des Führungsoffiziers zu höchster Perfektion gebracht werden sollte. Und je mehr Zeit ich in Gesellschaft des unnahbaren Mannes verbrachte, der uns als Rolf vorgestellt worden war, desto mehr stieg mein Selbstbewußtsein und die Überzeugung, daß ich in der Kunst der Observierung allen andern überlegen war.
Eines Abends aber hatte Rolf plötzlich lautlos die Tür meines Zimmers geöffnet, die ich abgeschlossen zu haben glaubte. Ich lag bereits im Bett, nur mit einem Leintuch bedeckt. Ich zuckte zusammen, als ich ihn erkannte.
»Frauen sind tabu«, sagte er beinahe tonlos. »Dazu gehört auch das Onanieren!«
Ich biß auf die Zähne, preßte die Gefäßbacken zusammen, um zu verhindern, daß mein Samen aus meinem steifen Glied schoß. Aber ich schaffte es nicht. Rolf schaute gleichgültig auf den sich ausbreitenden Fleck auf dem Leintuch, tat dann zwei Schritte auf mich zu, stützte sich am Fußende meines Bettes auf die Umrandung und beugte sich vor. Zum erstenmal sah ich im Gesicht des Mannes, der keine zehn Jahre älter war als ich, so etwas wie wirkliche Anteilnahme. Er hatte

meine Intimität aufgebrochen, hatte sich da hineingedrängt und meine Schuldgefühle öffentlich gemacht.
»Männerphantasien sind tödlich, Jürgen! Brauch deine Phantasie dazu, um herauszufinden, was in den Köpfen jener vorgeht, in deren Territorium du dich bewegen wirst und die deine Existenz bedrohen. Denk wie ein Asiate, wenn du es mit einem Asiaten zu tun bekommst. Denk wie dein Führungsoffizier, wenn dein Führungsoffizier dich kalt erwischen will. Und denk wie ein Schwarzer, wenn es ein Schwarzer auf dich abgesehen hat. Nur die Verwandlung garantiert Überleben!«

10

»Ein Amerikaner schießt dir nicht in den Rükken. Bevor er schießt, gibt er Laut. Mit diesen Überresten einer versunkenen Wildwesttradition darfst du rechnen. Schwarze Amerikaner sind anders. Sie sind impulsiver, agieren immer aus der Defensive heraus! Du darfst einen Schwarzen niemals provozieren! Nimm ihn ernst, und laß ihn das merken! Und erwische ihn dann kalt!«
Jetzt fand diese Konfrontation statt.
»Right! Left!«
Ich gehorchte scheinbar willenlos seinen sporadischen Befehlen. All das, was ich damals in Karlshorst gelernt hatte, tauchte in Fragmenten wieder auf.
Die Schritte des Mannes hinter mir waren schwer. Er schwitzte. Der Schweiß lief ihm in die Augen. Ich nahm es gleichsam mit meiner Maske am Hinterkopf wahr. Aber er hatte zuviel Abstand, um ihn mit einer brüsken Drehung erwischen zu können.

Eine halbe Stunde waren wir jetzt schon zusammen unterwegs. Der Weg stieg steil an. Wir erklommen einen kleinen Hügel und standen dann am Waldrand. In etwa hundert Metern Entfernung tauchten die Umrisse eines flachen Gebäudes auf. Als wir uns näherten, roch es nach Stall, und ein Gefühl von falscher Geborgenheit und heiler Welt verdrängte für ein paar hoffnungsvolle Augenblicke meine Angst.
»Stop!« sagte die Stimme hinter mir.
»Wir sind also angekommen«, sagte ich gleichmütig. »And now?«
»Wait and see!«
Es klang gleichmütig, aber das metallische Klicken hinter mir veränderte die Qualität seiner Worte.
Der Tod ist wie ein plötzlicher Filmriß in einer Folge von scheinbar logisch aufeinanderfolgenden Lebenssequenzen, dachte ich. Mir blieb jetzt nichts anderes übrig, als diesen Moment so lange hinauszuschieben, bis alles unscharf würde, bis sich die Zeit auflöste. Ich mußte jetzt reden, reden.
»Ich kenne Sie, Sergeant! Ich habe Sie auf der Airbase gesehen. Im Supermarkt. Ich kenne Ihre beiden kleinen Kinder. Und ich kenne Ihre hübsche Frau. Und ich weiß, daß der Kalte Krieg zu Ende ist und Sie bald in Ihre Heimat zurückkehren können.«
Er stieß mir den Lauf der Pistole in den Rücken und drängte mich auf das Gebäude zu.
»Fuck it!« keuchte er und stieß mit dem Stiefel die Tür des Kuhstalls auf. Ich stolperte vorwärts. Mit beiden Händen stützte ich mich auf der Futterkrippe auf.
»Stehenbleiben! Nicht umdrehen!«
Ich suchte krampfhaft ins Gespräch zu kommen. Er beharrte darauf, daß ich ihm den Rücken zukehrte, denn er ahnte

instinktiv, daß er nur eine Chance hatte, wenn wir einander nicht gegenüberstanden. Das machte ihn zwar unsicher, weil er von meinem Gesicht keine Reaktionen ablesen konnte, andererseits wurde er für mich gefährlicher, weil ich mich auf seine Aktionen nicht einrichten konnte. Ich war auf die Maske am Hinterkopf angewiesen, würde aber trotzdem nicht sehen können, was meine Antworten bei ihm auslösten. Ich fürchtete mich vor seinen Kurzschlußhandlungen.

»Was wissen Sie, Mr. Brenner?«

Er blieb höflich. Daß Inquisitoren ihre Opfer auf deutsch duzen, schien er nicht zu realisieren, weil das »Du« für ihn ja ohnehin zu einer einzigen Form verschmolz. Mit Subtilitäten konnte ich ihn also nicht in die Enge treiben.

»Ich habe erfahren, daß Jennifer Harmes tot ist«, sagte ich unverbindlich.

»Erschossen!«

»Ich habe es gehört.«

»Mit einer Army-Pistole!«

Ich schwieg. Das Stroh raschelte, als er auf mich zutrat und mir seine Waffe in den Rücken bohrte, bevor ich einen Blitzangriff starten konnte. Es war alles so lange her! Meine Reflexe hatten nachgelassen, und die eingeübten Bewegungsabläufe ließen sich nicht mehr automatisch abrufen. Allein das Bild des Mannes mit dem wächsernen Gesicht war präsent wie eh und je.

»Who told you?« Er hatte wieder ins Amerikanische gewechselt. Seine Angst war spürbar.

»Ein Mann der Spionageabwehr. German!«

»What did he want?«

»Ich weiß es nicht. Er hielt mich wohl anfangs für den Mörder. Er wollte wissen, was ich mit Jennifer zu schaffen hatte.«

»Und?«
»Ich bin nicht der Mörder, Sergeant! Meine Beziehungen zu Jennifer waren geschäftlicher Art. Ich verkaufte ihr Kunst. Ihnen übrigens auch, Sergeant!«
»Shit! Sie haben mich betrogen. Der Maler ist nicht berühmt!«
»Marinus van Reymerswaele, ich weiß! Aber das Bild hat Ihnen und Ihrer Frau trotzdem gut gefallen: *Der Geldwechsler und seine Frau.*«
Ich wurde ruhiger. Die Kunst bot mir Zuflucht. Schule von Antwerpen, dachte ich und sah das Bild vor mir. Es stellte nicht nur eine einfache Genreszene dar, sondern es war eine allegorische Darstellung der Habsucht. Der Mann und die Frau auf dem Bild blickten wie hypnotisiert auf das Gold, während im Hintergrund die Kerze beinahe niedergebrannt war. Ich wußte, warum den Sergeant dieses Gemälde so fasziniert hatte. Aber es war absurd, jetzt an Kunst zu denken.
Der Sergeant atmete schwer. Er schien nachzudenken.
»Haben Sie dem Mann gesagt, wer Jennifer erschossen hat?«
»Wie sollte ich! Ich kenne den Mörder nicht!« antwortete ich vorsichtig.
»Liar! Spy!«
Ich wechselte die Stellung meiner Hände auf der Futterkrippe. Würde es mir gelingen, mich seitwärts fallen zu lassen und ihn mit einem Scherenschlag mitzureißen?
Aber er tat instinktiv einen Schritt zurück.
»Spion oder nicht Spion!« sagte ich ruhig. »Das ist doch jetzt überhaupt nicht mehr von Bedeutung. Jetzt, wo sich in Europa alles ändert. Die Sowjets sind nicht mehr Ihre

Feinde, Sergeant. Die DDR hört auf zu existieren. Und sie ist bald Teil der NATO. Wer interessiert sich jetzt noch für Informationen über NATO-Flugplätze?«

Ich spürte den warmen Atem des Sergeanten in meinem Nakken. Vielleicht ließen ihn meine Worte plötzlich alles in anderm Licht sehen. Er war es gewesen, der Jennifer mit zusätzlichen Informationen von der Airbase belieferte. Er hatte Buch geführt über die abgebrochenen Starts der Kampfbomber, hatte notiert, wie viele Maschinen am Boden blieben und aus welchen Gründen. Er hatte ihre Einsatzziele erkundet, ihre Bewaffnung, hatte in der Messe die Piloten ausgefragt, technische Daten zusammengetragen, Raketenstellungen ausgemacht.

Und alle diese Informationen hatte er Jennifer abgeliefert, zuerst gegen Liebe, später, als er eine andere kennenlernte und auch bald darauf heiratete, gegen einen Teil des Geldes, das sie von mir erhielt.

Jennifer war eine zuverlässige Informantin gewesen, hatte mir regelmäßig alle Informationen weitergegeben, bis ihr eines Tages plötzlich klar geworden sein mußte, daß durch die politischen Veränderungen in Europa die Airbase wohl ihren Betrieb reduzieren und ihr Informant Francis bald in die Staaten zurückkehren würde. Und so hatte sie ihren letzten großen Coup zu landen versucht. Sie hatte ihren Informanten erpreßt: »Geld oder ich lasse dich auffliegen!«

So würde es gewesen sein. Jennifer wollte noch einmal absahnen. Der Unfalltod ihres Mannes während eines Manövers hatte sie aus dem Gleichgewicht gebracht.

»Es war dumm von Jennifer«, sagte ich leise.

Er würgte ein trockenes Lachen aus der Kehle. »Es war ihr Todesurteil!«

Ich schwieg. Das Wort »Mörder« durfte ich jetzt auf keinen Fall benützen.
»Ich habe sie bestraft! Shot! But before, Mr. Brenner, hat sie Ihren Namen genannt!«
Natürlich! So war es gewesen.
Ich registrierte mit geschärftem Gehör, wie er am Verschluß seiner Waffe herumfingerte.
»Vergessen Sie Jennifer. Vergessen Sie mich! Und vergessen Sie Deutschland, Sergeant! Es ist vorbei!«
»Vorbei? For you, Mr. Brenner. Not for me! I am American. But – was habe ich zu schaffen mit Amerika? Ich wohne hier in K-Town. Seit über zehn Jahren. Ich bin hier zu Hause.«
Er hatte recht. Wir beide waren hier zu Hause. Was hatten wir zu schaffen mit dem Land unserer Herkunft? Er war ein Schwarzer. Er war ursprünglich nicht Amerikaner. Er kam von weither. Und er war unterwegs auf der Suche nach einer neuen Heimat. Und er hatte sie in K-Town gefunden. Da hatte er sich eingerichtet. Gut eingerichtet mit dem Geld, das er mit seinen Informationen verdiente. Und jetzt war alles umsonst gewesen! Für ihn! Für mich! Und Jennifer war tot! Die NATO war für ihn keine verbindliche Größe mehr!
»Sie haben verloren, Sergeant! Hauen Sie ab, solange Ihnen noch Zeit dazu bleibt! Tauchen Sie unter! Als Söldner haben wir beide ausgespielt!«
»Ich habe eine weiße Frau«, würgte er heraus. Ich drehte mich um und sah ihm ins Gesicht. Er ließ es zu. Er war für einen Augenblick wie gelähmt. Schweißtropfen glitzerten auf der Oberlippe zwischen den Bartstoppeln.
»Ich werde schweigen, Sergeant!«
Ich streckte meine Hand aus. Zu spät merkte ich, daß er seine

Pistole wieder auf mich gerichtet hatte. Mit der linken Hand griff er in den Lederbeutel an seinem Gürtel. Handschellen klirrten. Ich hatte den günstigen Augenblick des Gesprächs verpaßt. – Ein Versager!
Meine Handgelenke schmerzten, als der Sergeant mich an einen Holzpfosten fesselte, der die Futterkrippe tragen half. »Bye, Brenner«, sagte er heiser, klopfte mir auf die Schulter und ging hinaus. Die Stalltür knarrte. Ich hörte, wie er mit seinen schweren Army-Stiefeln über den Hof stapfte, dann stehenblieb, zurückkam. Wollte er mich doch noch erschießen? Ein zweites Mal würde er einen Mord aus der Nähe nicht schaffen. Er nicht!
Das Glas des kleinen Stallfensters neben der Türe splitterte. Er hatte es mit dem Ellbogen eingedrückt. Ich hörte ein ratschendes Geräusch. Und dann fiel wie ein Komet mit freurigem Schweif ein großes Bündel brennender Streichhölzer auf den strohbedeckten Boden hinter mir.

11

Flamme empor! Flamme empor! Stiebe in zündendem Brande weit hinein in die Lande! Bis sie verstehen, dieses große Geschehen: Deutschland erwacht.
Jedes Jahr am Tag der Sonnenwende stimmt er bei einbrechender Dämmerung dieses Lied an. Mit kehliger Stimme besingt er die steilen Flammen. Seine Brillengläser glühen wie die Augen eines Drachen. Und der dunkle Fleck auf seiner Hose zwischen den Beinen, der sich dort jedesmal nach dem Wasserlassen bildet, was er stündlich zu tun pflegt, ist in der Hitze des vaterländischen Feuers getrocknet.

Und dann ist der große Augenblick da. Er breitet seine Arme wie ein großer schwarzer Vogel aus, packt seine Frau links, seinen Sohn rechts an den Schultern und zieht beide an seine Seite. Der Schweißgeruch unter seinen Achselhöhlen ist penetranter als das süßliche Aroma des verglühenden Holzes. Funken schießen in den Nachthimmel, und der immer stärker werdende Griff seiner Hände, der uns wie in einem Schraubstock gefangen hält und uns an seiner Seite festpappt, preßt ein paar dünne Töne aus unseren Mündern.
»Lauter!« sagt er drohend und drückt noch fester zu, so daß die tönende Luft gegen unsern Willen aus unseren gequetschten Lungen schießt und wir nur notdürftig imstande sind, durch ein paar flüchtige Mundbewegungen so etwas wie einen halbwegs verständlichen Text nachzuschicken.
Später, als dieses Deutschland zu Ende geht, verzichtet er, das Fest der Sonnenwende zu zelebrieren, und beschränkt sich darauf, die Politik der verbrannten Erde zu erklären, wenn er nach der regelmäßig stattfindenden Bombardierung der Oelsnitzer Steinkohlenwerke am Tag danach vom Balkon unseres Hauses aus die rauchenden Trümmer begutachtet, die »ein besagter Herr aus England« zu verantworten hat.
»Die Stunde wird kommen, in der wir antworten werden!« Mit diesem Satz macht er sich nach einer besonders heftigen Bombardierung auf, seine Frau zu suchen, die sich aus dem Keller unseres Hauses entfernt hat, um dort Unterschlupf zu finden, wo ihre Angst nicht zusätzlich von den Durchhalteparolen meines Erziehers und ihres Ehegatten durchlöchert wird. Er findet sie endlich in den Fundamenten der Evangelischen Kirche. Sie hat sich zu den Andersgläubigen geflüchtet und sieht, eingeklemmt zwischen den geborstenen Grundmauern des Gotteshauses, entsetzt in das von der Brille ent-

blößte rechte Auge ihres Mannes, der durch einen Spalt zu ihr hinunterspäht.
»Hier!« hört sie die Stimme ihres Gatten sagen, dem sie auch hier nicht zu entkommen vermag.
Er hat sich durch die rauchenden Trümmer gearbeitet, hat die schwelenden Bretter der Kirchenbänke mit dem Schuh weggeschoben und ist endlich dort angekommen, wo ihr schwarzer Hut, dessen zerfetztes Band in der Hitze der Glut zittert, auf einem geschwärzten Engelskopf sitzt, einem Fragment des Kanzelaufgangs.
Eine Stunde später tragen sie Feuerwehrleute auf einer Bahre nach Hause und legen sie auf das Ehebett. Er bleibt zurück und unterhält sich an der Unglücksstelle mit dem Feuerwehrhauptmann über die Unberechenbarkeit von Frauen, die in Stunden der Gefahr ihrem Glauben an die Katholische Kirche und ans Vaterland abschwören.

12

Ich sah den Reflex des um sich greifenden Feuers auf der Stallwand. Mein Schattenriß zuckte wie im Veitstanz über das bröckelnde Gemäuer. Das feuchte Stroh qualmte. Schwarzgelber Rauch trieb auf mich zu. Noch hatte sich das feuchte Stroh nicht vollends entzündet.
Auf einem Brett an der Wand stand ein brauner glasierter Futternapf. Darin steckten eine Schere, die Spitze nach oben, und ein Pinsel, von dem nur der mit mennigroter Farbe besprenkelte Griff zu sehen war. Ein Stilleben. Nature morte war der passende Ausdruck, den mir die Kunstgeschichte anbot. Tote Natur!

Beißender Rauch kroch in mein Hosenbein. Ich roch den Gestank verbrannter Haare. Das Feuer leckte an den Verstrebungen der Futterkrippe und fraß sich immer weiter, packte den Pfosten, an den ich gefesselt war.
Die Strohhalme krümmten sich unter der Hitze und zerfielen dann in dünne schwarze Fäden. Ich bekam keine Luft mehr. Ich zerrte an meinen Fesseln. Und jetzt endlich packte mich die Angst, die ich so lange zu unterdrücken vermocht hatte. Ich schrie.
Das Feuer prasselte. Eine Stichflamme schoß neben meinem rechten Arm steil zur Decke. Wie die feurige Klinge eines Schneidbrenners fraß sie sich durch meine Fesseln und sank wieder in sich zusammen. Ich stieß verzweifelt mit meinem rechten Schuh gegen den brennenden Pfosten, immer heftiger, in immer kürzeren Abständen.
Die Holzverstrebungen fingen Feuer. Ich ließ Wasser. Ein feuchter Fleck bildete sich auf meiner Hose. Ich drückte mein glühendes Gesicht zwischen die gefesselten Hände. Rauch fraß sich in meine Lungen. Ich hustete. Würgte. Die Tränen liefen mir über das Gesicht.
Auch der Tod kann einem mißraten, dachte ich.
Dieser Gedanke fräste sich durch mein vernebeltes Gehirn, als ich mich mit aller Kraft nach hinten fallen ließ. Die Fesseln schnitten mir ins Fleisch. Der Schmerz holte mich noch einmal ins Bewußtsein zurück. Ich riß mit aller Kraft an den Fesseln, mit denen ich an den jetzt lichterloh brennenden Pfahl gekettet war. Wieder und wieder stieß ich mit dem Schuh gegen den brennenden Pfosten. Und dann fiel ich nach hinten und das glühende Holzstück auf mich und brannte mir ein schwarzes Mal auf die Brust.
Ich rappelte mich auf und stürzte, die gefesselten Hände wie

einen Rammbock vor dem Körper, auf die Tür zu, warf mich dagegen und fiel draußen auf den steinernen Vorplatz. Es regnete Funken, und ganz oben am nächtlichen Himmel blinkten die Bordlichter eines fernen Flugzeugs. Gespensterhaft und lautlos zog es seine Bahn.

Ich starrte im flackernden Licht der Flammen auf meine rußgeschwärzten Hände. Sie schmerzten, aber sie waren nicht verbrannt. Wie lange geht es, bis ein Mensch sich auflöst, bis seine Körpersäfte austrocknen, bis sich die Öle verflüchtigen und das Fett schmort?

Es dauerte lange, bis jemand kam. Das Feuer hatte sich endlich gegen Feuchtigkeit und Moder durchgesetzt. Das ganze Gehöft stand in Flammen. Und der Boden darunter verkohlte.

Bittere Heimaterde, dachte ich.

Die Blätter des Baumes, an dem ich auf einer Anhöhe lehnte, zitterten in den heißen Wolken, die in Schüben herantrieben. Ein dünner Wasserstrahl stieg steil in den Nachthimmel und senkte sich in Form einer Parabel ins Feuer. Ein Mann führte das Rohr und erinnerte mich in seiner Hilflosigkeit an unsere Versuche als Kinder, Kartoffelfeuer mit dem kraftlosen Strahl aus unsern vorgereckten Pimmeln zu löschen, die wir mit beiden Händen wie ein Wenderohr umklammert hielten.

Ein müdes Blaulicht kreiste auf dem Dach des Feuerwehrautos. Von Zeit zu Zeit war ein Befehl zu hören, das Bersten eines Holzstückes, der Knall springenden Glases. Sonst herrschte Gleichgültigkeit. Wer sollte retten, was nicht zu retten war?

Gegen Mitternacht zogen die Feuerwehrleute und die paar Neugierigen ab. Es blieb keine Wache zurück. Ich stieg, die gefesselten Hände wie zum Gebet vor der Brust gefaltet, zur

Brandstätte hinunter, zog mit schlurfenden Schritten eine Spur durch die qualmende Asche, schob manchmal ein rauchendes Stück Holz beiseite, als ob ich darunter nach einer Leiche suchen müßte.
Aber da war niemand.
Ich hatte das absurde Bedürfnis, mich auf den Boden zu werfen, um die restliche Glut mit meinem Körper zu ersticken, so wie ich es in einem Erste-Hilfe-Kurs gelernt hatte. Aber als sich dann am Himmel eine einzige Wolke, wie von ferner Hand dirigiert, leicht verschob und sich der Rand des Mondes in die Lücke drängte und die Brandstätte mit milchigweißem Licht übergoß, sie zu einem fahlen Gemälde erstarren ließ, wußte ich plötzlich nicht mehr, was ich an diesem Ort, an dem Gerhard Brenner hätte verbrennen sollen, überhaupt noch suchte.
Brenner hatte überlebt.

13

Mitternacht war vorbei, als ich nach Kaiserslautern zurückkehrte. Die Amselstraße lag wie ausgestorben da. Nur durch das Küchenfenster drang von Sabines Zimmer her noch Licht. Und oben an der Fliegerstraße schimmerte es fahl hinter den Fliegengittern im Erdgeschoß. Ich parkte vor unserem Haus und blieb eine Weile unbeweglich im Auto sitzen. Meine Hände lagen gefesselt auf dem Lenkrad. Was sollte ich Sabine erzählen?
Die Haustür war nicht verschlossen. Sabine saß an ihrem Schreibtisch, vor ihr lag die aufgeschlagene Lokalzeitung. Darauf ein leeres Whiskyglas.

Sie hielt den Kopf in ihren Händen aufgestützt. Das Licht der Schreibtischlampe schnitt einen Kreis aus ihrem Kopf. Ein roter Filzstift lag quer über einem beschriebenen Blatt, das mit roten Wellenlinien, Kreuzen und Ausrufezeichen übersät war. Das Bild war mir vertraut, heimelte mich an: ihre verbohrten Streifzüge durch die Manuskripte angehender Journalisten, deren sie sich in der Redaktion ihrer Zeitung immer wieder annahm, obwohl sie selbst nur freie Mitarbeiterin war. Sie war es, die Kunstausstellungen besprechen durfte, und die Kunst hatte uns damals auch zusammengebracht.

Es war an einem Sommertag gewesen, an einem Samstag, als ich, von Leinsweiler kommend, auf den Slevogthof zugefahren und dabei von einem hellgrünen Ford Fiesta überholt worden war. Ein gelber Seidenschal flatterte aus dem offenen Fenster. Und an diesem Seidenschal hatte ich sie dann im Slevogthof wiedererkannt, wo sie inmitten einer Gruppe von Interessierten in der Bibliothek stand und den Erklärungen der Führerin lauschte. Sie hatte den Kopf in den Nacken gekippt und betrachtete die bemalte Decke, auf der Slevogt vier Literaturgattungen festgehalten hatte: Coopers *Lederstrumpf* als Vertreter des Romans, *1001 Nacht* als Märchen, *Macbeth* als Drama und *Hector und Achill* als Epos.

Sie hatte nur kurz den Kopf gedreht, als ich neben sie getreten war. Ich hatte ihr Profil betrachtet, das durch ihre Konzentration streng wirkte. Und ich hatte gleichzeitig an Rolfs Warnung gedacht: »Frauen sind tabu!«

Wie gerne hätte ich mit ihr damals über Slevogts Bilder gesprochen, über sein Bildnis des Sängers d'Andrade in der Rolle des Don Juan, das die prickelnde Qualität von Champagner hat. Über *Die pfälzische Landschaft*, die in Dresden

hing, über die Illustration zu *Ali Baba und die 40 Räuber*, Goethes *Faust* oder *Reineke Fuchs*. Aber ich war ja offiziell ein Laie, einer, der den Umstieg vom Buchdrucker zum Vertreter in Sachen Kunstdruck durch Fleiß, Beharrlichkeit und Neigung, nicht durch Bildung und Studium geschafft hatte.
Trotzdem hatten wir später draußen vor dem Haus gestanden und stumm in die Landschaft bis zum weit entfernten Schwarzwald geschaut. Dann hatten wir das umfriedete Gebiet verlassen und waren zu dem kleinen Waldfriedhof hinübergegangen, wo Slevogt und seine Familie begraben liegen. Sabine hatte von Slevogt erzählt, und ich hatte ihr intelligente Fragen gestellt, die sie anfangs irritierten, dann aber zu immer neuen und eindringlicheren Interpretationen seines Werks herausgefordert hatten. Und damals hatte ich mich heimlich gefragt, ob diese Frau denn überhaupt einen Mann lieben könnte, der den Abklatsch von Kunst als Geschäft und nicht die Kunst als Passion betrieb?
Wir hatten uns wieder gesehen. Drüben hatte man das registriert und wohl deshalb widerspruchslos geschehen lassen, weil man hoffte, daß diese Frau mir Informationen aus der Redaktion, für die sie arbeitete, beschaffen würde. Ich ließ sie in dem Glauben. Und als wir dann eines Tages zusammenzogen und ein Jahr darauf heirateten, war es für einen Einspruch zu spät. Die Kunst hatte uns zusammengeführt, und die Kunst bestimmte auch unser Eheleben, die gemeinsamen Galerie- und Museumsbesuche, der Ankauf von Werken noch unbekannter junger Künstler und mein Ehrgeiz, mit dem ich mich scheinbar auf ihren Wissensstand in Sachen Kunst hievte und den sie halb irritiert, halb befriedigt zur Kenntnis nahm.

»Gerd!«

Sie schrie auf, als sie mich in der Tür stehen sah. Ich streckte ihr stumm meine gefesselten Hände entgegen. Sie fuhr in die Höhe und sank dann auf ihren Stuhl zurück. Ihr Gesicht löste sich auf. Ich suchte umsonst nach den Zügen, die mir vertraut waren.

»Du?« flüsterte sie jetzt gedehnt.

Ihr Körper straffte sich für einen kurzen Augenblick und fiel wieder in sich zusammen.

»Ich«, antwortete ich zögernd. Und gleichzeitig fragte ich mich, wen sie denn überhaupt meinte und wen ich meinte.

»Was ist mit dir? Wo warst du so lange? Wer hat dich gefesselt? Was hast du getan?«

Ich schüttelte den Kopf. Ihre Fragen trafen mich schnell wie Geschosse.

»Wie ein Neger...! Ein Schwarzer!«

Sie stand auf, kam auf mich zu und strich mit dem Zeigefinger ihrer rechten Hand über meine Stirn und hielt mir dann ihre schwarze Fingerkuppe ganz nah vor die Augen.

»Es war ein Schwarzer«, murmelte ich mit einem gequälten Lächeln.

Sie starrte mich an. Ihre Züge verschwammen. Sie blieb unbeweglich stehen. Dann trat sie einen Schritt zurück. Ihre Augen ließen endlich mein geschwärztes Gesicht los und wanderten über meine angebrannte Jacke hinunter zu meinen gefesselten Händen.

»Man wollte mich umbringen!«

»Verbrennen!« sagte sie tonlos.

Sie drehte sich um, ging zum Tisch zurück, setzte sich und begann, in der Zeitung zu blättern.

»Jetzt kannst du nicht mehr schweigen«, murmelte sie, ohne aufzublicken.
Ich hob meine gefesselten Hände in die Höhe.
»In der Werkzeugkiste ist eine Metallsäge!«
Sie stand schweigend auf, ging zum Schrank im Flur, stemmte sich mit der linken Hand dagegen und riß mit der rechten die verklemmte Tür auf. Eine Weile kramte sie in der Werkzeugkiste herum. Dann schmetterte sie die Schranktür zu. Sie hielt die Säge wie ein Folterwerkzeug in der Hand, als sie auf mich zukam.
»Dann wollen wir mal«, sagte sie salopp.
Warum stellte sie keine weiteren Fragen? Warum zeigte sie kein Mitleid?
Die feinen Zacken des Sägeblattes glitten auf dem glatten Metall der Handschellen immer wieder ab. Sie suchte nach neuen Ansatzstellen, arbeitete schweigend und verbissen. Ich sah den feinen grauen Saum ihres Haaransatzes. Ich roch ihr Parfum. Aber es erinnerte mich an nichts.
Endlich hatte sie es geschafft, eine kleine Kerbe zu sägen, in der sich das Blatt führen ließ. Und während sie jetzt in gleichmäßigem Rhythmus das Werkzeug hin- und herbewegte und feiner Metallstaub auf die Zeitung rieselte, das Sägeblatt sich kreischend durch die Fesseln fraß, begann das Verhör.
»Pack aus! Pack endlich aus!«
Ich schwieg.
Sie hörte mit Sägen auf und hob den Kopf. Die Pupillen ihrer bernsteinfarbenen Augen hatten sich ganz zusammengezogen.
»Seit fünf Jahren bin ich mit Gerd Brenner verheiratet. Dachte ich!«
»Ist es nicht so?« fragte ich zögernd.

»Ich habe dich in der Hand!« Ihr Mund lächelte, aber ihre Augen blieben ausdruckslos. Sie hielt wieder inne.
»Es war ein Überfall«, sagte ich schnell und zog meine gefesselten Hände zurück. »Ein Amerikaner. Ein schwarzer Sergeant, dem ich ein Bild verkauft habe...«
»Deswegen ist noch keiner umgebracht worden. Nicht wegen irgendwelcher Reproduktionen! Der Mann hatte einen Grund! Welchen?«
Die Handschellen schmerzten mich. Sabine hatte sich mir gegenüber an den kleinen Glastisch gesetzt. Sie hielt ihre Hände genauso wie ich die meinen. Als ob sie gefesselt wären. Wir gehören zusammen, dachte ich.
»Ich will dich nicht hineinziehen!«
Sie schaute an meinem linken Ohr vorbei, wie der Doge auf Bellinis Bild. »Du hast mich schon hineingezogen. In deine Geschichten. In deine falsche Vergangenheit. In das, was du mir und andern als deine Biographie verkaufst.«
Ich ging zum Fenster, schob mit beiden Händen den Vorhang zurück, schaute hinauf zu Websters Haus an der Fliegerstraße, das jetzt im Dunkel lag.
»Woher weißt du das, Sabine?«
Ich sah sie vor mir, ohne mich umdrehen zu müssen. Ich sah sie so, wie ich sie immer mit mir herumtrug: mit ihrem ovalen sommersprossigen Gesicht, dem versteckten Lächeln in den Augenwinkeln, den geschwungenen Lippen, die am Ende ein wenig nach oben zeigten. Die leicht geneigte Kopfhaltung signalisierte ihre Bereitschaft zum Gespräch, und die kleine Falte über der Nasenwurzel spiegelte ihre Skepsis, die geballten Hände ihre Energie.
»Ein Mann war hier, als du in Frankfurt warst.«
Ich versuchte, mein Erschrecken zu verbergen.

»Ich war nicht in Frankfurt. Ich war in Zürich!«
»Ich weiß! Du warst nie dort, wo du angeblich warst!«
»Wer war der Mann?«
»Warum fragst du, wenn du es doch weißt? Warum stellst du immer Fragen, deren Antworten du schon kennst? Gehört das zu deinem Beruf – als Spion?«
Ich wandte mich um. Die blasse Frau am Tisch, die jetzt mit beiden Händen das Glas umklammert hielt, war nicht die Frau, die ich mir vorgestellt hatte. Ich spürte mit einem Mal die Angst hinter ihrer Maske, sah, wie sich ihre Augen immer mehr weiteten, wie die Augenbrauen sich zu Spitzbogen formten und ihr Blick starr wurde.
»Stellte sich der Mann mit Namen vor?«
Sie schluckte, suchte in der Erinnerung nach den Bildern, die sie verdrängt hatte.
»Ja, mit Namen. Dabei habe ich etwas gelernt. In euren Kreisen trägt man nur Vornamen. Alles andere wäre zuviel.«
Sie biß sich auf die Lippen und senkte den Blick.
»Der Mann nannte sich Fred?«
Sabine nickte. Sie nickte immer wieder. Als ob sie einen Tick hätte.
»Und? Was wollte er?«
»Er wollte dich sprechen. Als er sah, daß du schon abgereist warst, wollte er gleich wieder weg. Der Mann hatte Angst!«
»Wurde er beschattet?«
Sie lachte laut heraus. Aber das Lachen klang nicht fröhlich.
»Das ist deine Sprache – Jürgen!«
»Nein!« Ich hörte mich schreien.
Sie hatte mich bei meinem Decknamen genannt. Ich ging auf sie zu. Ich nahm sie zwischen meine gefesselten Armen gefangen. Ich drückte sie an mich. Sie schob mich Schritt für

Schritt vor sich her ins Schlafzimmer. Sie knöpfte, noch immer an mich gefesselt, meine Hose auf, sie öffnete die Knöpfe des Hemdes. Sie stieß mich aufs Bett. Sie zog sich auf mir aus. Und dann zwang sie mir auf eine Weise ihre Liebe auf, wie ich es nie erlebt hatte. Ihr Gesicht war schwarz verschmiert, vom Ruß in meinem Gesicht, vom Schweiß, vielleicht von Tränen. In der Küche befreite sie mich von den Fesseln.

»Spione sind verführerisch und potent. Es stimmt, was ich einmal irgendwo gelesen habe. Aber sie können nicht lieben!«

Und plötzlich wußte ich, was sich abgespielt hatte. Fred war gekommen. Er hatte nach mir gefragt. Er hatte ausgepackt, weil er Angst hatte, daß ich ihn hochgehen lassen könnte. Er hatte Sabine zu seiner Komplizin gemacht, um sie gegen mich auszuspielen. Und Fred, der Frauenjäger, hatte mit Sabine geschlafen, während ich in Zürich auf ihn wartete. Und sie hatte mitgemacht, um sich an mir zu rächen. Ich dachte an die Frau in Zürich, die es uns beiden besorgt hatte, so wie Sabine...! Nein!

»Du hast also mit ihm geschlafen?« fragte ich leise.

Ich versuchte, mir die Szene vorzustellen, wie er Sabine zu immer neuen und gewagteren Handlungen angeheizt hatte. Sie schaute mich erstaunt an. Aber ich vermochte ihr Erstaunen nicht zu deuten.

»Der Mann hat – gesungen! So heißt es doch, nicht wahr?«

Ein kindliches Lächeln erschien auf ihren Lippen. Sie bestätigte meinen Verdacht nicht. Sie spielte das Spiel, das ich immer gespielt hatte. Ausweichmanöver. Antworten provozieren, aber keine Fragen beantworten. Aber sie spielte es nicht überzeugend. Nur die Worte stimmten, die sie benutzte.

»Und was hat er dir erzählt, Sabine?«

Noch immer verhedderte ich mich in orgiastischen Bildern.
»Ein Deal, Jürgen! Informationen gegen Informationen!«

14

»Es gibt eine Möglichkeit, sie zurückzuholen«, sagte der Arzt. Er schaute mich nicht an, sondern blätterte in der Krankengeschichte der Patientin. Der rechte Ärmel seines Kittels war vorne ausgefranst.
»Zwischen der Patientin und ihrem Mann hat sich nie ein wirklich dialogisches Verhältnis entwickelt. Die Patientin ist von dieser Dialogunfähigkeit im doppelten Sinne belastet, weil es zwischen ihrem Kinder- und Erwachsenen-Ich keinen wirklichen Austausch gab. So kam es, daß ihr Selbstwertgefühl starken Schwankungen ausgesetzt war und sie immer wieder von Angstzuständen und Depressionen befallen wurde. Im Gesamtverlauf handelt es sich um eine typische Ich-Störung, die sozusagen im diesseitigen Grenzbereich der Schizophrenie durch die Gegenwart ihres Mannes, den sie als Instanz und Machtpotential fürchtete und bewunderte, gedämpft wurde. Nach dem Tod ihres Gatten war sie der Realität nicht mehr gewachsen, und die Krankheit brach plötzlich und heftig aus.«
Jetzt dämmerte meine Mutter schon seit Jahren unter dem Diktat des Chefarztes vor sich hin, gegängelt von den Medikamenten, die er erfolglos an ihr ausprobierte. Eine Frau in grauem Rock und schwarzer Strickjacke. Mit Strumpfnähten, die verdreht an ihren Beinen klebten. Eine Frau, die jeden Tag Topflappen strickte. Gelbe, rote, blaue, grüne.
Als ich sie auf Anraten des Arztes besuchte und sie durch den

Anstaltsgarten führte, um sie durch meine Gegenwart an ihr gelebtes Leben zu erinnern, trippelte sie mit emsigen Schritten vor mir her und zeigte immer wieder auf ihren eigenen Schatten, drehte sich erschrocken im Kreis, als er ihr wegen einer vorübersegelnden Wolke einmal abhanden kam, und erschrak zu Tode, als er wieder auftauchte.

»Was für schönes Wetter«, sagte ich, um sie zu beruhigen. Sie war stehengeblieben, die Hand vor dem geöffneten Mund, und hatte mich entsetzt angestarrt. »So etwas sagt man doch nicht!« Dabei bewegte sie ihre Arme wie Flügel auf und ab. Aus ihren Kleidern drang dieser dumpfe säuerliche Geruch, der sich in ihnen festgenistet zu haben schien.

Mein Besuch war genauso wirkungslos geblieben wie die Medikamente. Nun saß ich dem Arzt gegenüber, um neue Heilungsmethoden zu besprechen.

»Elektroschock?« fragte ich zögernd und schaute dabei durch das Fenster hinaus in den Park. Ein Vogel flog in der Diagonalen durch den Ausschnitt.

»Wir brauchen dazu Ihre Einwilligung.«

Ich schwieg. Ich suchte mit den Augen nach neuen Anhaltspunkten. Aber der Fensterausschnitt verschwamm. Der Arzt malte große Nullen auf den Notizblock.

»Und was versprechen Sie sich davon?«

Der Arzt wiegte seinen Kopf hin und her und füllte die Nullen mit Augen, Nasen und Mündern.

»Die Patientin wird zurückkommen. Sie wird wieder sie selber sein ...«

Er brach ab und deckte die Mondgesichter auf dem Blatt mit seiner behaarten Hand zu. »Ich versuche nur, mich Ihnen verständlich zu machen.«

Ich zuckte die Achseln. »Im Gegensatz zu Ihren theoretischen

Ausführungen von vorhin, sprechen Sie jetzt durchaus verständlich, Doktor.«

Aber was geschah mit ihr? Was erwartete man? War sie danach wieder die, die sie einmal war?

Ich fürchtete mich vor der Antwort.

Der Arzt zerknüllte das Blatt mit den Nullen und warf es in den Papierkorb. »Sie braucht Zuwendung. Sie benötigt eine Bezugsperson.«

»Sie meinen mich, Doktor?«

»Sie sind ihre einzige Bezugsperson.«

Ich schüttelte den Kopf. »Der Spaziergang mit ihr hat nichts bewirkt. Da ist doch ein Defekt im Menschen selbst. Der läßt sich durch eine sogenannte Bezugsperson nicht so einfach beheben.«

»Sie verstehen mich nicht«, sagte der Arzt bekümmert.

Ich traute seinem Gesichtsausdruck nicht. Irritation gehörte nicht zu seinem Leben. Der Mann war ein Profi. Und an diese Art von Gespräch mit Angehörigen hatte er sich längst gewöhnt.

»Sie ist durch ein Schockerlebnis, durch einen Riß in ihrem Lebensfilm plötzlich eine andere geworden. Und je länger dieser Zustand dauert, desto weniger kann sie sich daran erinnern, wer sie ursprünglich war, Doktor! So ist es doch! Wie wollen Sie einen solchen Menschen denn zurückholen und warum? Da müssen Sie ihm doch gleichzeitig all das mit zurückholen, was sein Leben ausmachte. Sein wirkliches Leben!«

»Ihm?« fragte der Arzt und schaute mich erstaunt an.

»Ich weiß, wir sprechen von meiner Mutter. Von psychisch kranken Menschen schlechthin. Von den Menschen, die Sie als schizophren bezeichnen.«

»Die betreffende Person, die Patientin, von der jetzt die Rede ist, wird sich nach einem vollzogenen Elektroschock nicht mehr an das erinnern, was sie belastete. Sie wird dort anknüpfen, wo sie gewissermaßen ihre Identität verlassen hat.«

»Wissen Sie denn, ob das, was sie verlassen hat, ihre wirkliche Identität war, Doktor?« fragte ich aufgebracht und beugte mich auf meinem Stuhl weit nach vorn. Ich wollte die Antwort aus ihm herauspressen. Und gleichzeitig wußte ich, daß meine Fragen nur mit mir zu tun hatten.

»Die eigene Identität wird durch Geburt, Erbanlagen, Erziehung und Umfeld bestimmt. Und in dieses vorgegebene Raster suchen all die zurück, die durch eine unglückliche Fügung gleichsam hinausgeschleudert wurden und sich im Flug einer andern Identität bemächtigt haben.« Der Arzt verknotete die Finger ineinander. »Ich weiß nicht, ob ich mich verständlich ausgedrückt habe. Ich habe da, wissenschaftlich gesehen, nach vielleicht fragwürdigen Bildern gesucht ...«

»Und wenn die Alternatividentität, in die man sich geflüchtet hat, angenehmer zu leben ist als die, in die man geboren wurde? Will man dann überhaupt zurück?«

Der Arzt schüttelte unwillig den Kopf.

»Man kehrt zurück, weil man nicht anders kann. Vorausgesetzt, man ist gesund!«

»Und wer nicht zurück will, ist krank?« fragte ich schnell.

»Ja. Wenn die Patientin nach dem Vollzug des Elektroschocks wieder in ihren jetzigen Zustand zurückfällt, ist sie krank. Ist sie – für die Menschheit verloren, wenn ich das so apodiktisch formulieren darf.«

Er griff zum Bleistift.

»Das heißt, ich muß die Verantwortung übernehmen?«

»Es ist so üblich. Sie sind ihr Sohn!«

»Und was habe ich mir unter dem Vollzug des Elektroschocks vorzustellen, Doktor?« fragte ich.
»Nichts! Besser, Sie stellen sich nichts darunter vor ... Also?«
Ich wehrte mich gegen die Bilder, die mich gewaltsam bedrängten.
Die Patientin wird in einem weißen flatterigen Hemd auf einen Sessel gehievt. Ihre Arme werden an die Lehnen gefesselt. Ein Stück Gummi wird ihr zwischen die Zähne gesteckt. Überall farbige Drähte, die sich von einem schwarzen Apparat am Boden auf den Sessel zuringeln. Blitzende Elektroden. Ein Akt von Exorzismus, wenn dann die Patientin, vom Stromstoß getroffen, zusammenzuckt.
War sie nach dem ersten Schlag schon wieder die alte? Oder mußte man vielleicht mehrmals ansetzen, weil die neue Biographie schon zu fest saß, verkrustet wie Kalk? Und würde sie erst dann, Schlag auf Schlag, Stück für Stück, dorthin wieder zurückkehren, woher sie gekommen war? War die Angst vor dem Folterinstrument der Psychiater bei jemandem, der nicht bei sich selbst war, dieselbe wie bei einem normalen Menschen?
Doch die Frau, die ich dem Vollzug des Elektroschocks überantworten sollte, war mir fremd geworden. Ich hatte nichts mehr mit ihr zu tun. Sie war mir gleichgültig. Ihre Angst war nicht meine Angst. Sie trug fremde Ängste und fremde Trauer aus wie eine Amme!
Ich nickte. Der Arzt schob mir ein bereits ausgefülltes Formular hin. Ich setzte schnell meine Unterschrift darunter. Schnell und leichtfertig: Volker Neumann.
Ich verließ das Ordinationszimmer. Man werde mir den Termin mitteilen, wann die Patientin diesbezüglich behandelt würde. Es bestünden gute Aussichten auf Heilung. Man habe

da Erfolgsstatistiken. Es klang in meinen Ohren wie eine Parole, wie sie der Ehemann der Patientin immer ausgesprochen hatte:
Wir geben der Welt ein Beispiel!
Vor der Anstalt stand der graue Wartburg.
»Dann wollen wir mal«, sagte Rolf und drehte den Zündschlüssel. Der Motor des Wartburg klopfte. Rolf pfiff lautlos vor sich hin. Schatten lagen quer über der Straße. Sie rasterten in hektischen Würfen das Sonnenlicht. Erst als wir die Allee zurückgelassen hatten, begann er zu sprechen.
»Volker Neumann. So hast du doch unterschrieben?«
»Ich bin Volker Neumann. Hier in der DDR zumindest.«
»Du warst Volker Neumann. Und für den behandelnden Arzt bleibst du Volker Neumann.«
Er fuhr auf einen rechteckigen grauen Wohnblock zu, der langsam aus dem fernen Horizont wuchs, immer höher wurde. Und als das Wabenmuster der unzähligen Balkone sichtbar war, begann Rolf zu sprechen.
»Der Block dort! Da warst du zu Hause! Zehn Jahre lang. Bis zu deiner Scheidung.«
Ich schwieg. Rolf fing an, mir eine neue Vergangenheit zu verpassen. Maßarbeit, wie ich ihn kannte.
»Gerd Brenner! Das ist von jetzt an dein Name.«
»Der Name allein genügt wohl nicht«, sagte ich sachlich. Jetzt war der Augenblick gekommen, wo die Metamorphose begann. Ich verkrampfte mich, aus Angst, das loslassen zu müssen, was zu mir gehörte. Und aus Angst, es nie mehr wiederfinden zu können.
»Stimmt. Der Name allein genügt nicht. Du hast als Buchdrucker gearbeitet, in einem kleinen Betrieb in Gera. Dann hast du geheiratet und bist hierher nach Leipzig gezogen. Du

hast eine Stelle in einem Betrieb angenommen, der auf Kunstdrucke spezialisiert ist... Du hast ja schließlich Kunstgeschichte studiert«, fügte er nach einer kurzen Pause hinzu.
Er brachte sein Auto am Straßenrand zum Stehen. Ich schaute auf das Wohnsilo und versuchte nachzuempfinden, wie es gewesen wäre, hier zu wohnen. Gelbe Lehmberge säumten die Zufahrtsstraße. Ich versuchte, mir vorzustellen, wie Brenner abends nach Hause gegangen war. Mit seinen leicht nach innen gedrehten Füßen, die seine Schritte unsicher wirken ließen. Er hat einen defensiven Gang, dachte ich. Die abgewetzte schwarze Kunstledertasche hatte er unter den Arm geklemmt, in der sich jetzt nur noch ein sorgsam zusammengefaltetes Papier befand und nicht mehr Graubrot und Bockwurst.
Immer an derselben Stelle, dort, wo die Straße eine sanfte Kurve nimmt, hatte er wohl aufgeschaut, hatte er seinen Blick zuerst an der südwestlichen Hauskante nach oben klettern lassen, bis er im siebten Stock angekommen war, und hatte dann neun Balkone nach rechts abgezählt. Dort, wo das Licht an Winterabenden sanfter schimmerte, war er zu Hause. Und dort hatte Dörte auf ihn gewartet.
»Ja, so war es«, murmelte Rolf und schnalzte anerkennend mit der Zunge.
»Und dann wurde drüben aus dem einfachen Buchdrucker ein Kunstsachverständiger!« sagte ich schnell. Ich hatte das Bedürfnis, Brenners Buchdruckerleben schnell hinter mich zu bringen.
»Nicht so schnell!« sagte Rolf und nahm das Gas weg. »Zuerst einmal hat er sich von seiner Frau getrennt. Er begann zu trinken. Und dann hat er sich eines Tages in den Westen abgesetzt.«

»Im April 1964?«
Rolf drehte den Kopf. »Paßt dir etwas nicht? Nicht du bestimmst die Abläufe!«
»Es ist mein Leben.« Aber meine Stimme war ohne Überzeugung.
»Wir inszenierten eine Schießerei an der Grenze. Die Vopos wurden von der Stelle abgezogen, wo Brenner hinüberwechseln sollte.«
»Wo war das?«
»Bei Merkers. Brenner schwimmt unbehelligt über die Werra. Und dann meldet er sich bei der zuständigen Polizeidienststelle der BRD.«
»Er wird vom Verfassungsschutz befragt?«
»Was für Fragen, Jürgen. Das ist doch schon dein Leben!«
Ich schüttelte den Kopf. Ich konnte Rolf nicht folgen, ihm nicht und nicht Brenners Biographie, die er in die Zukunft hinein bereits festlegte.
»Brenner verwickelt sich beim Verhör in keine Widersprüche?« Ich versuchte krampfhaft, wieder Boden unter den Füßen zu gewinnen.
»Warum sollte er? Er ist sauber!«
Rolf drehte seinen Kopf ins Profil. Der Abendhimmel hinter ihm, von dem ich einen Ausschnitt durch das Autofenster sehen konnte, schien sich plötzlich ins Dunkelblaue zu verfärben. Und Rolfs Gesicht gefror zur Maske.
»Hast du Angst?« fragte er kalt, ohne mich dabei anzusehen.
Ich spürte die Verachtung in seiner Stimme. Und ich dachte daran, wie er mich in Karlshorst beim Onanieren erwischt hatte.
Angst wovor, dachte ich? Aber ich schwieg.

»Hänschen kann brauchen, was es gelernt hat«, sagte Rolf spöttisch.
»Es geht mir zu schnell!«
»Das Tempo bestimme ich! Ich bin dein Führungsoffizier!«

15

Ich schaute auf meine Hände, auf die blutunterlaufenen Stellen an den Gelenken.
»Ich verstehe nicht, daß Fred hierhergekommen ist!« sagte ich unvermittelt. Ich mußte das Verhör beenden. Und ich mußte wissen, was wirklich vorgegangen war.
»Er ist nicht hierhergekommen! Er hat mich auf dem Wochenmarkt angesprochen!«
»Er hat dich also beschattet.«
»Wundert dich das?«
Sie schaute mich kampflustig an. Mich erstaunte, wie schnell sie ihre Gelassenheit zurückgewonnen hatte.
»Wenn man über zehn Jahre zusammenarbeitet, weiß man vom andern mehr, als erlaubt ist.«
»Nur ich wußte weniger als nötig«, sagte sie bitter.
»Der Grund ist derselbe. Um dich nicht zu gefährden. Fred ist mein Instrukteur. Er ist der Verbindungsmann zum Führungsoffizier. Ich treffe mich mit ihm in regelmäßigen Abständen hier bei uns, in der Schweiz, in Holland, Frankreich, Luxemburg.«
»Und du weißt nichts von ihm?«
»Ich kenne seinen Decknamen und seinen richtigen Namen. Und ich weiß, daß er in Dresden wohnt. Ich weiß, daß er Offizier des Ministeriums für Staatssicherheit ist...!«

»Stasi!« sagte sie verächtlich und schaute mich plötzlich erschrocken an.
»HVA, Sabine! Wir arbeiten für die Hauptverwaltung Aufklärung. Spionage!«
»Aber das ist doch alles vorbei! Du hast doch keinen Auftraggeber mehr!«
Ich schüttelte den Kopf.
»Die Leute drüben gibt es noch. All die, die mit Aufklärung zu tun haben. Die kennt keiner! Die tun ihre Arbeit weiterhin. Die wechseln ganz einfach nur den Arbeitgeber. KGB statt Stasi!«
»Das heißt, du wechselst jetzt auch den Arbeitgeber?« fragte sie zögernd.
»Fred gibt es noch. Rolf gibt es noch! Also gibt es auch mich.«
»Rolf, den Führungsoffizier?«
Ich nickte.
»Hast du ihn wiedergesehen?«
»Natürlich. Zweimal pro Jahr traf ich ihn in Berlin. Ich flog unter dem Namen Dr. Paulsen nach Kopenhagen, von dort aus nach Berlin. Im Bahnhof Friedrichstraße benutzte ich den Diensteingang der Reichsbahn. In einer konspirativen Wohnung traf ich mich mit Rolf. Entweder Unter den Linden oder außerhalb von Ost-Berlin.«
»Auch drüben wußte man nicht, wer du wirklich bist?«
»Für die Zollbeamten war ich Arzt, Journalist oder Wissenschaftler. Für die Leute in Ost-Berlin, die mich kannten, war ich Mitarbeiter im Außenhandel beim Comecon. Chefeinkäufer für strategisches Material in Moskau.«
»Und hier warst du Gerd Brenner!«
Der Anflug von Stolz, der mich streifte, als ich ihren Gesichtsausdruck sah, verflog gleich wieder.

Warum war Fred hierhergekommen? Natürlich hatte er mit der Zeit mehr über mich erfahren, als mir eigentlich lieb war. Er hatte das Vakuum um meine Person neutralisiert. Aber niemals hätte er nach Kaiserslautern kommen dürfen!
»Wo habt ihr zusammen geredet?«
»Draußen am Bremerhof.«
»Bremerhof?«
Ein richtiges konspiratives Treffen also.
»Wir wurden ja nicht observiert«, wehrte sie ab.
Sie sagte »observiert«, nicht »beobachtet«!
»Er steigt aus!«
Ich schaute Sabine entsetzt an. Sie spielte mit dem Verschluß der Handschellen, die zwischen uns auf dem Tisch lagen. Sie verschoben sich und stießen an das leere Whiskyglas. Ein heller Ton sirrte durch die Stille.
»Das hat er dir gesagt?« fragte ich ungläubig. »Bevor er wieder zurückging?«
»Zurück? Es gibt kein Zurück! Was drüben war, ist bald hüben! Hast du denn das noch immer nicht begriffen?«
Ich wollte nicht begreifen. Umsonst gelebt!
»Wenn du ihn denunzierst, läßt er dich hochgehen! So hat er es gesagt! Er taucht unter. Bleibt drüben der, der er immer war!«
Diese Sprache, die sich Sabine so plötzlich und scheinbar mühelos angeeignet hatte!
»Und warum hat er mir das nicht selbst in Zürich gesagt?«
»Weil man dich dort beschattet hat! Er konnte dich nicht mehr rechtzeitig warnen!«
Ich atmete auf. Wer auch immer mich beschattet hatte! Ich hatte mich nicht verdächtig gemacht. Fred war nicht gekommen. Ich hatte eine Prostituierte besucht. Das war bei Ge-

schäftsleuten im Ausland nichts Außergewöhnliches. Fred aber hatte meine Schwachstelle geortet: Sabine!

»Du kannst aussteigen, Gerd!«

Sie hatte mich bei dem Namen genannt, unter dem sie mich kennengelernt hatte. Nicht Jürgen, nicht Volker, nicht Dr. Paulsen, nicht bei meinem Decknamen »Sachse«, unter dem ich in der Zentrale registriert war.

Ich war wie gelähmt.

Dann schüttelte ich endlich den Kopf. Es war, wie wenn mir ohne Maske auf einmal jenes Gefühl der Macht, der Sicherheit genommen würde, das mein Leben getragen hatte.

»Warum bist du Spion geworden?«

Ich zuckte die Achseln.

»Ich weiß es nicht. Eines Tages wurde ich von einem Mann der Bezirksverwaltung in Leipzig angesprochen. Ein beiläufiges Gespräch. Damals dachte ich mir nichts dabei. Heute weiß ich, wie das Ganze funktioniert. Das Ministerium für Staatssicherheit hat immer neue Leute gesucht. Und es gab genug Tipgeber, die mögliche Mitarbeiter ins Auge faßten. Sie suchen nach den verwundbaren Stellen, blähen dein Ego auf, kontaktieren dich immer wieder unter verschiedenen Vorwänden, korrumpieren dich, prüfen deine ideologische Standfestigkeit, stacheln deinen Ehrgeiz an, ohne daß dabei je der Begriff Spionage genannt wird. Sie legen eine Kaderakte über dich an. Sie beobachten dich. Sie verstricken dich immer mehr. Dann rechnen sie dir die finanziellen Vorteile aus, wenn du für sie arbeitest. Und dann bauen sie das Feindbild auf. Und eines Tages gehörst du dazu. Du weißt es erst, wenn sie die Zeit für gekommen ansehen. Und dann kannst du nicht mehr zurück!«

Sie hatte mir schweigend zugehört. Und auch jetzt, als ich zu sprechen aufhörte, sagte sie nichts. Sie strich mit dem Zeigefinger ihrer rechten Hand behutsam über meinen Handrücken.

»Ich lebe seit über zwanzig Jahren das Leben eines andern. Ich kann nicht einfach zurück, Sabine. Fred wechselte seine Identität nur, wenn er sich mit mir im Ausland traf. Aber er kehrte immer wieder in sein eigenes Leben zurück. Ich nicht, Sabine. Selbst wenn ich für kurze Zeit drüben war! Immer war ich ein anderer!«

»Darauf kommt es doch nicht an, Gerd! Für mich bist du immer derselbe gewesen! Kannst du denn das nicht verstehen?«

Ich schüttelte heftig den Kopf. Sie hatte mit mir geschlafen und einen andern gemeint. Sie hatte ihre Geheimnisse ihrem Mann anvertraut, der ein anderer war.

»Steig aus, Gerd!«

»Aussteigen? Die lassen mich doch nicht einfach aussteigen!«

»Die? Die DDR gibt es bald nicht mehr! Die Stasi wird aufgelöst!«

»Die Stasi! Die Spitzel, die Geheimpolizei, die Leute, die die DDR im Innern zusammenzuhalten versuchten, ja. Nicht aber die HVA, nicht die Spionageabteilung! Da kam keine Aufforderung, stillzuhalten, Dokumente zu vernichten, unterzutauchen. Das heißt, die sind noch funktionstüchtig!«

Sabine schaute mich verständnislos an. Der Schein der Tischlampe erfaßte ihr Gesicht. Ihre Falten und Fältchen zeichneten sich plötzlich scharf ab.

»Du bist doch nur einer von vielen, Gerd!«

»Ich bin das letzte Glied in einer Kette!«

»Dann kappe das Glied vor dir!«

»Fred!« Ich schlug mit der Faust auf den Tisch. Die Tischlampe erfaßte eine zarte Vibration. Die Fältchen in Sabines Gesicht begannen zu tanzen.

»Fred hält dicht!«

»Fred hat Angst. Nicht nur er! Der Amerikaner hat Angst. Alle haben Angst, die mit drinstecken!«

»Kann dir der Amerikaner etwas anhängen, wenn sie ihn verhören?«

»Nein! Die Frau, die mir die Informationen weitergegeben hat, ist tot. Er hat den einzigen Zeugen meiner Spionagetätigkeit auf der Airbase eliminiert! Er hat keine Beweise gegen mich! Er fürchtet nur meine Zeugenschaft!«

Ich wußte, daß sie sich jetzt fragte, ob ich mit Jennifer geschlafen hatte. »Es bleibt also alles beim alten?« Ihr Blick hatte etwas Lauerndes, das mir bis jetzt nie aufgefallen war. Ihre Stimme zögerte am Ende der Frage, als ob sie auf meinen Widerspruch wartete.

»Der Führungsoffizier ist die Schlüsselfigur, Sabine!«

»Rolf, also!«

Ich zuckte hilflos mit den Achseln.

»Rolf. Ein Name, weiter nichts. Keine Adresse! Keine Biographie!«

»Der Mann ist deine einzige Chance! Begreifst du das denn nicht!«

Sabine beugte sich weit vor und hob beschwörend die Hände. Ich hatte sie noch nie so gesehen! Diese Mischung aus Verzweiflung und Entschlossenheit verunsicherte mich.

»Was soll ich mit dem Mann?« fragte ich störrisch, obwohl ich längst begriffen hatte, was sie wollte.

»Wenn du den Mann findest und ihn identifizierst, hast du etwas in der Hand, womit du handeln kannst!«

»Sabine! Zum Teufel, woher hast du diese Sprache?«

»Von Fred! Ich lerne schnell!« sagte sie und deutete ein Lächeln an.
Fred! Sie war seine gelehrige Schülerin gewesen! Wo und wie auch immer! Es war nicht Eifersucht, was ich verspürte, sondern jene Leere, die zurückbleibt, wenn man verraten wird, jenes immer wiederkehrende Gefühl, das dem Leben eines Spions unterlegt ist.
»Wenn ich Rolf orte, heißt das noch lange nicht, daß ich ihn für andere, die sich für ihn interessieren, enttarnen kann!«
»Du kannst es versuchen, Gerd! Tu etwas für – uns!«
Wir horchten beide dem letzten Wort nach und fragten uns, was es für den andern bedeutete.
»Wie soll ich zu Rolf Kontakt aufnehmen?« fragte ich. Was würde sie jetzt antworten? Wie informiert war sie? Und wer hatte sie informiert? Fred? Wirklich?
»Wie du es immer getan hast!«
»Über die Zentrale in Ost-Berlin. Per Funk! Aber die Zentrale ist tot! Funkstille!«
»Versuch es, Gerd! Einer wird die Botschaft auffangen!«
»Vielleicht«, antwortete ich ausweichend und wandte mich ab. Sie aber ließ nicht locker.
»Jetzt!«
Das Wort traf mich wie ein Peitschenhieb. Sie schob den Stuhl zurück.
»Gehen wir!«
Ich sah gerade noch diese Spur von Verzweiflung in ihrem Gesicht, die mich mit ihr versöhnte, bevor blitzschnell der entschlossene Ausdruck ihre Züge wieder verhärtete.
»Wie?«
»Per Funk!«
Sie stand an der Tür und zog ihre Jacke an.

»Es ist nicht der richtige Zeitpunkt, Sabine!«
Ein letzter Fluchtversuch.
»Wann ist der richtige Zeitpunkt?«
»Jeden Montag zwischen halb elf und halb zwölf Uhr nachts!«
»Wenn du offiziell noch mit deinen Tennisfreunden zusammensitzt?«
Ich nickte.
»Ich fuhr in den Wald. Jedesmal an eine andere Stelle. Mein Sendequarz ist auf eine bestimmte Frequenz eingestellt. Ich funkte innerhalb einer knappen Minute den Umfang von zehn DIN A4-Seiten hinüber, die ich zuvor auf ein Endlosmagnetband als Zahlenkombination gestanzt hatte.«
Sie nickte, als ob wir nie in einer anderen Terminologie miteinander verkehrt hätten.
»Und die Bestätigung?«
»Sie kam über das Radio. Kurzwelle. Ein Pfeifton. Fünfzehn Minuten nach meiner Sendung. Ich habe sie meistens im Auto erwartet.«
»Gerd! Komm!« Ihre Stimme klang flehend.
»Die Sendezeit ist vorbei!«
»Wer Angst hat, schläft nicht, Gerd! Einer wird deinen Funkspruch auffangen!«
Sie öffnete die Tür, die in den Keller und zur Garage führte, und stieg in ihren Golf. Sie hielt das Lenkrad fest umklammert. Ihre Knöchel schimmerten weiß. Ihre Hände lagen eng nebeneinander, als ob sie gefesselt wären.
»Was für einen Text wirst du funken?«
Ich überlegte. Sie nahm den Fuß vom Gas.
»Rolf! Hotel Stadt Zwickau. 24. 7. Sachse.«
»Sachse!« sagte sie nachdenklich. »Das bist du!«

Das Auto holperte über den schmalen Waldweg. Sie schaltete die Scheinwerfer aus und ließ den Wagen ausrollen. Ein Liebespaar im nächtlichen Wald. Aber wir vermieden es, uns zu berühren oder in die Augen zu schauen.
Ich stieg aus und warf das Kabel über einen Ast. Sabine saß hinter dem Lenkrad und schaute mir schweigend zu, als ich die Botschaft hinüberschickte. Kurze Zeit darauf waren wir schon wieder auf dem Weg nach Hause.
»Das war's!« sagte sie, als das Garagentor hinter uns zuklappte. Ich war mir nicht sicher, ob Triumph oder nur bloße Befriedigung in ihrer Stimme mitgeklungen hatten.
»Beinahe! Erst noch die Bestätigung!«
»Und dann?«
»Dann vergraben wir das Funkgerät im Garten!«
Genau eine Viertelstunde später kam die Quittung über das Radio. Ein Pfeifton wie üblich.
Kurz nach vier Uhr morgens klopfte ich mit dem Spaten die Erde fest und ging ins Haus zurück. Ich sah Sabines Umrisse hinter dem Fenster.
»Weißt du, wie es in unserer Sprache heißt, wenn ein Agent auffliegt?« fragte ich, als wir im dunklen Wohnzimmer einander gegenüberstanden.
»Sag's!«
»Der Spion ist verbrannt!«

16

Der 24. Juli war ein heißer Tag. Zum erstenmal, seit ich im Westen war, kehrte ich auf direktem Weg in die DDR zurück – nicht über Kopenhagen, nicht über Stockholm, Leningrad oder Rostock. Mir mir fuhren Kolonnen von Westautos ostwärts, darunter auch eine Anzahl mehr oder minder attraktiver Gebrauchtwagen mit Nummernschildern, auf denen die roten Buchstaben und Zahlen darauf hindeuteten, daß sich da einer drüben einen Traum erfüllt hatte.

Je näher ich der Grenze kam, desto mehr nahm die Zahl der Trabis, Wartburgs und Ladas zu. Der Gestank der Auspuffgase drang durch die Lüftungsdüsen ins Innere meines BMW und benebelte mich. Meine Augen begannen zu brennen, eine leichte Übelkeit kroch in mir hoch. Ich schloß die Lüftungsklappen. Der Schweiß begann, mir über das Gesicht zu rinnen. Das Hemd klebte am Rücken. Meine Schenkel pappten an den Hosenbeinen und am Sitz.

Ich fühlte Erregung, Spannung erst, als ich nach dem ehemaligen Grenzübergang bei Herleshausen durch das Niemandsland fuhr, durch die karstigen Schneisen, vorbei an den ehemaligen Kontrollgebäuden der DDR, wo die Autos langsam und ruckweise durchgeschleust worden waren. Eine Phantomstadt – wie im Kino. Die gewaltigen Masten mit den gebündelten Scheinwerfern, die in der Nacht den Todesstreifen befingert hatten, ragten wie Tentakel in den gleißenden Himmel. Die Erde zeigte Risse. Der Wiesenrand, wo sich die wartenden Westfahrer erleichterten, hatte sich noch immer nicht erholt. Die Grasbüschel waren schwarz. Wie verbrannt. Die Erde dazwischen war brüchig, als ob sie jederzeit nachge-

ben wollte und den Blick auf unterirdische Gänge freigeben würde. Es war ein zynischer Gedanke, der mir durch den Kopf schoß: Vollgepißte Heimaterde!
Die Autos vor mir hatten ihre Geschwindigkeit verringert. Die ehemalige Strecke der Wut, der Aggression, der Schikanen und des Hasses war zur Touristenattraktion geworden. Bald würden nostalgische Gefühle sich breitmachen und die gedehnte Frage: »Weißt du noch?«
Thüringen – das grüne Herz Deutschlands. Die Lüftungsklappen blieben geschlossen. Erfurt. Weimar. Jena. Das Land der Dichter und Denker besinnt sich auf seine alten Dimensionen...

Aus dem Zaubertal dortnieden,
das der Regen still umtrübt,
aus dem Taumel der Gewässer,
sendet Blume, Gruß und Frieden,
der Dich immer treu und besser,
als du glauben magst, geliebt.

Goethes Zeilen für Charlotte von Stein schepperten mir in den Ohren, die ironisch gebrochene Begrüßung für einen Heimkehrer. Der verlorene Sohn ist wieder da!
Je mehr ich mich Zwickau näherte, desto langsamer fuhr ich. Jetzt knatterten die Trabis wie wilde Wespen an mir vorbei. Ich kurbelte die Scheibe herunter. Da war er, der süßliche Braunkohlegeruch meiner Heimat.

»Hotel Stadt Zwickau.«
Ich parkte mein Auto an der Bahnhofstraße vor dem Hoteleingang. Gerüststangen und grüne Gazebahnen verdeckten

einen Teil der geschwärzten Fassade. Da stand kein Portier, der die Flügeltüren aufriß und das Gepäck in Empfang nahm.
»Wir haben nur noch ein Doppelzimmer für Sie!«
Die Kleider klebten mir am Körper. Ich freute mich auf eine Dusche oder ein Bad.
»Ohne Bad und WC. Leider. Nur fünf Zimmer sind besser eingerichtet.«
Die Frau hinter der Theke sagte es ohne Bedauern.
Das Zimmer war trostlos. Neben der Tür ein wackeliger Kleiderschrank, dünne Brettchen, von einer Schicht mit gemaserter Holzimitation aufgeputzt. Die Betten standen weit auseinander an den Wänden. Die Stehlampe auf dem Messingfuß und das weiße Radio Marke Lausitz 2011 heuchelten Luxus. Ich starrte auf das graue Telefon neben meinem Bett. Es schwieg. Auch an der Rezeption war keine Nachricht für mich hinterlegt worden.
Rolf ließ auf sich warten.
Ich wusch mich mit dem nach Schmierseife riechenden kleinen Handtuch, das an den Ecken ausfranste und in der Mitte dünne Stellen aufwies. Dann legte ich mich auf eines der Betten, faltete die Hände hinter den Kopf und starrte auf die dottergelben Platten, die die Waschstelle einrahmten. Das Telefon klingelte nicht. Später suchte ich aus alter Gewohnheit nach versteckten Mikrofonen. Ich entdeckte hinter der Heizung zwei Löcher in der Wand, aus denen ein frisch gekapptes Kabelende baumelte.
Fünf Uhr vorbei. An der Foyerbar drängten sich die Gäste. Männer in weißen Hemden und Krawatte verschafften sich mit ihren Ellbogen Platz auf dem Tresen. Unterhemden zeichneten sich unter dem weißen Stoff ab. Die Männer verbargen nichts. Sie tranken langsam und genüßlich ihr Bier.

Ich beobachtete sie von meinem roten Kunstledersessel aus, von wo ich auch den Hoteleingang im Blick hatte. Das Kugelbäumchen, mit künstlichen gelben Rosen und Bergblumen bestückt, gab mir auf der rechten Seite Deckung. Eine Blondine in Weiß stakste an mir vorbei. Ihr knapper Slip zeichnete sich unter der strammsitzenden Hose ab. Eine schwarzhaarige Frau mit Brille, Typ Studienrätin, kletterte auf einen frei gewordenen Barhocker und ließ ihren weiten gelben Rock wie eine Glocke über die Sitzfläche fallen.
Ich stand auf und verließ das Hotel. Vor dem Reisebüro standen die Leute Schlange. Ich ging am Ringcafé vorbei und bog dann in die Innere Plauensche Straße ein. Straßenhändler, vorwiegend aus Nordvietnam, Fremdarbeiter aus der Textilbranche, die die Wende den Arbeitsplatz gekostet hatte, hatten Tücher auf dem Pflaster ausgebreitet und boten Waren an: billige Digitaluhren, Radiobatterien, Schmuck, T-Shirts.
Plötzlich hatte ich das Gefühl, beobachtet zu werden. Rolf! Er beschattete mich, um herauszufinden, mit wem ich Kontakt aufnahm. Er registrierte alle meine Bewegungen, deutete meine Gestik, las aus meinem Gang meine innere Verfassung ab. Ich drehte mich vorsichtig um.
Es war nicht Rolf. Es war der grauhaarige magere Mann unter dem gelben Sonnenschirm, der Messer aus Solingen anpries. Er schaute schnell weg, als er meinen Blick auffing. In einem Schaufenster auf der andern Straßenseite konnte ich feststellen, daß er mir nachblickte. Ich drängte mich durch die Menge, sah in die Gesichter der Menschen. Es war nicht die frohe Kauferwartung, die ich abzulesen glaubte, sondern so etwas wie hastige Gier in ihren Augen, die flink und ängstlich die Ware musterten. Verschlossene Gesichter mit schmalen

Lippen. Ganz anders die schnellen Geschäftemacher aus dem Westen. Sie traten wie Könige auf und ließen sich herab, eine demütige Kundschaft zu ködern. Die platinblonde Frau, die mir im Hotel aufgefallen war, verkaufte versilberte Kettchen per Zentimeter.

Auf dem Marktplatz blieb ich vor dem Gewandhaus, in denen die Städtischen Bühnen untergebracht waren, stehen. Sommerpause. Im Aushang Fotos von der letzten Aufführung: *Das Land des Lächelns*. Schauspieler in Chinesenmasken hoben mit offenen Mündern ihre Arme zum Himmel. Da sah ich im spiegelnden Glas hinter mir einen großen hageren Mann stehen.

»Morgen vormittag um zehn. In Oelsnitz. Im Bahnhof.«

Bevor ich mich umgedreht hatte, war er verschwunden. Rolf, mein Führungsoffizier, hatte mir seinen Stil aufgezwungen. Verstimmt schlenderte ich langsam zum Hotel zurück. Er hatte mich kalt erwischt. Wie immer bestimmte er allein die Abläufe.

»Ich verkaufe Flüssiggasöfen«, teilte mir der junge smarte Münchner im Hotelrestaurant mit. »Und Sie?«

»Kunstdrucke«, gab ich lächelnd zurück.

»Auch Kunst ist wieder gefragt«, sagte der Kahlkopf am Tischende, der Altersheime mit Sitzbädern beliefern wollte. »Wenn erst mal das Reich wieder zusammengewachsen ist!«

Am Nebentisch wurde laut gelacht. Eine rothaarige Frau schwenkte ein Bündel mit Hundertmarkscheinen. Ihr bronzefarbener Begleiter im Clark-Gable-Look applaudierte dezent. Er hatte das große Geschäft mit dem Verkauf von Teppichmessern gemacht. Ich stand auf, nickte meinen Tischnachbarn zu und verließ diesen Tempel, in dem sich jene versammelt hatten, die das schnelle Geld machen wollten.

Als ich draußen vor dem Hotel stand, merkte ich, daß erst jetzt, nachdem ich Rolf getroffen hatte, meine Erinnerung einsetzte. Ich erkannte auf der andern Straßenseite das Gebäude wieder, wo ich nach meiner Studienzeit als Propagandist für die Gewerkschaft gearbeitet hatte, dachte an die langen Nächte, in denen wir unsere Strategien entwickelten, und beinahe verwundert erinnerte ich mich daran, mit welcher Begeisterung ich damals bei der Sache gewesen war.

Und als ich dann langsam die Bahnhofstraße hinunterging, wuchs mir gleichsam die Vergangenheit zu, gaben die verwitterten, bröckelnden Fassaden ihre Geschichten preis, die sie bis jetzt gehortet zu haben schienen, eine schnelle Liebe zu einer Studentin der Psychologie, eine Stuckdecke, auf der gelbe Wasserflecken bizarre Muster bildeten. Der Geruch eines schweren Parfums. Wodka.

Unter dem roten Gestänge des Busbahnhofs stand ein Mann und schaute mir nach. Es war derselbe, der Geräte aus Solingen verkauft hatte. Als ich die Straßenseite wechselte und durch den Park dem Schwanensee zustrebte, folgte er mir in einigem Abstand. Mir war, als ob die Stadt plötzlich überall Augen habe, als ob sogar Robert Schumann, der Sohn Zwickaus, der, seinen Kopf nachdenklich aufgestützt, auf seinem Sockel saß, mir über seinen rechten Handrücken hinweg nachschaute.

Ich stieg zum Denkmal hinauf und blieb vor der aus schwarzen Rechtecken gebildeten Wand stehen: »Den Toten zur Ehre« stand auf der linken Seite des Monuments. »Den Lebenden zur Mahnung« stand rechts. Dazwischen eine Gruppe von drei Figuren, ein Mann mit einem Gewehr, einer, der die Fäuste zum Himmel reckte, eine kniende Frau. Das

Denkmal kannte ich nicht. Es war nach meiner Zeit errichtet worden.
Der Mann war unten an der Treppe stehengeblieben. Er machte keine Anstalten, sich zu verstecken. Ob er im Namen meines Führungsoffiziers nichts anderes tun mußte, als seine Anwesenheit zu dokumentieren, mir verständlich zu machen, daß ich in dieser Stadt keinen Schritt tun könnte, ohne daß der, den ich suchte, darüber informiert war? Meine geschärfte Wahrnehmung überzog sich plötzlich wie mit einem Schleier. Ich kehrte ins Hotel zurück.
Das Ende des Stücks?
Weststädte sind Stätten des Theaters, dachte ich. Da wirken die Massenszenen der promenierenden und hastenden Menschen wie inszeniert, eine durchgestaltete Choreographie, ein Hauch von Pose, von Staffage und Kostümierung. Zwickaus Straßen waren leer, trist und traurig wie das wirkliche Leben. Noch lebte ich in einer künstlichen Welt, als Kunstprodukt eines Mannes, den ich morgen in meiner Heimatstadt treffen würde. Das Ende des Stücks?
Mein Beschatter kam seiner Pflicht bis zum Ende nach.

17

Über Mülsen, Liechtenstein, Stollberg fuhr ich nach Oelsnitz. Der Himmel war grau. Heftige Windstöße trieben Wolken von Schmutz und Staub vor sich her. Niemand folgte mir.
Ich fuhr von Westen her in die Stadt. Das furchterregende Backsteinviadukt meiner Jugend baute sich wie eine Talsperre vor mir auf. Die Goetheschule tauchte auf der linken

Seite auf. »Ohn Fleiß kein Preis!« Dieser Spruch, in weißen Stein über den Eingang gemeißelt, kam von weither zurück, ohne daß ich im Vorbeifahren den Kopf zu drehen brauchte, und mit ihm der Geruch gebohnerter Böden, mit ihm schmutzige Wandtafeln, rote Nullen, Fragezeichen, Ausrufezeichen, der Totenkopf, den ein anonymer Feind in meinen Pultdeckel geritzt hatte, und die vielen Lügen, die Verstellung, die mir das Überleben in dieser Umgebung möglich gemacht hatten. Rolf hatte mich in meine Jugend zurückgezwungen, in der ich mich immer nur fremdbestimmt gefühlt hatte, Opfer der Lebensprojekte meines Vaters und der Erziehungsmethoden meiner Lehrer.

Ich kam beim Rathaus an. Die rote Fassade aus Klinkersteinen war rußgeschwärzt. Und der Halberker, aus dem damals die Hakenkreuzfahne heruntergehangen und das Rundfenster im Erdgeschoß zugedeckt hatte, wirkte blind, erstickte die Erinnerung an den Gauleiter, der mit hochgerecktem Arm das begeisterte Echo der Parteifreunde gefordert hatte. Die Uhr der evangelischen Kirche mit ihrem schieferverkleideten Turm, in der meine Mutter Zuflucht vor den alliierten Bombern gesucht hatte, zeigte zehn Minuten vor zehn.

Eine Verkehrsampel regelte jetzt den Verkehr dort, wo auf der linken Seite die Straße zum Bahnhof hinaufführte. Ich parkte meinen BMW auf dem Platz vor dem Bahnhofsgebäude. Ein schmutzigweißer Trabi war am andern Ende des Platzes geparkt. Zwei weiße leere Fahnenstangen rahmten den Eingang ein.

Keine Beflaggung für den verlorenen Sohn, dachte ich.

Rolf war nirgends zu sehen. Ich betrat die Schalterhalle. Aus der halboffenen Tür des Pissoirs drang scharfer Uringeruch. Die Frau hinter dem Schalter schaute kurz auf und wandte

sich dann wieder ab. An der fleckigen Wand, von der der Verputz blätterte, lehnte ein schwarzes Fahrrad.
Ich durchquerte den Raum und trat auf den Bahnsteig hinaus. Ein rotweißer Signalmast teilte den Himmel in zwei gleiche bleigraue Hälften. Erdbraune Güterwagen verdeckten fast das dahinter liegende Wäldchen. Die Bahnhofsuhr über mir zeigte zehn Uhr. Der Zeiger machte den Minutensprung in einer halben Sekunde.
Dieselbe Zeitqualität wie in Zürich, dachte ich, als ich Rolfs Schritte hinter mir hörte. Ich zögerte, bevor ich mich umwandte. In dieser kurzen Sekunde hatte er sich meiner schon bemächtigt. Eine leicht nach vorn gebeugte, hagere Gestalt. Das wächserne Gesicht mit den glasklaren Augen. Die schmalen Lippen. Ein Zug von Verachtung in den Mundwinkeln.
»Was soll die Panik?«
Er stand einen Meter von mir entfernt. Seine Haut war noch gelber, als ich sie in Erinnerung hatte. Es war beinahe ein Jahr her, daß ich ihn zum letztenmal gesehen hatte.
»Panik?« fragte ich und lächelte unmerklich. Er würde dieses Lächeln nicht übersehen. Er nicht!
»Du hättest drüben bleiben und dich ruhig verhalten sollen!«
»Fred ist abgesprungen!«
»Und?«
»Und?« fragte ich erstaunt zurück. »Die direkte Verbindung zwischen dir und mir ist unterbrochen!«
»Fred ist tot!«
Ich ließ meine Augen über die Formation von Güterwagen wandern, um meine Angst zu unterdrücken. Erst als ich beim letzten Wagen angekommen war, über dessen oberen Rand das Dach des Streckenwärterhäuschens sichtbar wurde, dort,

wo der Schienenstrang im Büschelgras versank, blickte ich Rolf an.
»Wer?«
Mein Führungsoffizier hob die eckigen Schultern. »Ein Autounfall, glaube ich. In der Nähe von Kaiserslautern.«
Ein scheinbar unendlich langer Güterzug fuhr durch den Bahnhof. Den harten eisernen Rhythmus der Achsen fühlte ich wie Schläge auf meinem Körper.
»Das war doch wohl kein Zufall?« fragte ich und verzog mein Gesicht zu einem kumpelhaften Grinsen.
»Nein. Es war kein Zufall!« antwortete er und schaute über meine linke Schulter dem sich entfernenden Güterzug nach. Die metallenen Schläge verloren an Wucht und verklangen in der Ferne.
»Ihr seid noch immer aktiv?«
»Hast du etwas anderes erwartet?« fragte er. Und diesmal schaute er mir in die Augen, versuchte er, meinen Blick auf den Boden zu zwingen. Aber ich hielt stand.
»Ich will Brenner sehen!«
Die Pupillen seiner Augen wurden klein und starr.
»Was willst du mit Brenner?«
Ja, was wollte ich mit Brenner? Als ob Rolf mich allein durch seine Frage in meiner Biographie einzementieren könnte.
»Du *bist* Brenner!«
Mit diesen drei Wörtern versuchte er, mich endgültig festzunageln.
»Du weißt, von wem ich spreche! Von dem Mann, der mir seine Biographie überlassen hat!«
Sein Blick ließ mich los, fixierte wieder über meiner rechten Schulter einen Punkt in der Ferne.
»Gerd Brenner ist tot!«

»Nein!«
Ich schrie das Wort hinaus. Rolf hob abwehrend seinen Arm. Die Bahnhofsbeamtin streckte ihren Kopf durch die Tür. Rolf nickte ihr zu. Sie zog sich zurück.
»Was habt ihr mit ihm gemacht?« Ich zitterte. Als ob es um das Schicksal eines Angehörigen ginge.
»Wir haben nichts gemacht mit ihm. Er wurde bei der Arbeit von einem Stahlträger getrofffen, der sich von einem Kran gelöst hatte.«
»Wo war das?«
»In den August-Bebel-Werken!« sagte er schnell. Er kniff die Lippen zusammen. Er bereute seine rasche Antwort.
Zum erstenmal, seit ich den Mann kannte, hatte er einen falschen Zug getan. Schachblindheit nennt man das in der Fachsprache. Und solche Fehler unterlaufen sogar den Großmeistern und Genies. Und Rolf gehörte in diese Kategorie.
»Vergiß es!« sagte er scharf. »Er ist tot!«
Mit einem Mal hatte ich das Gefühl, weit weg zu sein. Ein Logenzuschauer in einem riesigen Theater. Da starb ein Mann auf der Bühne. Aber sein Tod war bloße Fiktion. Er überlebt im Mann, der seinen Tod verfolgt. Mein Doppelgänger ist tot. Ich habe ihn überlebt. Einer, der imstande ist, seine eigene Todesanzeige zu lesen, ist unsterblich.
»Das war's also!«
»Deswegen bist du hergekommen?« fragte Rolf erstaunt. »Nur deswegen?«
»Nur deswegen. Ich wollte Brenner kennenlernen. Ich wollte erfahren, wessen Leben ich weitergelebt hatte. Welches Leben ich perfektioniert habe.«
»Er hat deinen Triumph nicht mehr teilen können«, sagte

Rolf spöttisch. »Nicht deine Panik! Nicht deine Angst vor der Enttarnung! Und nicht deine Angst vor mir!«

»Ist das eine Drohung?« fragte ich ruhig, und zum erstenmal gelang es mir, diesen Mann so zu fixieren, wie ich immer meinte, daß er es mit mir tat.

»Du kehrst zurück. Keine auffälligen Bewegungen. Keine Kontaktversuche. Wir werden uns mit dir in Verbindung setzen!«

»Wir?«

»Ich sagte dir schon: Alles bleibt beim alten! Für dich und für mich!«

Ich hatte das Bedürfnis, eine Zigarette aus der Packung zu ziehen. Aber ich wußte, daß Rolf das als ein Zeichen von Nervosität auslegen würde.

»Warum habt ihr mich über Brenners Tod nicht informiert?«

»Es ist erst drei Wochen her. Wir hatten keine Möglichkeit, dich ohne Risiko zu erreichen. Unsere erste Aufgabe war es, alle Verbindungen zu checken.«

»Tschüs!« Ich wandte mich ab.

Er tat einen schnellen Schritt hinter mir her und packte mich an der Schulter. Sein Griff war hart und tat mir weh. Aber ich hielt ihn aus. Ich blieb stehen.

»Du fährst wieder rüber!«

Seine Stimme war leise. Ich spürte die versteckte Drohung.

»Rüber?«

Jetzt schüttelte ich seine Hand ab und wandte mich ihm noch einmal zu.

»Hüben wie drüben. Damit mußt auch du dich abfinden, Rolf!«

»Leb wohl, Sachse!« sagte er und zeigte seine kleinen weißen Zähne. »Wir lassen von uns hören!«

Er drehte sich brüsk um und verschwand im Wartesaal. Ich blieb stehen, wie ich es gelernt hatte. Ich hörte seine Schritte, und mir fiel auf, daß sein Schrittrhythmus unregelmäßig war. Er hinkte leicht.

Dann fiel die Tür des Wartesaals ins Schloß. Die Scheiben klirrten leise. Ich wartete auf das Knattern des startenden Trabi. Aber ich stand in vollkommener Stille da.

Als ich auf den Platz vor dem Bahnhofsgebäude hinaustrat, war er leer. Der Trabi war fort. Von meinem Führungsoffizier keine Spur. Das Fahrrad in der Schalterhalle war verschwunden.

Auf der andern Straßenseite verkaufte ein Mann Bier. Er schaute zu mir herüber, hob eine Flasche und winkte. Ich schüttelte den Kopf, stieg in mein Auto und legte den Rückwärtsgang ein. Ein innerer Zwang dirigierte mich nicht in Richtung Hochdorf, sondern noch einmal zurück ins Zentrum.

Ich parkte meinen Wagen in der Nähe des Rathauses und ging zu Fuß den ansteigenden Weg hinauf. Meine Schritte wurden langsamer, je näher ich dem Haus kam.

Der trapezförmige Giebel des Gebäudes mit seinem Fachwerkmuster wurde neben der schlanken Pappel sichtbar. Die vier schmalen Fenster an der Nordfassade wirkten wie Schießscharten. Oben unter dem Dach, zwischen der verstrebten Holzverzierung, war seine Bibliothek gewesen, die er verwaltete und aus der er mir nach Gutdünken und Neigung jene Bücher für ein paar Tage auslieh, die sein Erziehungswerk vervollkommnen helfen sollten: Hitlers *Mein Kampf*, Wiecherts *Der Wald* oder *Das Nibelungenlied*.

»Der Held bleibt seinem Schicksal treu, auch wenn er erkennt, daß es nur Tod und Vernichtung bringt. Die Toten

marschieren gemeinsam mit den Lebenden weiterhin ihrer Bestimmung entgegen.« Diese Worte hörte ich wieder, als ich auf das Haus zuging.
Die metallen schimmernden Edeltannen waren kaum gewachsen, oder sie waren durch neue ersetzt worden. Fast nichts hatte sich verändert. Nur auf der Ostseite rankten Rosenzweige am Spalier in die Höhe, und auf dem Balkon hingen langstielige, weißrotgefleckte Geranien über das Geländer. Als er dort oben noch residierte, hatten keine Zierpflanzen den strategisch wichtigen Blick auf die Umgebung und den Zufahrtsweg verstellt. Unkraut wucherte zwischen den Steinen. Auch das hätte er nie zugelassen!

18

Mein Vater sitzt auf dem Balkon. Hinter der ausgebreiteten Zeitung steigt wie üblich die Rauchsäule aus seiner Pfeife steil in den Himmel. Die Schultasche in meiner rechten Hand zieht mich nach unten. Bleierne Noten. Ich tue einen letzten Schritt auf dem Kiesweg. Es knirscht unter meinen Füßen.
»Nun?«
Der obere Rand der Zeitung zittert. Aber er läßt sie nicht sinken. Seine Reaktion hängt von meiner Antwort ab.
»In Mathematik bin ich genügend«, rufe ich hinauf.
Jetzt faltet er die Zeitung sorgfältig zusammen, was ihm nicht schwer fällt. Seit er den »Völkischen Beobachter« gegen »Das Neue Deutschland« einzutauschen gezwungen worden war, bereitet ihm die Zeitungslektüre sowieso kaum mehr Vergnügen. Zwar hat er den Transfer aus dem Nazi-Deutschland in

den Arbeiter- und Bauernstaat problemlos vollzogen, tut trotz seines steifen Beines seine Pflicht als Verantwortlicher für die Erhaltung schützenswerter Bauten, was ihm zwar etwas Geld einbringt, aber keine Arbeit verursacht, weil ja ohnehin kein Geld für Denkmalpflege vorhanden ist. Aber von Zeit zu Zeit rutscht ihm immer noch eine Durchhalteparole aus früheren Zeiten über die Lippen.

»Raufkommen! Zeigen!«

Vor diesem Augenblick habe ich mich am meisten gefürchtet. Ich kann meine Füße kaum heben. Die Schultasche scheint noch schwerer geworden zu sein.

Ich tauche in die kühle Dunkelheit des Hausflurs ein wie in einen Schlund. Die Treppe knarrt unter meinen Füßen und dem Gewicht der Schultasche. Aus der Küche ist das Klappern eines Topfdeckels zu hören. Dann ein unterdrücktes Seufzen.

Ich stehe in seinem Rücken. Vom Turm der evangelischen Kirche schlägt es zweimal. Sein Blick von hier oben ist wirklich beeindruckend. Er übersieht das gesamte Areal der Steinkohlewerke, die die deutsche Luftwaffe mit synthetischem Brennstoff beliefert und lange Zeit mitgeholfen haben, die deutsche Luftherrschaft durchzusetzen. Er kann auch beinahe meinen ganzen Schulweg überblicken und die Wege, die meine Mutter geht, wenn sie einkauft. Diese Luftherrschaft läßt er sich nicht nehmen. Sie ist ihm wichtig. Sie gibt ihm Überlegenheit und Kraft.

Er hebt, ohne sich umzudrehen, seinen rechten Arm in die Höhe, öffnet die Hand. Die gebogenen Finger wirken wie die Krallen eines Greifvogels. Ich schiebe ihm das Heft mit den Zensuren hin. Er packt es. Es verschwindet aus meinem Blick. Sein Hinterkopf und seine eckigen Schultern decken es ab. Ich

sehe seinen roten Nacken vor mir. Die grauen und weißen Härchen, die kräuselnd unter dem Kragen verschwinden. Die feinen Schuppenkrümel zwischen den Haarwurzeln. Jetzt hat er das Heft aufgeklappt. Sein Blick bohrt sich in die Seite. Er hakt eine Zensur nach der andern ab, stutzt einen kurzen Augenblick. Sein Kopf zittert leicht. Er legt ihn schräg, hebt das Heft, hält die Seite einen Augenblick gegen das Sonnenlicht, läßt es dann wieder sinken. Die Zensur in Mathematik! Genügend, und beinahe makellos.
Er schweigt.
»Wir werden jedenfalls bei der Schlußabrechnung nichts vergessen!« sagt er laut und hält mein Zensurenheft in den herbstlichen Himmel. Im Garten plumpst ein Apfel vom Baum.
»Wir!« hat er gesagt und sich auf das versunkene Deutsche Reich bezogen. Oder hat er nur in seinem eigenen Namen gesprochen? Und wie hat er es überhaupt gemeint? Hat er nicht gesehen, daß ich mit geschicktem Strich die Note in Mathematik zu meinen Gunsten frisiert habe? Um seinem Tadel und seiner Verachtung zu entgehen?
Ich greife vorsichtig mit Zeigefinger, Mittelfinger und Daumen nach dem Zeugnisheft. Er läßt es los. Aber seine geöffnete krallenartige Hand verschwindet nicht. Wie eine Schwurhand ist sie in den Himmel gereckt. Ihm entgeht doch sonst nichts!
Ich weiß, daß er die Zensuren, die ich ihm anbiete, fein säuberlich in ein Heft mit rotem Deckel notiert. Daß er den Zensurendurchschnitt immer präsent hat, mich dazu zwingt, diese fiktive Zensur ebenfalls so zu vertreten, als ob sie der Wahrheit entspräche. Ich bin auf der Hut. Ich lebe vorsichtig, umsichtig.

Hat er wirklich nichts von der Fälschung gemerkt?
Vielleicht befriedigt ihn der Gedanke, daß sein Sohn ein brauchbares Überlebenskonzept erarbeitet hat, mehr, als daß ich ihn zu betrügen versuchte?
»Wir werden jedenfalls bei der Schlußabrechnung nichts vergessen!« Dieser Satz sollte mich stutzig machen. Er hat es gemerkt. Und eines Tages, wenn ich der Mann nach seinen Vorstellungen sein würde, wird er mir die Rechnung präsentieren.
Moralische Kriterien scheinen für ihn keine Gültigkeit zu haben. Der Sieg ist alles. Mit welchen Mitteln auch immer. Dem andern immer einen Schritt voraus sein! Nie die Maske lüften! Der Zweck heiligt die Mittel.
Ich verstaue das Zeugnis in meiner Schultasche, starre noch einmal auf seinen Hinterkopf. Er zieht sich am Balkongeländer in die Höhe, steht da, die Arme aufgestützt, leicht nach vorne gebeugt. Wenn ich unten aus dem Haus trete, kann er auf mich hinabschauen.
Ich aber will das Haus nicht verlassen. Ich will in mein Zimmer, das zwar von seiner Bibliothek aus durch eine Öffnung im Fußboden einsehbar ist, das jedoch einen einzigen toten Winkel aufweist, wo er mich nicht beobachten kann, von wo aus ich aber die Luke über einen Spiegel im Auge habe. Genauso wie er von seinem Schreibtisch aus, nach der Manier gefährdeter Machthaber, ohne sich umzusehen, durch einen Rundspiegel alles überschauen kann, was in seinem Rücken geschieht.
Ich will gehen. In diesem Augenblick höre ich ein Gurgeln, einen unterdrückten Schrei, ein Stöhnen. Und dann einen Fall. Ich drehe mich erschrocken um und sehe, wie er langsam am Balkongitter entlang auf den Boden sinkt. Er sitzt mit

offenen Augen und hängenden Lippen da, mit dem Rücken gegen den Sessel gelehnt. Eine kleine Speichelblase wächst in seinem rechten Mundwinkel und platzt.
»Wir werden jedenfalls bei der Schlußabrechnung nichts vergessen!« murmelt er.

19

Der Mann auf dem Balkon wollte aus mir einen Mann machen. Und er hat einen Spion aus mir gemacht.
Er hat mich die Kunst der Verstellung gelehrt, indem er mich bespitzelte.
Er hat mich in die Isolation gedrängt und mich so die Einsamkeit gelehrt.
Er hat sich als Gesprächspartner verweigert und mir statt dessen Direktiven erteilt.
Er hat damit gerechnet, daß ich ihn betrügen würde. Das war sein Spiel gewesen. Und er hatte immer gewußt, wenn ich ihn hinterging.
Mein Leben war ein einziger Kampf gegen diesen Mann! Bis heute! Rolf hatte nur die Lücke ausgefüllt, die mein Vater hinterlassen hatte.
Der Balkon war leer. Die halboffene Fenstertür warf einen schnellen Reflex zur Gartentür. Ich wurde geblendet, hielt schützend meine Hand vor die Augen und wandte mich ab. Die Tür hatte sich bewegt. Der Lichtreflex war nicht zufällig gewesen. Dort oben stand jemand, der mich beobachtete. Ich ging langsam zur Hauptstraße hinunter. Am Mäuerchen unten, aus dem Büschel mit rotblütigen Pflanzen wucherten,

lehnte das schwarze Fahrrad. Jemand hatte die Abkürzung durch die Wiese genommen, auf jenem schmalen Pfad, der bei der Waschküche endete. Von dort aus konnte man ungesehen und ungehört ins Haus gelangen. Damals war die Tür allerdings immer verschlossen gewesen. Nur am Waschtag gab er den Schlüssel frei.

Ich stieg in mein Auto, fuhr noch einmal am Rathaus vorbei, nahm wieder die Kurve zum Bahnhof hinauf und verließ die Stadt, in der ich aufgewachsen war.

Ich war traurig, leer. Die Stadt hatte für mich aufgehört zu leben. Die Glocke schlug zwar noch den Stundenschlag, aber dahinter verbarg sich nichts mehr als verstreichende Zeit. Der Pfiff der Lokomotive hatte seinen imperativen Beiklang verloren.

Nur Rolf hatte sich nicht verändert.

Der Himmel hing bis in die Stadt Zwickau hinein. Ich fuhr die Schneeberger Straße entlang. Die August-Bebel-Werke. Ein häßlicher, grauer, verschachtelter Komplex von Gebäuden, Verbindungsgängen, Kaminen, silbern glänzenden Brennern, rostigen Drahtzäunen, mennigfarbenen Rohren. Ich parkte vor dem Fabrikeingang. An einem rußigen Fenster mit zerbrochenen Scheiben wippte halb abgerissen ein Wahlplakat: »Nie wieder Sozialismus!« Mitten in den Farben Deutschlands ein pompöses JA! Und die Versicherung: »Freiheit und Wohlstand: DA DSU CDU.«

Frauen in bunten Schürzen und Männer in verschmutzten Overalls liefen über den Werkhof. Da wurde noch immer gearbeitet, obwohl der Steinkohleabbau schon vor beinahe zwanzig Jahren eingestellt worden war. Jetzt wurden auf dem Fabrikareal Elektromotoren und Betonsteinplatten hergestellt.

»Unbefugten ist das Betreten des Fabrikgeländes strengstens untersagt!«
Ein Arbeiter mit weißem Grubenhelm kam durch das Tor. Ich ging auf ihn zu, nickte: »Entschuldigung! Ich suche jemanden!«
Er musterte mich. Keine Kunst, mich als Wessi zu identifizieren.
»Zigarette?« fragte ich und hielt ihm die offene Packung hin. Er schüttelte den Kopf.
»Rauch genug da drin!« Er zeigte mit seinem Daumen über die rechte Schulter. Ein kleiner LKW mit grellgrüner Fahrerkabine rollte an uns vorbei. »VFB Steinkohlekokereien Zwickau« stand an der Tür.
»Suchen Sie jemanden?«
»Brenner. Gerd Brenner!«
Er schaute mich erstaunt an. Dann machte er eine Kopfbewegung hinter dem davonfahrenden Auto her. »Da!«
Ich schüttelte ungläubig den Kopf. »Brenner ist tot. Jedenfalls hat man mir das gesagt!«
»Ein Verwandter?«
Ich schüttelte den Kopf. »Ein Verwandter von Freunden drüben!«
Er nickte, drückte seinen Zeigefinger gegen seinen Nasenflügel und schneuzte sich.
»Also ist Brenner tot?«
»So tot wie man nur sein kann. Ich war dabei, als der Eisenträger auf die Fahrerkabine seines Transporters herunterdonnerte. Ratsch! Mitten durch!«
»Ein Unglücksfall?«
Er sah mich irritiert an.
»Was glauben Sie denn?«

Ich zuckte mit den Achseln. »Hätte ja sein können...!«
»Brenner tat niemandem etwas zuleide! Ein gutmütiger Kerl. Lachte über jeden blöden Witz! Aber ein guter Kumpel!«
Ich spürte viele kleine Stiche im Magen. Ich zündete eine Zigarette an, um meine Lippen zu beschäftigen.
»Sie haben ihn gut gekannt?«
Er stieß die Luft durch die Nase aus.
»Die meisten haben ihn gut gekannt. Er war ja so etwas wie ein Kurier zwischen den einzelnen Abteilungen. Einmal da, einmal dort. Der Mann kam herum – in unserm Betrieb wenigstens!«
»Er war früher Buchdrucker?«
»Möglich! Er kam aus Leipzig. Aber darüber wurde nicht geredet. Da war wohl eine Geschichte mit einer Frau.«
»Er ist geschieden?«
»Mag sein«, brummte er.
Plötzlich schaute er mich mißtrauisch an.
»Ich dachte, das sei jetzt vorbei«, sagte er und seine verwaschenen grauen Augen zogen sich zusammen.
»Für wen halten Sie mich denn?« fragte ich aufgebracht.
»Für einen von der Stasi, Genosse!« Er verzog sein Gesicht zu einer Grimasse.
Ich machte einen Schritt zurück.
»Ich bin nicht von der Stasi«, sagte ich leise. Aber meine Stimme war ohne Überzeugung.
»Sie fragen zuviel!«
Rolf wäre nicht zufrieden gewesen mit mir. Ich hatte zu schnell zu viel wissen wollen!
»Verzeihung«, murmelte ich und berührte flüchtig seinen Arm. »Ich möchte meinen Bekannten nur erzählen können, wie Brenner gelebt hat!«

»Schon gut«, lenkte er versöhnlich ein. »Sie sind nicht der erste, der sich nach Brenner erkundigt.«
»Ist ja normal«, wandte ich ein. »Es war ein Unfall. Das zieht automatisch Befragungen nach sich!«
Er nickte, schien nicht überzeugt zu sein.
»Ich muß weiter!«
»Natürlich! Sagen Sie mir doch bitte noch, wo er wohnte.«
»Bei der Adolf-Hennecke-Brücke!«
Er zeigte vage stadtwärts. »In einem dieser Blocks. So genau weiß ich das auch nicht. Er kam jeden Morgen mit dem Bus! Wiedersehn!«
Er hob seinen Zeigefinger an den Rand seines verbeulten weißen Helms und ging gemächlich durch das Tor auf einen flachen Backsteinbau zu. Der kleine Transporter mit der grellgrünen Fahrerkabine kam zurück. Er fuhr nahe an mir vorbei. Ein Mann mit grauen kurzgeschorenen Haaren saß am Steuer, nickte mir zu, hupte.
Ich ging langsam zur Bushaltestelle, setzte mich dort unter das schmutzige Schutzdach. Auf dem Boden lag eine halb verfaulte Bananenschale. Vielleicht war das auch Brenners Zwischenverpflegung gewesen. Die Bekanntschaft mit der Banane mußte er noch erlebt haben. Ein süßlicher Geruch hing in der Luft.
»... Ein gutmütiger Kerl. Lachte über jeden blöden Witz ...!«
Ich stand auf, schubste die Bananenschale mit dem Schuh vor mir her und ging zum Auto zurück. Als ich die Tür öffnen wollte, stand der Mann neben mir, der wohl Brenners Nachfolge als Fahrer angetreten hatte.
»Brenner war ein durchtriebener Hund!« sagte er.
»Sie mochten ihn nicht?« fragte ich beiläufig und machte Anstalten einzusteigen.

»Brenner hatte etwas zu verbergen. Vielleicht war er ein Stasi-Spitzel.«

Ich zuckte die Achseln. »Sie wissen mittlerweile, wie viele Leute in der DDR für die Stasi gearbeitet haben?«

»Das ist noch lange kein Grund!« schnaubte er.

Fünfhundert Stasi-Leute allein in der Zwickauer Verwaltung, dachte ich.

»Hatte Brenner ein Auto?« fragte ich.

Er schüttelte den Kopf. »Ich glaube nicht!«

»Sehen Sie! Wäre er ein Spitzel gewesen, hätte er sich ein Auto kaufen können und hätte es auch erhalten!«

Ich war erleichtert. Ich setzte mich für Brenner ein. Ich versuchte, ihn gut dastehen zu lassen. »Brenner war verschlossen. Deshalb vermuten Sie einen Spitzel in ihm! Brenner hat sich in diesem Staat eingerichtet. Er wollte nicht auffallen. Er war ein guter Ehemann. Und er mochte keine schmutzigen Witze!«

Der Mann sah mich kopfschüttelnd an. »Ich dachte, Sie kennen Brenner nicht!«

Ich zuckte wieder mit den Achseln. »Man hört doch einiges!«

»Und das glauben Sie dann?« fragte er mit einem bösen Lächeln auf den Lippen.

»Ja. Man macht sich so sein Bild.«

»Wenn Sie sich da nur nicht täuschen, Mann!« knurrte er und ging davon.

Ich schaute ihm nach, wie er durch das Portal und auf einen Mann in einer anthrazitgrauen Berufsschürze zuging. Er redete auf ihn ein, wandte sich um und zeigte in meine Richtung. Erst jetzt stellte er fest, daß ich noch immer dastand, wie vorher.

Eine Sirene begann zu heulen. Ein Motorradfahrer mit gel-

bem Helm und geschlossenem Visier fuhr zweimal im Kreis um mich herum und verschwand dann stadteinwärts.
Ich setzte mich ans Steuer und folgte ihm in einigem Abstand. Ich wollte Rolf orten und hatte zwanghaft die Spur meines Legendenspenders aufgenommen.

20

Ich parkte auf dem Abstellplatz des Hotels, ging die Bahnhofstraße hinunter und wandte mich dann bei der Moccabar nach links, ging durch die Humboldtstraße, weiter am Platz der Völkerfreundschaft vorbei. Wann würde er seinen Namen verlieren und zum Platz der Einheit werden?
Ein Karussell, ein Riesenrad, eine Geisterbahn, Schießbuden, Imbißstände waren aufgebaut, zum Teil von riesigen Planen zugedeckt. Wohnwagen brüteten still vor sich hin. Ein Hund kläffte. Der Wind, der plötzlich aufkam, wirbelte eine Staubwolke auf mich zu. Ich wich aus, ging jetzt nahe am Bordstein. Ein Motorradfahrer mit einem gelben Helm fuhr an mir vorbei.
Immer wieder dieselben Signale, dachte ich. Wie auf einer Karussellfahrt. Man hat das Gefühl zu fliegen, abzuheben, erkennt die Welt um sich nur als flirrende, oszillierende Schleifspur und bewegt sich doch an Ort, dreht immer um dieselbe Mitte.
Crimmitschauer Straße. Ich ging am Städtischen Museum entlang. Noch hatte ich die Wahl zwischen Kunst und Tod. Eine wirkliche Alternative? Jetzt zumindest nicht.
Der Friedhof lag linker Hand. Bäume säumten das Eingangs-

tor, zu dem eine gepflegte Zufahrtsstraße führte. Der Motorradfahrer hatte seine Maschine in der Nähe zum Stehen gebracht. Er hatte sich über sie gebeugt und fingerte an den Zylindern herum.

Ich zögerte, als ich die Grünpflanzen, Blumensträuße und Töpfe sah, die in einem einstöckigen Gebäude angeboten wurden. Vielleicht wäre ein Arrangement mit künstlichen Blumen jetzt das Passende, dachte ich. Aber die Beklommenheit, die mich erfaßt hatte, ließ sich nicht unterdrücken.

Eine Batterie zusammengeketteter Gießkannen stand auf dem gepflasterten Vorplatz zum Krematorium. Zwei schmale hohe Kamine wuchsen aus dem Dach des düsteren Klinkerbaus.

»Ein rein technischer Vorgang«, hatte der Mann im schwarzen Anzug damals nach dem Tod meines Vaters zu mir gesagt. »Wenn die Temperatur steigt, richtet sich die Leiche noch einmal kurz auf, bevor sie verbrennt.«

Er hatte es so gewollt. Aber ich hatte mich geweigert, Vaters Verbrennung beizuwohnen. Ich wollte nicht zuschauen, wie der ehemalige Katholik, unter marxistischer Herrschaft zum evangelischen Glauben übergetreten, sich ein letztes Mal im Feuerkranz erhob und dieser letzten Attacke nichts mehr entgegensetzen konnte und sich in seine Fette und Öle auflöste. Wenn ein Spion verbrennt, bleibt er am Leben. Nur seine Maske ist gefallen. Er ist enttarnt worden. Aber er überlebt als der, der er früher war.

Ich stand jetzt vor der großen schwarzen Tafel, auf der die Geographie des Friedhofs erklärt wurde: Sowjetischer Ehrenhain. Deutsche Soldaten. Russische Kriegsgefangene. Rumänische Kriegsgefangene. Bombenopfer. Ehrenbürger. Gemeinschaftsgrab.

Jede Sorte hatte ihre Ecke. Ich ging ziellos durch die Gräberreihen. Auf einer steinernen schwarzen Wand mit goldenen Lettern las ich: »Der Marxismus ist allmächtig, weil er wahr ist.« Unter einem verwelkten Rosenbeet lagen tote Sozialisten. Sie brauchten sich nicht um das Dilemma der Überlebenden zu kümmern, die darüber diskutierten, wie man diesen Gedenkstein von seinen goldenen Lettern befreien könnte, ohne die Ruhe jener, die noch als Andersgläubige gestorben waren, nachhaltig zu stören.
Ich wandte mich nach links, nahm das Defilee jener Privilegierten ab, die schon seit der Zeit vor dem Zweiten Weltkrieg in pompösen Familiengräbern, unter steinernen Kreuzen und in ehernen Sarkophagen ruhten. Ich ging weiter, vorbei an den ärmlichen Signalen derer, die ihre Angehörigen ohne Pomp der Erde überantwortet hatten, und stand endlich in jenem Teil des Friedhofs, wo die Erde noch in kantigen Brokken lag, Kränze langsam vertrockneten und das fleißige Lieschen erst seit kurzem sich an die Arbeit gemacht hatte.
Und dann fand ich ihn.
Ein Kreuz aus hellem Holz markierte den Ort, den ich gesucht hatte, den Ort, wo er begraben lag.
Gerhard Brenner. 1936–1990.
Es war mein Geburtsjahr!
Ein Kranz aus roten vertrockneten Nelken lag auf dem lehmigen Erdhügel. Eine schwarzrotgoldene Kranzschleife bildete mit ihren beiden Bändern die Form eines Zirkels. »Letzter Gruß. Deine Kameraden von den August-Bebel-Werken«, stand mit goldenen Buchstaben auf dem roten Streifen.
Nur kurz flackerte eine Regung von Neid in mir auf, weil sich hinter dem letzten Gruß scheinbar eine vielköpfige Schar von Freunden verbarg. Und nur langsam setzten sich Erleichterung

und Triumph durch: Er war wirklich tot! Ich hatte mich selbst überlebt!
Ich zupfte an den Bändern der Grabschleife, so wie es Staatsmänner beim Besuch von Ehrenmälern zu tun pflegen bei der Erinnerung an den »Unbekannten Soldaten«, der für viele steht. Brenner stand nur für mich.
Ich versuchte, mir vorzustellen, wie Brenner gestorben war. Eine Zigarette im rechten Mundwinkel, war er in die Kabine seines Wägelchens geklettert. Er hatte das Fenster heruntergekurbelt, um den Rauch entweichen zu lassen. Durch das kleine Rückfenster hatte er auf die Ladefläche sehen können, wo eine ölig glänzende Kurbelwelle lag. Er hatte die Bremse gelöst, ohne zu ahnen, daß er sie nie mehr ziehen würde. Dann hatte er den Motor gestartet und war langsam aus der Halle gefahren. Er hatte eine weite Kurve über den Vorplatz gezogen, etwas schneller als erlaubt, um ein kleines, rauschhaftes Gefühl von Geschwindigkeit zu spüren, während er in die schmale Werkstraße einbog.
Er hatte das Sirren des Kranes gehört, der sich über ihm drehte, hatte einen prüfenden Blick hinaufgeworfen, wo der grellrote Eisenträger in der Luft baumelte. Wie den hellen Klang eines springenden Glases hatte er das Geräusch empfunden, als das Kettenglied riß, das die Last festhielt. Er hatte erschrocken nach oben geschaut, hatte gesehen, wie der Pfeiler aus dem Gleichgewicht kippte und dann scheppernd aus der Halterung rutschte.
Diese winzigen Augenblicke, die ihn vom Tod trennten, hatte er in rasender Intensität erlebt. Sein Lebensfilm war vor seinen Augen abgelaufen: Geburt, Hochzeit, Scheidung, Wiederverheiratung. Ein karges Buchdruckerleben.
Und dann war der Film gerissen. Bei Brenner hatten Bruch-

teile von Sekunden genügt. Dieses Leben war schnell zusammengefaßt und auf den Punkt gebracht. So schnell vielleicht, daß noch ein Mikrozeitzeichen für ein letztes Fragment von Angst übriggeblieben war.

Brenner blickte mich mit seinen dunklen Augen, die zur Hälfte unter den hängenden Brauen verschwanden, aus dem Zeitungsfoto an, das wohl ein Genosse in die Mitte des provisorisch aufgestellten Holzkreuzes gepinnt hatte. »Gerhard Brenner, verdienter Held des Volkes.« Er hatte einen verdeckten Blick, dachte ich. Die Nase war schmal und leicht krumm. Ein kaum merklicher Zug von Verachtung hing in seinen Mundwinkeln. Er schaffte Distanz. Er irritierte mich.

Ich machte einen Schritt, mitten in den Kranz der August-Bebel-Werke, beugte mich vor und versuchte, mit bloßen Fingern das Foto vom Holz zu lösen. Mit Hilfe einer rostigen kleinen Schaufel, die neben dem Kreuz im Boden steckte, schaffte ich es endlich. Ich grub ein Loch in die Erde des Grabhügels und versenkte den Mann mit dem verdeckten Blick darin. Dann schob ich mit der Schuhspitze Erde ins Loch und trampelte länger als nötig darauf herum.

Ich ging nicht auf direktem Weg zurück, sondern schritt mit zurückgedrückten Schultern über die Wiese auf den Ehrenhain zu, absolvierte den Parcours einer versteinerten Vergangenheit und kehrte dann über zivile Gebiete wieder zum Ausgang zurück, vorbei an Erich Müller, Walter Gräser, Eva Lenk, Ernst Nickel.

Ein Name war so gut wie der andere. Und nur der Zufall hatte es gewollt, daß ich jetzt den Namen Brenner trug. Weil da einer ausgeguckt worden war, der meinen Jahrgang, ungefähr meine Größe, meine Gesichtsform hatte und der densel-

ben Dialekt sprach wie ich. Um mein Leben auszupolstern, ihm ein Fundament zu geben, hatte man diesen Mann über Jahre hinweg observiert, bis man sicher war, daß er nicht plötzlich auf den Gedanken kommen könnte, selbst hinüberzuwechseln. Man hatte ihn in einen Verkehrsunfall verwikkelt, hatte bei dieser Gelegenheit sein Leben zu Protokoll gebracht, hatte ihn in die Position des Schuldigen hineinmanövriert und damit eine sanfte Abhängigkeit erzeugt, aus der er nie mehr herausgefunden hatte.
Als ich mich beim Eingang umdrehte und noch einmal auf die Stelle zurückschaute, wo Brenner begraben war, sah ich den Mann im schwarzen Motorradanzug mit vorgebeugtem Oberkörper vor Brenners Grab stehen. Teilnahme war aus seiner Haltung nicht abzulesen.

21

»Sie wollen abreisen?« fragte mich die Frau an der Rezeption, als ich nach dem Zimmerschlüssel verlangte.
»Nein!«
»Aber Sie haben doch angerufen!«
»Ich habe nicht angerufen!«
Wir standen uns gegenüber und blickten uns an. Die junge blonde Frau hatte hochstehende Wangenknochen und große Augen. Sie war bestimmt nicht neu im Hotel und zweifelsohne erfahren in Spitzeldiensten. Sie war es gewohnt, Befehle von gewissen Dienststellen entgegenzunehmen. Da hatte also jemand seinen Auftrag über die Zeit hinaus verlängert.
»Wir haben das Zimmer vergeben. Es tut mir leid!«

»Es braucht Ihnen nicht leid zu tun! Ich werde das Zimmer behalten. Schließlich haben Sie mir ein Doppelzimmer gegeben. Ein Bett ist also noch frei!«
Sie preßte die Lippen zusammen.
»Geben Sie mir den Zimmerschlüssel! Die Zeiten anonymer Telefonanrufe sind vorbei.«
Sie streckte mir mit abgewandtem Gesicht den Schlüssel entgegen. Ich ging, ohne aufzusehen, zum Aufzug. Ich wußte, daß sie in meinem Rücken zum Telefon greifen würde.
Ich legte mich aufs Bett, döste und schlief dann ein. Das Klingeln des Telefons weckte mich.
»Hallo?«
»Morgen also«, sagte eine Männerstimme, die ich nicht kannte.
»Ich verstehe Sie nicht, Genosse!«
Der Mann schnaufte und hängte auf. Man wollte mich also loshaben.
Ich stand auf, wusch Gesicht und Oberkörper mit kaltem Wasser und zog ein frisches Hemd an. Ich schaute in den Spiegel und dachte, daß ich eigentlich wenig mit dem Mann gemeinsam hatte, dessen Bild ich zu vergraben versucht hatte. Meine Nase war gerade. Die Lippen waren zwar schmal, aber sie endeten in der Horizontalen. Der Haaransatz war normal. Der Blick meiner braunen Augen wurde von einer randlosen Brille gefiltert. Brenners Frau jedenfalls würde keine Ähnlichkeit feststellen.

Die Straßen waren leer. Die provisorische Umkleidekabine in einer Nische von St. Marien, dort, wo kauflustige Zwickauerinnen die Pullover und Blusen anprobierten, die ihnen

die Brüder und Schwestern von drüben anzudrehen versuchten, war entfernt worden.
Sie wohnte in einem Block zwischen der Adolf-Hennecke-Brücke und den Städtischen Bühnen. Vierzig Namen waren im Hauseingang verzeichnet. Die Schilder waren vergilbt. Das Papier warf Wellen. Die Schrift war kaum mehr zu lesen. Nur fünf Namen waren neu und in ein kleines Emailletäfelchen gestanzt: Kaden, Storck, Klante, Teißler, Brenner. Brenner. Dritter Stock links.
Der Verputz blätterte von den Wänden. Große Wasserflecken bildeten bräunliche Muster an der Decke. Das Wort STASI-SCHWEIN, das jemand mit Kohle auf die Wand neben die Briefkästen geschrieben hatte, war zwar weggewaschen worden, schimmerte aber trotzdem noch durch.
Ich war aufgeregt. Als ob ich zum ersten Rendezvous ginge! Aber es war die Frau des andern. Und sie war Witwe. Wie mußte ich mich überhaupt verhalten? Mit zurückhaltender Anteilnahme vielleicht.
Ich drückte auf die Türklingel. Mein Herz pochte. Ich hörte ihre Schritte hinter der Tür. Ich war froh, daß sie keine Pantoffeln trug. Warum sollte sie keine Pantoffeln tragen? Weil ich Pantoffeln nicht mochte? Es war ja *seine* Frau!
»Ja?«
Sie war hellblond, vollschlank. Anfang Vierzig vielleicht. Sie trug ein hellblaues Kleid mit einem Muster aus dunkelblauen Kornblumen. Ihr Ausschnitt war tiefer, als es sich für eine Frau, die gerade Witwe geworden war, schickte. Aber der Wunsch, das Kleid gleich anzuziehen, das sie bei der Marienkirche gekauft hatte, wo ich es am Tag vorher zu Dutzenden an der Stange hatte hängen sehen, mochte ihre Trauer für Augenblicke verdrängt haben.

»Mein Name ist Volker Neumann. Ich komme aus Kaiserslautern. Von drüben«, ergänzte ich.

Sie hatte klare Augen. Von der Pupille aus liefen sternförmig dünne schwarze Fäden zur Peripherie. Ihre Stirn war von drei tiefen Falten durchfurcht, die quer verliefen und ein rechteckiges Dreieck bildeten.

»Ich kenne niemanden drüben«, sagte sie abweisend. Aber ich fühlte ihre Neugierde. Ich war jemand aus dem Gelobten Land.

»Doch, Sie kennen jemanden. Das heißt: Jemand kennt Sie!«

Sie wurde aufmerksam, öffnete ihre schön geschwungenen Lippen und ließ schadhafte Zähne sehen.

»Wollen Sie hereinkommen?«

»Danke. Gern!«

Sie trat zurück, und ich ging an ihr vorbei in den Flur. Dabei streifte ich ihren Busen. Ihr Parfüm war schwer und billig. Eine große blaugeschliffene Flasche mit Kölnisch Wasser stand auf einem schwarzen runden Tischchen im Flur. Der Spiegel warf ihr Bild gebrochen zurück. Die Kristallampe an der Decke verbreitete schummriges Licht. Die Wohnung erinnerte mich an das Etablissement in Zürich. Nicht die Möblierung, nicht die Bilder, nur die Stimmung.

»Hier ist das Wohnzimmer«, sagte sie, schmeichelte sich an meine Seite und öffnete mit ausgestrecktem Arm die Tür. Dabei reckte sie ihren beachtlichen Busen weit vor. Mein Blick verirrte sich für einen kurzen Augenblick in ihrem Ausschnitt.

»Wer?« fragte sie unvermittelt, als ich mitten im Wohnzimmer stand.

Ich schaute sie erstaunt an. Ihr Ausdruck zwischen gespannter Erwartung und Erschöpfung irritierte mich.

»Wer von drüben?«

Sie setzte sich auf das rote Sofa aus Kunstleder und zeigte auf einen entsprechenden Sessel mit schwarzer Armlehne, von der die Farbe abgeblättert war.

»Ihr Mann hat dort einen entfernten Neffen. Der Sohn eines Cousins oder so ähnlich.«

»Ach so?« Sie schien enttäuscht zu sein.

Ich schaute mich um. Nirgends war ein Foto ihres toten Mannes zu sehen. Nicht auf dem Bücherregal aus Teakholzimitation, wo neben Manns *Buddenbrooks* Defoes *Robinson Crusoe* und Coopers *Lederstrumpf* eine Reihe undefinierbarer, zerlesener Heftchen gereiht waren. Nicht auf dem Teetischchen aus farbigen Mosaiksteinchen und nicht auf dem Fernseher.

Sie zog ihren Rock mit beiden Händen über die Knie. Sie trug schwarze Schuhe mit hohen Absätzen und einer schwarzen Samtschleife, aus deren Knoten ein geschliffenes Stück Glas glitzerte.

»Ihr Mann wird sich erinnern«, sagte ich und lächelte dazu.

»Mein Mann ist tot«, antwortete sie schnell und emotionslos.

»Ach! Das tut mir leid.«

Sie schaute mir gerade in die Augen, ausdruckslos, wie mir schien. Aber ihre Lippen waren ein wenig geöffnet. Und mit dem Zeigefinger ihrer rechten Hand strich sie immer wieder über ihren Strumpf und verursachte dabei ein knisterndes Geräusch.

»War er krank?« fragte ich nach einer Weile. Ich mußte ihr Zeit lassen. Sie war immerhin mehr als acht Jahre mit ihm verheiratet gewesen.

Ich beugte mich vor und legte schnell meine Hand auf ihren

Unterarm und zog sie auch schon wieder zurück. Ich war selbst überrascht von dieser spontanen Bewegung. Ich hatte einen Zeitsprung gemacht. Stunden hatte ich in ein paar Sekunden hinter mich gebracht. Die Intimität, die ich suchte, hatte ich bereits hergestellt.

»Möchten Sie etwas trinken?« fragte sie. Sie hatte ihren Arm nicht bewegt.

»Ein Bier, wenn Sie welches haben.«

Sie hielt den Kopf schräg wie ein Vogel, der einen Menschen betrachtet. Eine Strähne ihrer hellblonden Haare fiel ihr über das linke Auge.

»Es ist erst drei Wochen her, daß mein Mann verunglückt ist. Bier ist im Hause.«

Sie stand auf und ging in die Küche. Ich hörte sie hantieren, registrierte vertraute Geräusche, die ich von Sabine her kannte. Zwei Bierflaschen klirrten, als sie zusammenstießen. Sie suchte wohl in der Küchenschublade nach dem Flaschenöffner. Besteck klapperte. Wahrscheinlich stieß sie die Küchenschublade mit dem vorgestreckten Bauch zu, öffnete den Küchenschrank und holte zwei Biergläser heraus, umfaßte sie mit Daumen, Mittel- und Zeigefinger der rechten Hand, packte mit der linken Hand beide Bierflaschen gleichzeitig am Hals. Damit erschien sie dann wieder in der Wohnzimmertür.

Ich schaute auf, lächelte, erhob mich und ging ihr entgegen. Ich nahm ihr die Flaschen ab und berührte dabei ihre Hand. Sie verzog ihr Gesicht zu einer kleinen Grimasse. Nein, eine Erinnerung an Sabine wollte sich absolut nicht herstellen lassen.

»Gemütlich haben Sie's hier«, sagte ich und zwang den Deckel von der Flasche.

»Blödsinn«, sagte sie laut und übertönte das kurze Zischen, als die Kohlensäure entwich.

Ich biß mich auf die Lippen. Ich hatte mich wieder in den Konversationston zurückverirrt. Der Identitätsverlust in der DDR hängt auch mit dem Verlust der Wohnqualität zusammen, dachte ich. Der Grundriß der Zimmer ließ der Phantasie keinen Raum. Das Sofa stand dort, wo alle Sofas in den vierzig Wohnungen standen. Das Bücherregal konnte nur in die vorgesehene Nische gestellt werden. Und die Steckdose bestimmte den Platz des Fernsehers.

»Ihr Mann war Arbeiter?«

Sie zuckte mit den Achseln. Ihre Mundwinkel zeigten nach unten.

»Woher haben Sie meine Adresse?« fragte sie beunruhigt, hob ihr Glas auf Augenhöhe und trank hastig, bevor ich ihr zuprosten konnte.

»Ich war in den August-Bebel-Werken.«

»So, waren Sie. Und was hat man dort über ihn erzählt?«

»Ein guter Kollege sei er gewesen. Einer, der gerne einmal über einen guten Witz gelacht habe. Ein bißchen naiv vielleicht. Aber in gutem Sinne«, fügte ich rasch hinzu. »Vielleicht war er ein bißchen blauäugig?«

Ich drängte ihr den toten Mann auf, redete und redete, bis sie beinahe an ihm erstickte.

»Hören Sie auf mit dem Quatsch!«

Sie war aufgestanden, hatte die Balkontür aufgerissen und starrte hinaus auf das Gelände der städtischen Wasserversorgung. Von der nahen Stadtautobahn her drangen die Verkehrsgeräusche in dumpfen Wellen ins Zimmer. Ich stand ebenfalls auf, machte zwei Schritte auf sie zu und blieb hinter ihr stehen. Ich roch den Duft ihres Haarsprays. Ich eignete

mir Brenners tägliche Gerüche an, betrachtete ihren Hals mit den braunen Sommersprossen am Schulteransatz, sah den baumelnden Ohrring in der Form einer Träne, der mein Blickfeld störte.
»War er anders?« fragte ich leise.
Sie drehte sich um, zog sich in die Balkontür zurück.
»Was wollen Sie, Herr Neumann?« fragte sie. Ihre Stimme klang eisig.
Ich hob hilflos die Arme. Die Frau zog mich an. Aber ich war mir nicht im klaren, ob ich ihre Nähe nur deshalb suchte, weil sie Brenners Frau gewesen war, um mich einmal so fühlen zu können wie er. Ich berührte ihren nackten Oberarm.
»Ich hätte Ihren Mann gern kennengelernt!«
Ich mußte diesen Umweg gehen, selbst wenn sie sich jetzt wieder zurückzog.
»Warum! Sind Sie von der Stasi?«
»Die Stasi gibt es nicht mehr, Frau Brenner!«
Sie lachte in sich hinein. »Das sagen Sie!«
Sie trat auf den winzigen Balkon hinaus, kappte mit spitzem Fingernagel eine verblühte Betunie, deren Knollen ihr irgend jemand aus dem Westen mitgebracht haben mochte, und warf sie über die Brüstung hinunter auf den Vorplatz.
»Ich wollte mit Ihrem Mann sprechen, Frau Brenner. Aber jetzt stehen ganz plötzlich Sie dazwischen.«
Sie drehte sich um und schloß mit energischer Bewegung die Tür. »Weil Sie aus dem Westen kommen, glauben Sie auf Umwege verzichten zu können.«
Ich schüttelte den Kopf. »Nicht deswegen. Ich weiß mehr über Ihren Mann, als Sie glauben. Ich habe sein Leben gelebt! Ich habe seine Biographie zu meiner eigenen gemacht. Genaugenommen ist Ihr Mann gar nicht gestorben. Genauge-

nommen wäre ich der Mann, den Sie geheiratet hätten, wenn ich damals nicht schon drüben gewesen wäre!«

Ich bedeckte mein Gesicht mit den Händen. Ich hatte mich ihr behutsam nähern wollen. Und jetzt war ich nicht imstande gewesen, sie sachte in eine Biographie einzuweihen, die uns beide betraf. All die Elemente erfolgreicher Gesprächsführung, die man mir damals in Karlshorst beigebracht hatte und die ich auch in meinem Beruf als Kunstverkäufer praktizierte, schien ich vergessen zu haben. Ich hatte keine Zeit. Ich mußte es hinter mich bringen, schnell und ohne etwas dabei zu denken. Ich lieferte mich ihr instinktiv aus, weil ich fühlte, daß meine Sätze nicht in ihr Gehirn drangen, sondern irgendwo in ihren weichen Körper und sich dort unwidersprochen einnisteten. Ich rechnete nicht mit ihrer Skepsis, sondern mit ihrem Erstaunen und einer gespannten Bereitschaft für das Außerordentliche, das die Monotonie ihres Alltags sprengte.

Ich trat auf sie zu, packte sie an den Schultern und schüttelte sie. Sie starrte mich an, ohne sich gegen den Griff meiner Arme zu wehren.

»Dann holen wir es eben nach«, sagte sie ruhig.

Ich sehe die Zürcher Bahnhofuhr vor mir. Der Sekundenzeiger nähert sich der Zwölf. Der Minutenzeiger springt. In einer halben Sekunde vergeht eine Minute. Jetzt hatte ich in Minuten Tage, Wochen, Jahre nachgeholt.

Sie drehte sich um. »Der Reißverschluß!« murmelte sie.

22

Wir stehen in drei Ecken der Waschküche. Noch ist der Befehl zum Sternmarsch nicht gegeben worden. Wir haben uns vorher über die Modalitäten geeinigt. In der Ecke zieht jeder seine Kleider aus, den Rücken den andern zugewandt. Jeder meldet seine Nacktheit mit einem deutlichen »Bereit«. Erst wenn der Dritte seine Bereitschaft bekundet hat, drehen sich alle gleichzeitig um.
Eine Spinne hastet vor mir über die graugetünchte Wand. Kalte Feuchtigkeit kriecht vom Steinboden über meine Füße auf der Innenseite der Schenkel hoch zwischen die Beine. Ich drehe mich mit einiger Verspätung um, bleibe stehen, blicke auf den Boden, zähle bis zehn, wie angeordnet. Geht das so schnell, denke ich.
Das fleischigweiche, unförmige Ding zwischen den Schenkeln reckt sich. Bei fünf hat es bereits die Dimension von Davids Glied, den ich in Vaters Bibliothek entdeckt habe. Ein gewisser Michelangelo hat mit seinen Bildhauerwerkzeugen die noch schickliche Dimension aus dem Marmor gehauen. Aber mein Glied wächst weiter, über die Grenze hinaus, die die Kunst festgelegt hat. Bei sieben steht es waagrecht vom Körper ab. Es verselbständigt sich, gehört plötzlich nicht mehr zu meinem Körper. So sehr ich mich auch dagegen wehre, es wächst weiter und zeigt bei zehn steil nach oben auf die mit einem Gitter geschützte Deckenlampe in der Mitte der Waschküche.
»Jetzt!« murmeln wir alle gleichzeitig.
Ich setze mich in Bewegung. Das Glied wippt im Rhythmus meiner Schritte. Ich höre das Tappen unserer nackten Füße auf dem Zementboden, werfe einen schnellen Blick über die

Spitze des vibrierenden Stockes, dessen Haut knapp wird und der die rote Knolle der Eichel ausstülpt, hinweg auf die andern, registriere mit Erstaunen, daß da kein Glied dem andern gleicht, daß der hoch aufgeschossene Helmut nicht etwa einen stromförmigen Penis vor sich herträgt, sondern einen gedrungenen Pimmel, der sich kaum aus der Hülle des Sackes zu lösen getraut, und daß der dicke Bertram ein Ding wie ein Bleistift hat, dünn und kantig.

Und ich stelle mit plötzlichem Erschrecken fest, daß die Mutprobe, sich seinen Kameraden in seiner ganzen, bis dahin sorgsam verhüllten Nacktheit zu zeigen, für jeden eine andere Qualität hat. Mein angeschwollenes Glied übertrifft alle Erwartungen, stempelt mich ganz unvermittelt zum Wüstling, zu einem, dem schon die kleinste Erregung das Blut zwischen die Beine schießen läßt. Die Glieder der zwei andern sprengen den Rahmen des Noch-Schicklichen nicht, sind durchaus noch kunstadäquat. Mein Penis ist ein brutales Unding, eine Bedrohung für die andern, die ihn mit aufgerissenen Mündern fixieren, ein Monstrum, über das auf dem Pausenhof kichernd getratscht wird und das vielleicht sogar bis in die verworrenen Träume der Mädchen vordringen wird.

Ich merke, wie ich zu zittern anfange, wie das steile Glied immer mehr zu wippen beginnt, höre das verlegene Kichern der andern, packe in der Not den fremden Körperteil mit beiden Händen, drücke ihn zusammen, presse ihn gegen den nackten Bauch. Ich spüre, wie es pocht und brodelt und kocht. Und dann vermag ich keinen Widerstand mehr zu leisten. Ich drehe mich um, laufe in meine Ecke, greife meine Kleider, bedecke damit meine Blöße und flüchte in den benachbarten Kellerraum.

Und während ich einen letzten Blick über die Schulter werfe,

in der Hoffnung, daß sich da auch ein anderes Glied verselbständigt haben könnte, sehe ich, daß sich das Kellerfenster verdunkelt hat, und erkenne die Umrisse eines Kopfes, der sich seitlich ins Bild gedrängt und den Auftritt der drei nackten Jungen mitverfolgt hat.
»Feigling!« sagt er abends vom Balkon aus.
Ich schüttle beschämt den Kopf. Ich verstehe ihn nicht. Wüstling! Auf diese Beschimpfung habe ich gewartet.
»Du warst doch der Überzeugendste von allen!«
Ich schaue ihn mit aufgerissenen Augen an.
»So einen Penis hat nicht jeder. Mit dem kannst du dich überall sehen lassen!«
Ich denke an Michelangelos David, an die makellose Einheit seines Körpers, der sich der Geschlechtsteil unterordnet. Und ich erinnere mich an meine furchterregende Lanze, deren Stoßrichtung ich nicht zu dirigieren vermocht habe.
»Du bist ein Mann!« sagt mein Vater. »Wirklich!« Er nickt anerkennend. »Was deine körperliche Entwicklung betrifft. Du bist ein Feigling, was deinen Charakter angeht!«
Ich senke verwirrt den Kopf und starre auf meine Schuhspitzen.
»Daran werden wir in Zukunft arbeiten!«
Er dreht sich um und schließt die Balkontür. Der Reflex der Scheibe trifft mich wie ein Blitz.

23

Das Schlafzimmer wurde von einem Spiegel beherrscht, der, dem Ehebett gegenüber, in einem pompösen Mahagonischrank eingebaut war. Die Hälfte des Bettes war mit einer rosafarbenen Steppdecke drapiert. Das Kissen wölbte sich unter dem Stoff.

»Nein! Er hat im Wohnzimmer geschlafen!« Sie hatte meinen Blick gesehen. Sie stand vor mir, kreuzte ihre Arme vor ihrem Schoß und ließ das Kornblumenkleid über die Schulter gleiten. Es blieb auf halbem Weg über ihren Ellbogen stecken. Ich streckte meine Hände aus und zog es langsam nach unten. Dabei schaute ich in ihre hellen Augen, in denen keine Regung zu sehen war. Ich küßte sie auf die Schulter mit den vielen kleinen Sommersprossen.

Ist der Tod ein Sexkiller, dachte ich, weil sich bei mir nichts regen wollte. Ich sah ein Gerippe vor mir, das sich seitlich von hinten an die junge Frau heranmacht und sie auf die nackte Schulter zu küssen versucht, während die linke knochige Hand in ihren Schoß greift, den sie bereitwillig entblößt hat. *Der Tod und die Jungfrau* von Niklaus Manuel.

Sie verließ den Kreis, den der Rock am Boden bildete, und legte sich aufs Bett. Noch immer stand ich angezogen vor ihr. Sie trug Westwäsche. Unter dem roten, im Schoß perforierten Höschen, waren die dunklen Schamhaare sichtbar. Die schwarzen Rüschen, unter denen das Gummiband verborgen war, schnitten eine Kerbe in ihren Unterleib. Unter dem Bauchnabel saß ein olivfarbener kleiner Schmetterling. Sie schob sich ein Kissen unter den Kopf, legte ihn in die rechte Hand. Ihr Arm stand in spitzem Winkel vom Körper ab. Der Büstenhalter war schwarz, transparent und eine

Nummer zu klein. Ein weißer Fettring drängte darunter hervor. Die braunen Brustwarzen hatten sich durch eine weite Masche geschoben. War dieser BH die Krönung ihres ersten Westeinkaufs in Hof gewesen?
Ich wandte mich ab und begann, mich auszuziehen. Ein flüchtiger Blick zwischen meine Beine beunruhigte mich. Ich setzte mich seitlich auf die Bettkante, beugte mich über sie und stützte mich mit dem rechten Arm auf der andern Seite ihres Körpers ab. Sie hob ihren Oberkörper leicht, ich griff hinter sie, schnippte routiniert den kleinen Haken aus der Öse ihres Büstenhalters und schob dann die Träger über die Schulter. Ich streifte das Höschen ab, entledigte sie ihrer Unterwäsche, bis sie nackt dalag, mit ihrem eigenen Körper, der sich weiß und etwas fett vom pinkfarbenen Leintuch abhob.
Sie spreizte die Beine ein wenig. Sie zeigte keine Scham. Oder hatte sie sich im Laufe der Jahre an die Akte der Unterwerfung gewöhnt? Sie hatte in diesem Staat wie alle anderen die Unterwerfungsbereitschaft kultiviert, und diese war längst zur Zwangshandlung geworden.
Ich saß noch immer auf der Bettkante und betrachtete Brenners Frau wie einen Gegenstand, und ich wurde mir plötzlich bewußt, daß diese Bereitschaft zur Unterwerfung auch ein Teil meines eigenen Wesens war, die mein Vater und nach ihm Rolf in mir gezüchtet hatte.
»Brauchst du eine künstliche Animation?« fragte sie ruhig und berührte flüchtig mein Glied.
Ich sah sie erstaunt an.
»Dort im Schrank!«
Ich stand auf und öffnete die Schranktür, starrte auf einen Stapel von Heftchen aus dem Fundus der Beate Uhse und begriff, warum sich die Leute hier nach dem Zusammen-

bruch des Regimes so gierig auf die Produkte der westdeutschen Pornoindustrie gestürzt hatten. Nur auf dem Umweg über die vorexerzierten Praktiken anderer trauten sie sich selbst die Befreiung von den Mechanismen der Unterdrükkung, der diktierten Verhaltensweisen zu. Gleichzeitig ertappte aber auch ich mich dabei, wie ich mir vorzustellen versuchte, was denn in diesen Heftchen zu sehen war: körperliche Ausstülpungen, geäderte Schwengel, die in quallenartige Schlünde gezwungen wurden, Rücken, die sich wie Flitzebogen spannten, Schenkel, die wie mit der Brechstange auseinandergezwungen wurden, gewaltige Brüste, die zu platzen drohten, und wabbelnde Fleischberge, durch deren Mitte ein Riß verlief, wucherndes Haargeflecht, offene Münder, in denen rosafarbene Zungen die Mundwinkel leckten. Nein, die flotten Nummern auf Glanzpapier animierten mich nicht.

Ich schloß den Schrank, lehnte mich mit nacktem Hinterteil gegen das kühle Spiegelglas und konstatierte, ohne hinschauen zu müssen, wie mein Glied zu wachsen begann. Ich wußte nicht, ob der Gedanke an die Heftchen im Schrank oder ihr Blick auf meinem Geschlechtsteil es waren, die diesen Prozeß ausgelöst hatten. Ich ging auf sie zu, spürte das Wippen des noch etwas kopflastigen Körperteils, und als ich auf ihr lag, war es so, wie sie es von mir erwartet hatte.

24

Sie blieb mit geschlossenen Augen auf dem Rükken liegen. Ich hatte mich von ihr weggewälzt, hatte meinen Kopf auf die Hand gestützt und betrachtete sie. Ein flüchtiges Gefühl von Zärtlichkeit ergriff mich.

»Wie heißt du eigentlich mit Vornamen?« fragte ich.

»Heike!«

Sie öffnete ihre Augen nicht.

Heike Brenner. Ich hatte ihren Körper ausgekundschaftet. Ich versuchte, mich zu erinnern, was meine Hände gespürt hatten, als ich ihre Brüste streichelte, was ich gerochen hatte, wie sich ihr Körper angefühlt hatte, die Konsistenz ihrer Haut, ob sie wirklich gurgelnde Geräusche ausgestoßen hatte oder ob mein Gedächtnis bereits versagte. Wie hatte sie mich in sich gespürt?

Ich hätte sie gerne gefragt, ob mir die Verwandlung in ihren toten Mann gelungen sei, ob sie ihn in mir wiedererkannt habe. Aber das interessierte wohl nur mich.

Ich wäre gerne aufgestanden und hätte mich wieder angezogen. Meine Nacktheit empfand ich mit einem Mal als unangenehm, aber noch absolvierte ich so etwas wie eine Anstandsviertelstunde.

»Du warst gut!«

Ihr Lob erreichte mich nicht. Sie maß mich an Brenner.

»Keine Kunst«, murmelte ich. »Du hast mich erregt.«

»Wirklich?«

Sie drehte mir den Kopf zu. In ihren Augenwinkeln kräuselte sich ein müdes Lächeln.

»Pack aus!« sagte sie unvermittelt. Sie gebrauchte dieselben Worte wie Sabine.

Wie aber verläuft ein Verhör, wenn beide, Fragende und Befragter, nackt sind?
»Das Badezimmer ist neben der Küche!« fügte sie hinzu.
Ich ging schweigend hinaus und nahm meine Kleider mit. Das Badezimmer war eng und düster. Vom Hausflur aus drang nur wenig Licht oben an der Decke durch ein Fenster aus geripptem Glas. Die Badewanne war beschädigt und wirkte auch noch gelblich, als die Neonröhre über dem Spiegel aufflackerte. Ich duschte mich kurz, griff nach einem hellgrünen Handtuch, dessen Muster verblichen und das an einigen Stellen dünn geworden war.
Auf dem schmalen Regal unter dem Spiegel standen ein paar Töpfchen mit Produkten, die mir bekannt vorkamen. Ich schraubte einen Deckel ab und roch daran. Der eklige süßliche Geruch eines Rasierwassers kam mir entgegen. Es war derselbe Geruch, der aus den Pornoheften im Schrank gestiegen war.
Sie hatte einen schneeweißen Nylonmorgenrock über sich gelegt, als ich zurückkam, und lehnte, das Kissen im Rücken, an der Bettumrandung.
»Also?« fragte sie.
Ich setzte mich seitlich ans Fußende des Bettes, so wie vor kurzem die Frau in Zürich.
»Ich habe das Leben deines Mannes gelebt, weitergelebt. Und lebe es über seinen Tod hinaus.«
Sie sah mich an, schüttelte den Kopf, immer wieder, so daß ich ihn endlich mit beiden Händen packte und festhielt. Und während ich ihn so hielt, redete ich. Ich erzählte ihr so viel von meiner Geschichte, wie sie wissen mußte, um die Zusammenhänge begreifen zu können. Und dann ließ ich ihren Kopf los, ließ ihn fallen wie einen fremden Gegenstand. Er schlug

an der Bettumrandung auf, aber sie schrie nicht. Sie rieb sich nur verwundert den Hinterkopf.
»Und jetzt?« fragte ich und betrachtete teilnahmslos die Frau, die ich seit kaum einer Stunde kannte und der ich in dieser Zeit mehr aus meinem wirklichen Leben erzählt hatte als bis vor kurzem noch Sabine während unserer ganzen Ehe.
Ihr weißer Morgenrock war zur Seite gerutscht und lag beinahe kunstvoll verschlungen auf Brenners Betteil. Der schwarze Träger ihres Büstenhalters schlängelte sich darunter hervor und bildete ein großes V. Ich hatte noch immer den penetranten Geruch von Brenners Rasierwasser in der Nase. Aber Brenner war tot. Und das Arrangement auf seinem Bett bot sich jetzt einem Genremaler als Motiv an: Nature morte. Tote Natur. Heike lag bewegungslos mit geschlossenen Augen da. Wie tot.
Sie hatte mir aus ihrem Leben erzählt, von ihrer Arbeit in der Polsterei der Zwickauer Trabi-Werke, von ihrer Vorliebe für westdeutsche Schlager und den Ausflügen ins Erzgebirge. Ihr Mann war in diesen Schilderungen nicht vorgekommen.
»Und jetzt?«
Sie nahm meine Frage von vorhin auf.
»Nichts!« Sie öffnete die Augen.
Ich nickte abwesend. Ich hatte mit der Frau des Mannes geschlafen, der mir seine Biographie vermacht hatte, wenn auch nicht freiwillig und ohne daß er davon gewußt hatte. Aber für mich hatte sich nichts verändert.
»Ich habe dir all das erzählt, weil ich sonst erstickt wäre.«
»Wahrscheinlich bist du der wertvollere Mensch gewesen!« sagte sie leise.
»Wertvoller für die Gesellschaft, aus der wir beide stammen.

Aber jetzt? Dein Mann ist tot. Die DDR ist tot. Umsonst gelebt.«

»Was willst du tun?« fragte sie, stand auf und verschwand im Badezimmer. Die Tür ließ sie offen. Und wieder hörte ich bei einer Frau die Geräusche des Wasserstrahls auf ihrem Körper. Aber hier klang es anders als drüben oder in der Schweiz, weil der Wasserdruck so schwach war, daß der Strahl den Körper nicht ansprang, sondern nur an ihm herunterlief.

Ich wartete mit meiner Antwort auf ihre Frage, bis sie zurückkam.

»Ich weiß es nicht«, sagte ich. »Zurückfahren zu meiner Frau. Darauf warten, daß die Männer vom Verfassungsschutz kommen und mich festnehmen.«

Im Wohnzimmer tranken wir das restliche lauwarm gewordene Bier. Dann ging ich in die Küche und holte zwei neue Flaschen. Alles war mir so vertraut, als ob ich schon lange hier gelebt hätte. In der Wohnung nebenan schlug eine Wanduhr siebenmal.

»Du könntest mich denunzieren«, sagte ich beiläufig, als ich die Flaschen öffnete.

»Was bringt's? Damit fang ich doch jetzt nicht noch an!«

»Hatte dein Mann je Stasi-Kontakte?« Der Einfall eines Augenblicks, aber die Frage hatte schon lange in mir gebrütet.

Sie schaute mich verwundert an, aber sie war nicht entrüstet.

»Möglich. Seit einem knappen Jahr verdiente er ganz plötzlich mehr als früher. 150 Mark im Monat!«

Ich stutzte. »Genau 150?«

Sie nickte. »Ja. Wenig für heutige Verhältnisse. Aber bis vor kurzem war es noch viel Geld. Warum fragst du?«

»IM-Gelder«, sagte ich nachdenklich.

»IM-Gelder?«
»IM sind inoffizielle Stasi-Mitarbeiter.«
Sie biß sich auf die Lippen. Vielleicht dachte sie darüber nach, daß sie nun mit zwei Männern geschlafen hatte, die denselben Namen trugen und im selben Verein tätig waren.
»Hat sich etwas verändert, als die Mauer fiel?«
Sie dachte nach. »*Er* hat sich verändert! Er war plötzlich nervös, unruhig.«
»Hatte er Angst?«
Sie schüttelte den Kopf. »Nein. Angst war es nicht! Er war nicht mehr so gleichgültig all dem gegenüber, was um ihn herum vorging.«
»Erst seit einem knappen Jahr gab es 150 Mark mehr?« fragte ich noch einmal. Der Zeitpunkt verwirrte mich. Spätsommer 1989. Da war doch schon alles gelaufen. Und die Stasi hatte ohnehin alles viel früher gewußt als andere. Wie kam sie also dazu, Brenner noch kurz vor dem Zusammenbruch anzuwerben?
»Ja, erst seit einem knappen Jahr! Für gute Leistung, hat er gesagt.«
»Hatte er Kontakte. Ungewöhnliche Kontakte?«
Sie überlegte. »Mir ist nichts aufgefallen, Gerd«, sagte sie, und ich fragte mich, ob sie sich bewußt war, daß sie mich bei einem Vornamen nannte, den ich von ihrem Mann ausgeliehen hatte.
»Das einzige, was mir auffiel, war eine Visitenkarte, die ich in seiner blauen Strickjacke fand.«
»Und was stand drauf?«
Sie überlegte. »H. Wappler. Helfer in Steuersachen, Zwickau... Oder so ähnlich.«
»Hast du ihn darauf angesprochen?«

»Ja. Er wirkte verunsichert. Hat irgendeine Ausrede gebraucht. Man müsse sich halt jetzt auf Westverhältnisse umstellen. Und mir war es schließlich egal.«
Ich stand auf und wollte zur Tür gehen. Im Spiegel des Flurs sah ich die Frau meines Doppelgängers. Und dann sah ich mich selbst. Ich kam mir vor wie im Kino.
»Du kommst wieder?« fragte sie und lächelte mir im Spiegel zu. Es war ein trauriges Lächeln.
»Ich komme wieder.«
Ich drehte mich noch einmal um, beugte mich über sie und küßte sie auf die Wange.
»... wenn du magst!«
»Ich mag.«
Ich schloß leise die Wohnungstür hinter mir, als ob ich verhindern wollte, jemanden aus tiefem Schlaf zu wekken.

25

Es dämmerte bereits. Als ich draußen an diesem beängstigenden Exemplar ostdeutschen Plattenbaus hinaufschaute und die Fenster abzuzählen versuchte, um zu orten, wo ich gewesen war, glaubte ich, im dritten Stock die Umrisse einer unbekleideten Frau hinter der dünnen Gardine erkennen zu können, ausgeschnitten wie ein Schattenriß.
Ich überquerte den Vorplatz, ging an der Rückseite des Zwickauer Theaters vorbei, wo der aufkommende Wind mir Sägemehl, das vor der Schreinerei aufgehäuft war, in feinen gelben Wolken ins Gesicht blies. Ich orientierte mich an der Marien-

kirche, deren Turm wie eine mehrstufige Rakete aus einem Gewirr von Dächern und Giebeln hervorwuchs.
Die Stadt war wie eine schwer bewaffnete Festung. Sie verweigerte sich mir. Und sie hatte mir verwehrt, den wirklichen Brenner kennenzulernen. Er hatte sich abgesetzt, war, in zwei Teile gespalten, direkt zur Hölle gefahren.
Die Stadt wirkte wie ausgestorben. Kein Mensch war unterwegs, und die bröckelnden Fassaden der Häuser, in denen noch die Hitze des Tages nistete, schienen nichts und niemanden zu bergen. Hinter den blinden Fenstern zuckten gespenstisch die fahlblauen Blitze der eingeschalteten Fernsehapparate. Und doch war noch einer außer mir in dieser Stille unterwegs. Erst glaubte ich, es seien meine eigenen Schritte, die im Doppel, in Stereo, die Gasse beklöppelten, aber als ich stehenblieb, war mehr als nur das Echo meiner Schritte übrig. Der Mann zögerte. Ich hörte das schleifende Geräusch seiner Sohlen, als er anhielt und dann hastig eine andere Richtung einschlug. Ich horchte diesen forschen, sich entfernenden Schritten nach, die mit einem Mal erstarben.
Die Umrisse der Kirche bauten sich bedrohlich vor mir auf und verwehrten mir den Blick auf den nächtlichen sternenlosen Himmel. Der Mann mußte irgendwo in einer der Nischen im Gemäuer der Kirche stehen. Ein metallischer Ton, eine Klinge, die ein Stück Mauer streifte, sirrte durch das Dunkel und verlor sich. Kirchen waren für mich seit Jahren ein vertrautes Territorium, Orte, an denen ich Kuriere traf, wo ich Heiligenstatuen als tote Briefkästen benutzte, immer im Glauben, daß sich dort kein Agentenjäger aus angeborener Ehrfurcht getrauen würde, Hand an einen zu legen. Exterritoriales Gebiet.
»Selbst abgebrühteste Bluthunde verspüren in der Kirche so

etwas wie eine Killerhemmung«, hatte Rolf einmal gesagt. »Dieses Gefühl deiner Verfolger ist nicht von Dauer, aber es verschafft dir eine Atempause.«

Ich verschwand im Schatten des Kirchenschiffs, tastete mich an den Nischen und Pfeilern entlang zum Westportal und schlüpfte durch die Pforte ins Innere. Ich hastete zwischen den Bänken des Mittelgangs auf die Kanzel zu. Aus den lehmigen Gräben, die Arbeiter zu Renovationszwecken im Mittelschiff ausgehoben hatten, stieg modriger Geruch, drängten die Altvordern dieser Stadt auf mich ein. Ich starrte auf die Tonmedaillons und Porträtbüsten, die das fahle Licht einer Laterne draußen aus dem Dunkel stanzte. Johann Elsesser hatte sie in den Handlauf des Kanzelportals eingelassen: eine Galerie von Köpfen, unter denen jeder für mich die Züge des toten Brenner trugen.

Die Kirchentür knarrte. Der Schatten eines Mannes fiel in den Lichtkegel und wurde gleich wieder von der Düsternis verschluckt. Auf einmal wurde mir bewußt, wie lächerlich mein Fluchtversuch war: Deutschland war Deutschland, wohin auch immer ich zu fliehen versuchte. Das Vaterland holte mich ein, wo ich auch war. Ich war auf deutschem Hoheitsgebiet gefangen.

Meine Schritte hallten von den dunklen Steinmauern wider, als ich den Weg durch das Kirchenschiff zurück zum Ausgang suchte.

»Halt!«

Der schmale Schatten versperrte mir den Weg und drängte mich zur Kanzel zurück.

Ich duckte mich unter den hängenden Christus hinter mir hoch oben im Chor, und einen kurzen Augenblick lang hatte ich das vage Gefühl, daß der, für den ich als Kind meine silbernen Weihrauchkessel geschwungen hatte, mich jetzt nicht im Stich lassen würde.

»Du warst bei Brenners Frau!«

Die Stimme des Mannes klang überlaut und schien sich endlos im Kreuzrippengewölbe zu verirren, bis sie endlich verklang.

Es war nicht der Ort, wo man das Wort »vögeln« benutzt, auch wenn dieses Wort so flatterig und leichtfertig nie das auszudrücken vermochte, was mein angeschwollenes Glied in der Frau meines Legendenspenders wie in einem Mörser zu zermalmen, zerbröseln und zu atomisieren versucht hatte.

Der Mann war ein Genosse! Er hatte mich geduzt. Ein Mann aus Rolfs Garde, den er wohl auf mich angesetzt hatte, um mich endgültig aus seinem Territorium zu vertreiben.

Vom Turm der Glocke schlug es ein Mal. Bevor ein zweiter Glockenschlag kam, wurde der erste bereits davongetragen, als ob er in den tiefhängenden Wolken über der Stadt erstickte. Und in dem kurzen Augenblick, während der Leerstelle zwischen den Glockenschlägen, als ich atemlos auf die Fortsetzung wartete, war mir, als ob ich durch ein Loch in der Zeit in bodenlose Räume fiel, aus denen ich nie mehr auftauchen würde.

»Ja, ich war bei Brenners Frau«, antwortete ich endlich und horchte verzweifelt dem zweiten erlösenden Glockenschlag nach. »Und?«

»Keine Kontakte«, sagte die Stimme aus dem Dunkel, die jetzt langsam auf mich zukam.

Ich wich seitlich zwei Schritte zurück, tastete mich die Lehnen der Bänke entlang und setzte mich dann in den Schatten eines Pfeilers unmittelbar unter der Kanzel. Jetzt bewegte sich der Mann vorsichtig unter dem Kreuzrippengewölbe auf den

Altar zu. Sein Gang hatte etwas Feierliches, aber es war nur die Vorsicht, die ihm diese Haltung aufzwang.
Das Holz der Lehne drückte gegen meine Nackenwirbel. Dennoch veränderte ich meine Sitzposition nicht, im Gegenteil, ich stemmte mich gegen die Rückenlehne, als ob nur der Schmerz mich aus der Unwirklichkeit der Situation zu befreien vermochte. Ich dachte an Heike und an ihren weichen weißen Leib, an ihre Umarmungen, an ihre Brustwarzen auf meiner Haut, den kühlen Schweißfilm auf ihrem Bauch, und ich wurde mir bewußt, daß ich nur Bilder aus meiner Erinnerung abrief, die sich in irgendeinem Zusammenhang eingeprägt hatten, vielleicht nur verdrängte Leseerlebnisse, vielleicht unausgelebte erotische Phantasien, nichts aber mit der wirklichen Begegnung mit Brenners Frau zu tun hatten. Im Augenblick, als ich sie verließ, kam mir die Erinnerung an sie und ihren Körper auch schon abhanden, verflüchtigte sich ins Konturlose, Unwirkliche.
»Das war's!«
Er war stehengeblieben und hatte sich blitzschnell umgedreht. Die Klinge des Messers in seiner Hand huschte als flirrender Reflex über Pfeiler und Epitaphe. Er kam auf mich zu, die Waffe in der nach oben gedrehten Handfläche.
»Was soll das, Genosse?«
Ich stemmte mich langsam hoch. Mein Blick war starr auf diese Hand gerichtet, auf der das Messer lag. Und wenn ich auch verzweifelt versuchte, die Situation ins Lächerliche zu ziehen, der Gedanke, daß nicht einmal ein abgebrühter Stasi-Mann imstande sein würde, in einer Kirche einen Mord zu begehen, mich beruhigen sollte, so wurde mir klar, daß es eben gerade dieses außerterritoriale Gebiet war, dieses Niemandsland zwischen den Welten, wo ich gefährdet war. Ich

ließ mich noch einmal in den Schatten des Gestühls zurücksinken, schälte mich vorsichtig aus meiner Jacke und richtete mich dann langsam wieder auf.
Ich habe meinen Doppelgänger überlebt. Und ich habe seine Frau geliebt. Wie wenn mir dieser Gedanke Kraft geben würde, stürzte ich mich überraschend für den Mann mit einem Aufschrei auf ihn. Die Jacke wand sich um seinen zum Stoß bereiten Arm. Er würgte einen Fluch heraus, als er das metallene Geräusch hörte, mit dem seine Waffe auf dem Steinboden aufschlug, blieb aber bewegungslos stehen, während ich durch das Kirchenschiff hastete und mich erst unter der Empore umdrehte. Er verharrte noch immer als schmaler Schatten unbeweglich an derselben Stelle.
Die Flügel des Altars waren geschlossen, verbargen die goldenen Standfiguren und die apokalyptische Madonna mit Mondsichel und Strahlenkranz und zeigten an deren Stelle Bilder aus dem Weihnachtsevangelium. Sie erinnerten mich an ein weit zurückliegendes Ereignis, als ich nach einem Treff mit Rolf in Leipzig bei einer Intertankstelle von einem Mann angesprochen worden war, der mich als Westdeutschen zu identifizieren geglaubt hatte und mich bat, eine sächsische Weihnachtspyramide für seinen republikflüchtigen Sohn als Geschenk mitzunehmen. Ich willigte damals widerstrebend ein, weil mich die Weihnachtspyramide an meine Kindheit erinnerte und weil ich dachte, auf diesem Wege ein Stück meiner versunkenen Biographie nach Kaiserslautern transferieren zu können. Als ich die Grenze passieren wollte, wurde ich von DDR-Grenzern aufgehalten. Sie führten mich in ein Gebäude und zeigten mir einen Film, auf dem ich auf besagtem Rastplatz die Weihnachtspyramide entgegennahm. Ich wurde stundenlang verhört. Die Pyramide wurde

in ihre Bestandteile zerlegt, ohne daß die Beamten etwas finden konnten. Die Stasi, meine eigenen Leute, hatten mich also gefilmt, und ich durfte ihnen nicht sagen, daß ich zu ihnen gehörte. Ich war ein Fremder in meinem eigenen Land.
Ein Jahr später habe ich diese Weihnachtspyramide wiedergesehen. Sie stand auf dem Schreibtisch des Gruppenchefs in der Magdalenenstraße in Ost-Berlin.
Die Silhouette des Mannes mit dem Messer bewegte sich auf den Altar zu. Es sah aus, als ob sie im Bild verschwinden, aufgeschluckt und als Kunst gewordene Figur sich der Heiligen Familie anschließen würde. So unerfahren waren Stasi-Leute sonst nicht im Töten, wenn sie es wirklich darauf abgesehen hatten. Der Mann mit dem Messer war ein Abgesandter von Rolf. Er sollte mir drohen. Er sollte mich endgültig nach Hause treiben.

26

Am andern Morgen saß ich schon früh auf der Terrasse der Mokkabar. Waffler, nicht Wappler hieß der Mann, der sich als Helfer in Steuersachen anpries. Mit einigen Telefonanrufen war es mir endlich gelungen, dessen Adresse ausfindig zu machen.
Wafflers Büro befand sich in einem düsteren, baufälligen Gebäude am Beginn der Schumannstraße, die ich von meinem erhöhten Standort aus einsehen konnte. Breite Wellenlinien aus weißer Farbe erklärten die Fenster im zweiten Stock gleichsam für ungültig. Von außen war es unmöglich hineinzuschauen, während von drinnen sich immer eine Lücke

finden ließ, durch die man spähen konnte. An der Hausecke neben dem Weg, der zum seitlichen Eingang führte, war eine frische Emailletafel angebracht: »Harald Waffler, Helfer in Steuersachen« stand darauf. Ich saß zwei Stunden lang da und beobachtete das Haus über den Rand der Zeitung.

Zwölf Uhr vorbei. Vom Busbahnhof her näherte sich jetzt ein Mann, eine hohe, schmale Gestalt, die, leicht hinkend, mit nach vorn gebeugtem Oberkörper an der Terrasse der Mokkabar vorbeiging.

Rolf!

Ich versteckte mich hinter der Zeitung, bis er unter mir vorbei war. Er bog in die Schumannstraße ein. Ich hatte die Zeitung sinken lassen und schaute ihm atemlos nach. Vor der weißen Tafel blieb er stehen, griff mit der rechten Hand in die Tasche seines Jacketts und verschwand dann im Haus.

Harald Waffler alias Rolf? War er es gewesen, der mit dem toten Brenner Kontakt aufgenommen hatte? Es war gegen jede Regel, wenn ein Führungsoffizier mit einem Mann in Verbindung trat, der als Legendenspender für einen Agenten im Ausland ausgesucht worden war. Rolf mußte seine Gründe gehabt haben. Und das hatte mit den politischen Veränderungen zu tun!

Es dauerte eine Stunde, bis Rolf wieder herauskam. Er ging wieder an der Mokkabar vorbei und bog in die Bahnhofstraße ein. Ich zahlte. Er hatte ungefähr dreißig Meter Vorsprung. Er trug jetzt eine schwarze Aktentasche in der Hand. Zweimal schaute er auf die Uhr, beschleunigte seinen Schritt, blickte sich einmal kurz um. Ich war auf die andere Straßenseite gewechselt. Geparkte Autos deckten mich. Rolf ging am Hotel Stadt Zwickau vorbei zum Bahnhof.

Wenn er den Zug nahm, mußte ich wissen, wohin er fuhr.

Ich überquerte den Vorplatz in dem Moment, als er durch das Eingangsportal verschwand. Einen Augenblick lang verdeckte mir ein Ikarus-Bus die Sicht. Trabis und Ladas spuckten Leute mit Koffern aus. Ich rempelte eine junge Frau an, die auf eine der vielen Bänke auf dem Platz zuging. In der Hand trug sie eine Modezeitschrift von drüben.

Rolf stand am Fahrkartenschalter. Ich beobachtete ihn vom Kiosk aus, wo ich eine Ansichtskarte kaufte. Er hatte einen kurzen Blick auf die Tafel mit Abfahrtszeiten geworfen, hatte sich scheinbar beiläufig noch einmal umgedreht und steuerte dann auf den Bahnsteig zu, wo der Zug nach Chemnitz – Dresden wartete.

Mir blieben noch drei Minuten. Mit einer Entschuldigung übersprang ich in der Reihe der Wartenden drei Plätze, schob dem Beamten einen Hundertmarkschein hin und verlangte eine Karte nach Dresden. Ich rannte los. Das Kleingeld ließ ich zurück.

Rolf würde in der Tür eines Waggons stehen und beobachten, wer nach ihm zustieg. Ich mußte also versuchen, von der andern Seite her in den Zug zu kommen. Doch da fuhr der Zug bereits an, kroch langsam aus der Halle. Ich rannte. Aber ich schaffte es nicht.

Ich hastete aus dem Bahnhof, zurück zum Hotelparkplatz, setzte mich in meinen Wagen und fuhr los. Vielleicht würde ich vor dem Zug in Chemnitz sein. Vorausgesetzt, ich hielt mich nicht an die Geschwindigkeitsbegrenzung auf der Autobahn. Ich mußte es riskieren, zumal sich die Volkspolizisten seit dem Umsturz sowieso in Sachen Kontrolle mehr Zurückhaltung auferlegt hatten.

Die Landschaft flog an mir vorbei. Chemnitz kam auf mich zu. Zwei Minuten vor Zugankunft parkte ich meinen Wagen

in Bahnhofsnähe. Wenn Rolf nach Dresden weiterfuhr, hatte ich Pech gehabt. Sonst mußte die Jagd von vorn beginnen. Und dann sah ich ihn. Er ging mitten in einer Gruppe von Reisenden, die aus der Halle drängten. Wenn er jetzt eines der raren Taxis nehmen würde, käme ich erneut in Schwierigkeiten. Aber er ging zu Fuß, durchquerte den Park der Opfer des Faschismus, verlangsamte dort seinen Schritt und wurde erst wieder schneller, als er am Schauspielhaus vorbei die Ritterstraße anpeilte. Nicht ein einziges Mal hatte er sich umgeschaut, es sei denn, er hätte den alten Trick angewendet und das Geschehen in seinem Rücken in den spiegelnden Fenstern der geparkten Autos geprüft. Ich hatte damit gerechnet und mich deshalb außerhalb dieser Blickwinkel gehalten. In der Annaberger Straße blieb er einen kurzen Augenblick stehen. Er bog rechts ab und steuerte auf einen hohen grauen Bau zu: »Kammer der Technik«. Ich kannte dieses Haus von früher her, denn dort hatten sich immer die Vertreter der sogenannten Intelligenz für Fortbildungskurse getroffen. Auch ich hatte damals dazugehört und war mehr als einmal in diesem Haus in meiner Gewerkschaftsarbeit gefördert worden.
Rolf verschwand im Eingang des Gebäudes. Mit und hinter ihm betraten mehrere Leute das Haus, Frauen und Männer jeden Alters, die meisten mit einem Heft, einem Schreibblock oder einer Tasche. Ich schloß mich ihnen an, stieg durch das kahle Treppenhaus in den ersten Stock.
»Steuerberatung!« stand mit rotem Stift auf einem karierten Zettel, der an die Türumrandung gepinnt war. Ich quetschte mich mit gesenktem Kopf durch die offene Tür und stand in einem nüchternen Saal, einer Art Schulzimmer, das mir von früher her bekannt war. Alte Schulbänke mit aufklappbarer Schreibablage füllten den Raum. An der Stirnwand war eine

Tafel, vor der ein Mann mit graumeliertem Kinnbart und Brille auf einen jungen blonden Mann einredete. Andere standen um die beiden herum und hörten zu. Auf der Wandtafel stand in Großbuchstaben der Name: AIDA. Darunter: A = Aufmerksamkeit. I = Interesse. D = Desire. A = Action. Der Mann habe Versicherungsvertreter angeworben, erklärte mir ein Zuhörer in gelbbrauner Wolljacke und ausgetretenen schwarzen Schuhen aus Kunstleder, der gleichzeitig mit mir den Raum betreten hatte. Da zogen also westdeutsche Werber wie im Dreißigjährigen Krieg trommelnd durch die Lande und kauften sich ihre Söldner zusammen. Agentenwerbung, dachte ich. Und auch die vier Stichwörter an der Tafel, die zukünftige Versicherungsagenten verinnerlichen sollten, hatten für Geheimagenten genauso Gültigkeit: Aufmerksamkeit – Interesse – Desire – Action.

Der Raum füllte sich. Das grelle Sonnenlicht brachte die gelben Schulbänke zum Leuchten. Ich setzte mich in die letzte Reihe. Der Mann mit der Wolljacke rutschte neben mich. Ich schaute ihn von der Seite an. Er war nicht von hier, selbst wenn er sich so gab. Seine Plastikschuhe waren neu, aber keiner würde jetzt mehr solche Schuhe kaufen.

Und dann betrat Harald Waffler den Raum. Sein Vorgänger, der bärtige Mann, war verschwunden. Waffler oder Rolf. Was machte es schon aus! Chemnitz war zu Karl-Marx-Stadt geworden und hieß seit kurzer Zeit wieder Chemnitz. Es hatte sich nichts geändert. Die Stadt war dieselbe geblieben. Nur ihre Bürger suchten aus der alten Schäbigkeit heraus. Aber noch immer beherrschte der Gewaltschädel dessen, der der Stadt ihren sozialistischen Namen gegeben hatte, die Allee. Und weil das Innere dieses zwölf Meter hohen Monuments an der Schädelgasse, wie die Chemnitzer die Karl-

Marx-Allee getauft hatten, geheizt war und so Temperaturschwankungen auffangen konnte, war an einen natürlichen Zerfall dieses halslosen Kopfes nicht zu denken.
Rolf betrat das Podest, wischte mit einem Schwamm AIDA weg und schrieb ein großes S an die Stelle.
S wie Stasi, dachte ich.
»S«, sagte Rolf laut und machte eine lange Pause hinter dem Buchstaben.
»Steuer«, sagte eine Frau vor mir halblaut. Dabei streckte sie ihren Arm in die Höhe wie in der Schule.
»Steuer«, wiederholte Rolf laut und lächelte dazu.
Dann drehte er sich halb um und schrieb mit der linken Hand ein Wort vertikal auf die Tafel. Er schrieb über seiner linken Schulter in einer eigenartig verdrehten Position, behielt dabei das Auditorium im Auge.
S-I-E-G-F-R-I-E-D.
Einige Zuhörer lachten hinter vorgehaltener Hand. Andere schauten sich irritiert an.
»Was meinem Vorgänger recht war, ist mir billig«, sagte Rolf gerade so laut, daß das Raunen im Raum wieder verstummte. Man wollte hören, was der Mann zu sagen hatte. Lebenshilfe war jetzt gefragt.
»S wie Steuer. I wie?«
Er ließ seinen Blick über die stummen Zuhörer unter ihm wandern.
»Irrsinn«, sagte der Mann mit den Plastikschuhen neben mir halblaut. Einige lachten.
»Irrsinn!« nahm Rolf den Zwischenruf auf. »Wenn es so weitergeht, einverstanden!«
Er ortete den Mann, von dem der Zwischenruf gekommen war. Ich ging in Deckung.

»Aber was haben wir all dem entgegenzusetzen?« Er machte eine Pause. Aber er bekam keine Antwort. Sein Blick war kalt. Er erwartete auch keine Antwort.
»Intelligenz!« sagte er beiläufig und ergänzte auf der Tafel das große I.
»E?« fragte er und gab die Antwort gleich selbst. »Einheit!« Er schrieb. Die Kreide brach zwischen seinen Fingern entzwei. Das T wurde zum Grabkreuz.
»G wie Gefahr«, fuhr er unbeirrt fort. »R wie Rechtsstaat. Das zweite I wie Integration.«
»Sie haben uns Steuerhilfe versprochen«, sagte eine Frau in grellrotem T-Shirt, auf deren Rücken mich ein Batman drohend anstarrte.
»Das habe ich«, sagte Rolf kalt. Jetzt ruhten seine hellen Augen auf der Frau, die vor mir saß, als wollte er sie zwingen, sich zu verkriechen, damit er freie Bahn auf die Person hinter ihr hatte. Und ich sah, wie die Frau langsam ihren Kopf senkte, wie sie schrumpfte, bis sie nur noch eine kugelige Masse war. Ich bückte mich, um die Schuhe zu schnüren. Batman blickte mich böse an.
»E wie Ehrfurcht.« Er machte wieder eine Pause, und dann sagte er so leise, daß man es kaum verstand: »D wie Deutschland!«
Es war totenstill im Raum. Niemand wußte mit Rolfs Codeworten etwas anzufangen.
Er ging zum Pult zurück, drehte sich dann langsam um, stützte sich mit beiden Händen auf dem Korpus auf, hinter dem er seinen Unterleib verbarg.
»Bevor ich hierherkam, bin ich durch die Stadt gegangen, durch die Stadt, der der große geheizte Schädel ihren Namen gegeben hat und die heute wieder so heißt wie damals, als

dieser Herr mit dem großen Kopf dieser Stadt, die er niemals besucht hat, noch nicht seinen Namen aufgedrängt hatte.«

»Chemnitz«, sagte ein grauhaariger Mann in kariertem Flanellhemd. Auch er streckte dazu wie in der Schule seinen Arm mit dem Zeigefinger in die Höhe.

»Baulücken«, sagte Rolf, ohne den Zwischenruf zu beachten. »Ruinen. Verfallene Häuser!« Er lächelte. »Ich komme zum Thema, meine Damen und Herren: Sollen wir diese Ruinen konservieren, die den Fiskus ruinieren?«

«Ich dachte, wir bekämen hier praktische Anweisungen, wie wir in Zukunft ...«

»Ungeduld ist gefährlich«, unterbrach Rolf leise. Aber niemand hatte die Drohung überhört, die in der Stimme mitschwang. »Ich denke, wir müssen unsere Wehmut vergessen, die uns beim Betrachten der Ruinen überkommt. Nur das hat Bestand, was so groß gebaut worden ist, daß es für die Ewigkeit reicht!«

Einige Zuhörer murmelten beifällig. Keiner war sich bewußt, daß Harald Waffler alias Rolf hier leicht verkürzt einen Satz zitierte, den mir mein Vater immer und immer wieder präsentiert hatte. Er stammte von Adolf Hitler.

»Wir müssen mit den Baulücken leben. Wir müssen dort anknüpfen, wo wir aufgehört haben, am großen Staatsgebäude zu bauen.«

Einige Leute klatschten. Rolfs Miene blieb unbeweglich. Leonardo Loredan. Was er sagte, duldete keinen Widerspruch. Und keiner unter den Zuhörern stellte die Frage, welchen Anknüpfungspunkt der Experte in Sachen Steuerfragen denn meinte!

Wollte er wirklich dort anknüpfen, wo der Mann, der für die Ewigkeit bauen wollte, aufgehört hatte?

27

»Wie gefällt dir dieses Bild?«

Er lehnt sich zurück, so daß ich seinen Gesichtsausdruck nicht erkennen kann und also auch nicht weiß, welche Antwort er von mir erwartet. Das große Buch liegt aufgeschlagen vor mir. Die linke Seite, dort wo der Name des Malers steht und Erklärungen zum Bild abgedruckt sind, hat er mit einer Zeitung abgedeckt.

Ich schweige.

»Was siehst du?« fragt er. Seine Stimme klingt ungeduldig. »Beschreibe!«

»Ich sehe in der Mitte des Bildes einen schwarzen Turm auf einem orangefarbenen Unterbau. In der linken oberen Bildecke steht schräg eine Kirche. Die Kirche ist blau. Im Hintergrund rechts sehe ich Häuser. Und dahinter eine dicke Wolke, lila angehaucht.«

»So, das siehst du! Und wo steht diese Kirche?«

Ich schaue ihn von der Seite unsicher an.

»Ich weiß es nicht!«

Er stößt ein triumphierendes Lachen aus. »So, du weißt es nicht!«

Eine vage Erinnerung taucht auf, läßt sich aber nicht festhalten.

»Das ist der Rote Turm in Halle. Na?«

Ich nicke gehorsam. Jetzt erinnere ich mich. Noch während des Krieges hat er mich einmal nach Halle mitgenommen und mir den Turm gezeigt. Ja, das war der Rote Turm in Halle. Genauso habe ich ihn erlebt, verzerrt durch meine kindliche Perspektive.

»Ich erinnere mich.«

»So? Wie kannst du dich erinnern, wenn du dieses Bild betrachtest? Was erkennst du da wieder? Ist das ein Turm? Es könnte auch ein Kaminfeger sein. Oder ein Spargel.«
Ich schweige, denn ich darf ihm ja nicht sagen, daß ich seit einiger Zeit die ganze Welt so sehe, wie sie dieser Maler gemalt hat, sie nur noch als Kleckse, Flächen, Bahnen wahrnehme.
»Du hast so schöne Augen«, sagt Mutter manchmal.
Wie könnte ich ihr also mich mit Brille zumuten? Wie oft hat sie mir erzählt, daß sie sich als junges Mädchen geschworen habe, nie einen Mann mit Brille zu heiraten. Und dann hat sie ihn trotzdem geehelicht. Wenn schon der Mann eine Brille trägt, dann wenigstens nicht auch noch der Sohn!
»Und sieht so eine Kirche aus, blau, verzerrt, irgendwo in die Bildecke geklatscht? Und die Straße da unten. Ein orangefarbenes Band. Hingeschlirpt. Und was soll diese plumpe dicke Wolke dahinten? Wie Zuckerwatte!«
»Ich sehe die Welt aber auch so«, sage ich schnell und unbedacht.
»So, du siehst die Welt auch so wie dieser Kirchner«, murmelt er. »Wenn die Welt so wäre, dann wäre das Leben nicht lebenswert. Häuser wie aus Gummi. Die Baumeister, die sie entworfen haben, würden sich im Grab umdrehen. Wer baut, tut es für die Ewigkeit!«
Ich schaue auf das Bild. Ich erinnere mich an den Tag, als er mich durch das zerstörte Leipzig geführt hat. Stumm und zornig hat er mich an den Ruinen vorbeigezerrt. Wenn ich auf das Bild des Roten Turmes von Halle blicke, ist mir, als ob der Maler bereits all das mitgemalt habe, was später Wirklichkeit wurde: die Zerstörung.
»Das ist entartete Kunst!« sagt er.

Er sagt es zur Unzeit, das weiß ich mittlerweile.
»Diese Kunst ist damals zu Recht verboten worden!«
Damals! Das präzisiert er nie. Er ist sich und seiner Auffassung von Kunst treu geblieben.
»Wir müssen mit unserer Kunst dort wieder anknüpfen, wo sie den Namen noch verdiente.« Er schlägt das Buch zu.
An diesem Tag beschließt er, daß ich Kunstgeschichte zu studieren habe.
Die Philosophie hätte er wohl noch in Kauf genommen, die ich im Nebenfach belegte. Nur, daß ich damals in Leipzig in Bahnhofsnähe in einem Studentenhaus wohnte, wo ich als Delegierter des Gewerkschaftsbundes aktiv war und zum überzeugten Marxisten wurde, hätte er mir, wenn er noch gelebt hätte, nie verziehen.

28

»Kennen Sie den Mann?« flüsterte mein Banknachbar.
»Welchen Mann?« fragte ich verwirrt.
»Waffler, den Steuerberater!«
»Warum sollte ich!«
»Warum sind Sie denn hierhergekommen? Sie sind doch von drüben. Das sieht doch jeder!«
Ich warf ihm einen schnellen Blick zu.
»Und Sie sind von hier, weil Sie sich wie einer von hüben kleiden?« fragte ich zurück.
Er drehte überrascht den Kopf. Rolf klopfte mit seinem Bleistift ungeduldig auf den Rand des Pults. Unser Flüstern hatte ihn gestört. Er machte einen überraschenden Schritt zur Seite.

Er hatte mich entdeckt. Aber er ließ es sich nicht anmerken. Leicht ins Profil gedreht, redete er weiter, zählte die Möglichkeiten auf, mit denen das Finanzamt auf legale Weise bekämpft werden kann, erwähnte die möglichen Abzüge, die Summen, die man von der Steuer absetzen kann. Die Leute schrieben eifrig mit. Jetzt endlich hatte er ihnen die Nahrung vorgeworfen, derentwegen sie gekommen waren. Aber er wußte, daß all das, was er anfangs gesagt hatte, tief saß. Widerhaken im Fleisch seiner Zuhörer.

Der Mann war ein Verführer, immun gegen alle Argumente, die auftauchen könnten. Aber er war so überzeugend, daß er gar keine Gegenargumente zu erwarten hatte. Er verfügte über alle Register. Er verkaufte seine Tricks in Sachen Steuer so emotionslos, wie er mir damals die Kunst der Observation beigebracht hatte. Er war es gewesen, der mir gezeigt hatte, wie man eine verdächtige Person regelrecht »lesen« kann.

»Jeder Mensch hat ein Erscheinungsbild. Und es gibt beinahe keinen Menschen, bei dem dieses Erscheinungsbild einen harmonischen Eindruck vermittelt. Immer läuft da irgend etwas asynchron. Und diese kleine Asynchronität gilt es zu orten. Es ist die Achillesferse, die jeder Mensch hat. Dort packst du ihn! Die Individuen, mit denen wir es in unserem Beruf zu tun haben, sind schwer zu durchschauen, weil sie sich unter einer angenommenen Maske bewegen. Ein guter Spion lebt seine Maske so, daß seine eigentliche Herkunft sich ihr anpaßt. Er *ist* nur noch Maske. Die höchste Stufe der Spionagetätigkeit ist die totale Verschmelzung von Maske und Gesicht. Aber das können nur wenige!«

Rolf hatte sich eine Maske gesucht, die ihm Überleben zu garantieren schien. Für mich aber war er zu einem fernen Stück Kunst geworden, hatte sich gleichsam im Körper des

Dogen Leonardo Loredan eingenistet, und ich vermochte einfach nicht, diese kleine Asynchronität zu entdecken, die ihn verletzbar gemacht hätte. Er war eine sakrosankte Erscheinung, der verlängerte Arm meines Vaters über dessen Grab hinaus. Und ich lebte als Kopie eines Toten weiter.
Ich bringe ihn um. Dieser Gedanke tat mir gut.
Die Leute klatschten. Rolf nickte befriedigt. Aber die Reaktion des Publikums berührte ihn nicht wirklich. Und wenn ich auch deutlich spürte, daß Rolf einen Steuerberater nur spielte, so tat er dies überzeugend, so widerspruchslos, daß ich umsonst nach Schwachstellen suchte.
»Sehr hilfreich«, sagte der Mann in der Wolljacke neben mir.
Ich zuckte die Achseln, stand auf und drängte zusammen mit den andern Zuhörern zum Ausgang.
»Haben Leute von drüben solche Informationen nötig?«
Ich spürte seine Hand auf meiner Schulter.
»Auch wir drüben haben Informationen nötig, Herr Waffler!«
»Man soll das Steuer nicht aus der Hand geben!«
Ich schaute ihn erstaunt an.
»*Die* Steuer! Das ist doch Ihr ureigenes Gebiet!«
Er preßte die Lippen zusammen, nur andeutungsweise, aber in den hellen Augen war für einen kurzen Augenblick Haß zu sehen. Ich wandte mich ab, verließ die »Kammer der Technik« und trat auf die Straße. Der Mann mit den Plastikschuhen war mir gefolgt und schritt schweigend neben mir her.
»Sie haben gar nicht mitgeschrieben«, sagte ich endlich zu meinem Begleiter, als wir in der Karl-Marx-Allee angekommen waren.
»Warum hätte ich sollen?«

»Hätte ja sein können, daß Sie sich wirklich für Steuersachen interessieren.«
»Hätte sein können.«
»Sie interessieren sich für Waffler?«
»Wie kommen Sie darauf?«
»Sie sind von drüben wie ich! Und schlecht verkleidet.«
Er blieb stehen, schaute zu dem gigantischen Kopf auf dem steinernen Sockel auf und zog dann eine Zigarette aus der Tasche.
»Greife niemals zur Zigarette, wenn dich eine Frage irritiert«, hatte Rolf gepredigt.
»Passen Sie auf sich auf, Herr Brenner!«
Ich wußte, daß er diese Warnung eigentlich nicht hätte aussprechen dürfen. Er war für einen Augenblick aus der Rolle gefallen. Er warf seine Zigarette hastig weg und zertrat sie mit der Schuhspitze. Dann ging er schnell davon.
Ich kehrte zum Bahnhof zurück, vorbei an Betonbauten, aber auch an verfallenen Häusern aus der Gründerzeit und gähnenden Baulücken.

29

Als ich das Hotel Stadt Zwickau betrat und den Zimmerschlüssel verlangte, schaute mich die Frau hinter dem Tresen überrascht an. Es war eine Kollegin der Blondine mit den hochstehenden Wangenknochen.
»Ihr Gepäck steht hier hinten«, sagte sie in geschäftlichem Ton. »Wollen Sie bitte die Rechnung begleichen? Zahlen Sie mit Scheck oder...?«
»Ich beabsichtige nicht abzureisen«, antwortete ich ruhig.

»Ihr Zimmer ist bereits bezogen. Ich hoffe nicht, daß es sich um ein Mißverständnis handelt ...«
»Nicht um ein Mißverständnis, um ein Komplott«, sagte ich und zwang mich zu einem Lächeln.
Sie schaute auf den Anmeldebogen. »Herr Brenner, Sie haben heute früh ausdrücklich Ihre Abreise bestätigt. Und Sie haben uns gebeten, Ihr Zimmer zu räumen, und Ihr Gepäck bis zu Ihrer Abreise aufzubewahren! Bitte! Ich hoffe, es fehlt nichts!«
Ihr Gesicht gefror zur Maske. Aber ihr linker Mundwinkel zuckte. Der asynchrone Teil ihres Wesens, dachte ich.
Ich wandte mich wortlos ab, verließ das Hotel. Vor dem Eingang stand der Mann, der mit Stahl aus Solingen handelte. Ich ging an ihm vorbei zum Hotelparkplatz.
Am Steuer des weißen Opels, der neben meinem BWM geparkt war, saß ein blasser Mann und durchwühlte sein Handschuhfach. Als er mich kommen sah, schloß er hastig sein Auto ab und stelzte auf die Straße hinaus.
Ich drehte den Zündschlüssel und startete meinen Wagen. Das vertraute Geräusch des Motors vermittelte mir für einen Augenblick ein Gefühl von Geborgenheit. Ich warf wie üblich einen Blick auf die Checktabelle über dem Rückspiegel. Das rote Licht unter dem Wort Bremslicht leuchtete wie üblich auf. Erst wenn ich einmal die Fußbremse durchgedrückt hatte, würde es erlöschen. Automatisch trat ich auf die Fußbremse – und trat ins Leere. Anfangs spürte ich einen Widerstand, doch dann gab das Bremspedal nach.
»Passen Sie auf sich auf, Herr Brenner!« hatte der Mann mit den Plastikschuhen gesagt. Das war vor nicht einmal zwei Stunden gewesen.
Ich spürte, wie sich meine Verkrampfung endlich löste und

sich mein Fuß langsam vom Bremspedal hob, ohne daß es meiner Bewegung folgte. Es blieb, wo es war. Da hatte jemand das Bremskabel durchgeschnitten. Aber das konnte nur als Warnung gedacht sein. Auch Stasi-Leute kennen sich bei Westautos aus und wissen, daß der Fahrer neuerer BMW-Modelle vor dem Wegfahren kurz auf die Bremse treten muß, um die flackernde Aufforderung »Check« auf dem Armaturenbrett zu löschen.

»Geben Sie mir mein Gepäck«, sagte ich an der Rezeption. Ich horchte meiner Stimme nach. Sie hörte sich klar und fest an. Kein Zittern, kein Einbrechen.

»Ich zahle bar.«

Sie schob mir die Rechnung hin. An der Foyerbar wurden Biergläser gegeneinander gestoßen.

»Auf das Deutsche Reich!« schrie der Mann mit der Glatze.

»Noch ein Bier!« grölte ein anderer.

»Wir danken Ihnen für Ihren Besuch und hoffen, Sie bald wieder im Hotel Stadt Zwickau begrüßen zu dürfen!« Sie lächelte und legte das Restgeld auf die Rechnung. Es klang wie an Bord einer westlichen Fluggesellschaft.

Ich nahm meinen Koffer und die Schultertasche und verließ das Hotel.

»Darf ich Ihnen ein Taxi...?« rief sie mir nach.

»Ich habe meinen eigenen Wagen«, antwortete ich. Ich hatte mein Gepäck noch einmal abgestellt und mich umgedreht. Ich lächelte. Sie lächelte zurück. Der Mann mit den Solinger Messern trat aus dem Aufzug und betrachtete mich mit geheuchelter Gleichgültigkeit.

»Brüder, reicht die Hand zum Bunde«, sangen die Männer am Tresen und faßten sich um die Schultern.

»Gut gezapft«, rief eine Stimme.

Ich trat auf die Straße. Es war noch immer heiß. Die Straße war leer. In der Auslage der Metzgerei lagen statt Würste nur weiße Papierservietten mit gezacktem Rand. Im Reisebüro flackerten muntere rote und grüne Namenszüge von Ferienzielen: »Mallorca – Adria – London – Paris!«

Noch immer war ich in Sachsen. In Zwickau. Dieser Städtename stülpte bedrohliche Bilder aus, lederne Peitschen, die mich vorerst nur neckisch zwickten und dann klatschend meinen Rücken malträtierten.

Wie ein Versicherungsvertreter marschierte ich die Bahnhofstraße hinunter, am Busbahnhof vorbei, durch die Altstadt zum Marktplatz. Die Rückseite des Theaters, wo *Das Land des Lächelns* auf seine Wiederaufnahme wartete, wirkte abweisend. Der Block, wo in einer der vierzig Wohnungen mein Namensspender gelebt hatte, baute sich wie ein gigantisches Schachmuster, das sich nicht zu einem überschaubaren Schlachtfeld formieren lassen wollte, vor mir auf.

Ich hörte die Schritte eines Mannes hinter mir. Aber ich achtete nicht darauf. Meine Augen hangelten sich den leuchtenden Vierecken entlang auf der Suche nach einer Lichtqualität, die sich von den andern abheben mußte: wärmer, einladender.

Ich drückte auf die Klingel. Mit dem Gewicht meines ganzen Körpers stemmte ich mich gegen die Eingangstür und konnte mit Mühe einen Sturz vermeiden, als sich die Tür mit einem Summton öffnete.

Es war wie der Auftritt eines Clowns im Zirkus, der mit gespielter Verzweiflung sein Gepäck unter Kontrolle zu halten versucht. Und einen Augenblick war mir, als ob ich eine weite grobkarierte Jacke, Pluderhosen und unendlich große Schnabelschuhe trüge, und ich wartete nur noch darauf, daß

das Schloß meines Koffers aufspringen und sich der ganze Inhalt in die Manege ergießen würde.
»Geht's dir nicht gut?«
Sie war mir über die Treppe entgegengekommen. Erst jetzt wurde mir bewußt, daß ich eine ganze Weile breitbeinig und regungslos im Treppenhaus gestanden hatte, als ob ich zuerst das Gelächter und den Applaus der Menge entgegennehmen müßte, bevor ich meine Nummer fortsetzen konnte.
Sie nahm mir schweigend die Tasche ab und stieg vor mir die Stufen hinauf. Ich sah ihre weißen Waden mit den schwarzen Poren, in denen sich die von der Rasierklinge gekappten Haarstoppeln bereits wieder regten. Ihre nackten Füße steckten in fersenlosen schwarzen Pantoffeln, und die Haut an den Fersen schimmerte gelb, hornartig. Der schwere Geruch ihres billigen Parfums hüllte mich wie ein Mantel ein, in dem ich mich geborgen und aufgehoben fühlte.
Sie blieb im Flur mir gegenüber stehen und wartete auf meine Umarmung. Ich küßte sie auf die Nasenspitze und zog sie ins Wohnzimmer.
»Bier, wie üblich?« fragte sie und zog den Gürtel ihres Nylonmantels enger.
Ich nickte.
Sie schien erleichtert zu sein, daß vorläufig von Liebe keine Rede war. Die vertrauten Geräusche kamen aus der Küche. Ich saß mit geschlossenen Augen in der Ecke des roten Kunstledersofas, als sie zurückkam.
»Du bist müde!« sagte sie teilnahmsvoll und stellte die zwei Flaschen auf den Tisch. Ein Gefühl der Behaglichkeit ergriff mich.
»Ich bin erschöpft.«
»Du wirst verfolgt, nicht wahr?«

Ich lachte in mich hinein. »Verfolgt? Wir sind hier in Deutschland! Wer anders sollte mir an den Kragen als die Leute vom Verfassungsschutz!«
»Es sind nicht die Leute vom Verfassungsschutz. Es sind ehemalige Stasi-Leute.«
Ich schaute sie an.
»Warum sollte die Stasi ausgerechnet mich...!« fragte ich vorsichtig.
»Die waren auch hier, Gerd!«
Ich horchte verwundert dem Namen nach, bevor ich den Inhalt des Satzes überhaupt begriff.
»Hier? Wer war hier?«
»Ich weiß es nicht. Als ich von der Arbeit zurückkam, waren die Pornohefte im Schrank weg.«
Ich lachte laut heraus.
»Die Stasi hat es doch nicht nötig, sich Pornoliteratur auf diese Weise zu beschaffen!«
»Trotzdem! Die Heftchen sind weg!«
Ich schaute sie verwundert an. »Du kommst nach Hause, und das erste, was du tust: Du legst dich aufs Bett und schaust dir geile Bilder an!«
Ich wußte nicht, ob mich dieser Gedanke erregte oder abstieß.
Sie biß sich auf die Lippen und preßte die Knie zusammen.
»Das hättest du nicht sagen dürfen!«
»Du verstehst mich falsch: Der Gedanke ist erregend.«
»So hat das nicht geklungen, Gerd!«
Wieder dieser Name!
Ich streckte die Hand aus. Sie stand zögernd auf und setzte sich neben mich aufs Sofa. Aber sie vermied es, mich zu berühren.
»Außer den Pornoheften fehlte nichts?«

»Nichts. Und es waren wahrscheinlich auch nicht seine Pornohefte, die sie interessierten!«

»Was denn sonst? So red doch!«

»Die Pornohefte waren ja seine Sache! Und er versteckte sie auch nicht wirklich vor mir. Es war ja eh alles gelaufen zwischen uns! Nur einmal habe ich aus Neugierde darin geblättert. Und dabei fielen postkartengroße Blätter heraus.«

Sie schwieg und rückte jetzt näher zu mir. Sie legte ihre Hand auf meinen Oberschenkel. Die hektische Uhr in der Wohnung daneben schlug ein Mal. Die Wasserspülung eines Klos rauschte. Eine Fernsehstimme dröhnte durch die Zimmerdecke. Mit einem Mal schien das Haus lebendig geworden zu sein. Die Geräusche drangen von allen Seiten auf uns ein. Sie zog ihre Hand zurück.

»Was waren das für Blätter?« fragte ich und senkte automatisch meine Stimme.

Sie machte eine vage Handbewegung. »Fotos von armen Männern und Frauen.«

Ihre Stimme war nur noch ein Flüstern. Ich beugte mich vor.

»Kannst du die Fotos beschreiben?«

Sie dachte nach, lehnte sich zurück und schloß die Augen. Ihre Beine öffneten sich langsam, als sie zu sprechen begann.

»Männer in einer unendlichen Schlange. Sie stehen in Fünfer- und Sechserreihen. Sie haben die Hände in den Hosen- und Manteltaschen und tragen Hüte. Im Hintergrund ein Fabrikgebäude. Auf der Wand einer Lagerhalle hat jemand mit Farbe einen Aufruf gepinselt: Wählt Hitler! Räder lehnen an der Fabrikwand. Das Tor ist geschlossen.«

»Arbeitslose?« fragte ich.

»Männer sitzen auf Randsteinen. Männer stehen in Gruppen beisammen und diskutieren. Männer sitzen auf Kirchentreppen und spielen Karten am hellen Tag. Es sind junge Männer. Frauen wühlen in Marktabfällen ...«

Ich drückte ihren Arm, um die Bilder zu stoppen, die aus ihr herausdrängten.

»Waren es Fotos aus dem Dritten Reich, Heike?«

Zum erstenmal nannte ich sie beim Vornamen, obwohl ich es eigentlich vermeiden wollte, Nähe auch verbal herzustellen. Für mich war sie noch immer Frau Brenner.

Sie drehte ihren Kopf und öffnete die Augen.

»Ich weiß nicht! Wahrscheinlich! Die Männer waren anders angezogen als wir heute. Und sie trugen Hüte.«

»Stand irgend etwas geschrieben?«

»Nein. Es waren ja auch nur so eine Art Probeabzüge, so wie man sie von Druckereien erhält.«

Ein Wort, das sie ausgesprochen hatte, hatte mich elektrisiert.

»Probeabzüge, sagst du? Dein Mann war doch Buchdrukker!«

»Früher. Das war noch in Leipzig, bevor wir uns kennenlernten. Hier arbeitete er in den August-Bebel-Werken als Fahrer.«

»Ich weiß. In seinem alten Beruf war er nicht mehr tätig. Auch nicht in seiner Freizeit?«

Sie zögerte. »Warum sollte er?«

»War er abends nie weg?«

»Manchmal. Nicht oft. Das heißt, in letzter Zeit ging er abends oft zum Bier. Mir war es recht.«

»Fallen der Beginn der Wirtshausbesuche und die zusätzlichen 150 Mark im Monat in die gleiche Zeit?«

Sie überlegte lange. »Es ist möglich. So genau erinnere ich mich nicht.«

»Mit wem ging er abends aus? Und wohin ging er?«
Sie schüttelte wild den Kopf. »Sag mal, ist das ein Verhör?«
Ich drückte ihre Hand. Es war schwer, die Balance zwischen der Nähe, die sie wünschte, und der Distanz, die ich brauchte, herzustellen.
»Es ist kein Verhör, Heike. Ich muß rausfinden, warum die Stasi-Leute bei dir eingebrochen sind und warum sie mir auf die Pelle rücken.«
»Vielleicht waren es keine Stasi-Leute«, sagte sie mit vager Hoffnung.
»Ich kenne doch die Methoden meiner Kollegen von der Hauptabteilung VIII! Und wenn sie jetzt nicht mehr zu Dutzenden auftreten können, Leute vorübergehend aus dem Haus lotsen, um ungestört Wohnungen durchsuchen zu können, so beherrschen sie den Umgang mit Dietrich und Nachschlüssel nach wie vor perfekt. Es *waren* Stasi-Leute. Mindestens einer! Und er wollte nicht, daß ich diese Fotos zu Gesicht bekomme!«
Es war plötzlich still um uns. Als ob unsere ganze Umgebung die Ohren spitzte und uns belauschte. Sie rückte eng an mich und legte ihr linkes Bein über das meine.
»Seine Kollegen von den August-Bebel-Werken wissen sicher, wohin er ging«, sagte sie unvermittelt.
Ich drückte sie sanft von mir weg. »Komm! Zieh dich an!«
Sie war enttäuscht.
»Wohin? Warum?«
»Ich muß herausfinden, was dein Mann trieb. Was er arbeitete und für wen!«

Später gingen wir eng nebeneinander durch die Schneeberger Straße. Es dämmerte und ein leichter Regen hatte eingesetzt. Die wenigen Häuser entlang der Straße waren tote Theaterprospekte. Einzig im Klubhaus »Steinkohle« waren alle Fenster erleuchtet. Man sah die Schattenrisse von Männern und Frauen, sah sie gestikulieren, hörte ab und zu Wortfetzen durch ein halbgeöffnetes Fenster. Ich war froh darüber, weil so das Geräusch unserer einsamen Schritte auf dem Pflaster übertönt wurde.

Hinter den teilweise zerbrochenen Scheiben der Bebel-Werke zuckten fahlblaue Blitze. Schritte hallten weit auf Metallbrücken. Eisentüren fielen ins Schloß.

»Die Schicht ist bald zu Ende«, flüsterte Heike. Sie hatte sich bei mir eingehängt. Wir waren ein Paar.

»Nimm den Erstbesten, den du kennst!«

Wir standen seitlich im Schatten vor dem großen Tor. Eine Sirene heulte auf.

Und dann kamen sie endlich über den Vorplatz auf uns zu, Männer und Frauen, deren Gesichter im Neonlicht maskenhaft wirkten. Sie löste sich von meiner Seite und ging auf einen Mann zu, der sich außerhalb der Gruppe hielt. Sie redete auf ihn ein. Er hob hilflos die Arme, nickte dann und zog endlich ein Blatt aus der Brusttasche, das er Heike hinstreckte.

Erst jetzt fiel mir auf der gegenüberliegenden Straßenseite der graue Wartburg auf. Die Umrisse eines Mannes wurden darin sichtbar. Er hatte sich hinter dem Steuer klein gemacht, kam jetzt aber aus seiner Deckung hervor, um Heike und den Arbeiter besser beobachten zu können. Vor allem schien er sich für das Blatt zu interessierern, das der Mann ihr zugesteckt hatte.

Der Arbeiter tippte mit zwei Fingern seiner rechten Hand an seine Schirmmütze aus Kunstleder und ging dann an mir vorbei auf die Bushaltestelle zu. Heike wartete einen Augenblick lang, wie ich es ihr vorher gesagt hatte. Dann kam sie auf mich zu.
»Geh weiter«, zischte ich. »Wir werden beobachtet.«
Ich wußte, daß es riskant war, sie allein weitergehen zu lassen. Aber der Mann im Wartburg mußte sich für einen von uns entscheiden.
Ich ging in die Gegenrichtung davon. Der Mann startete seinen Wagen. Im Schatten der Eisenbahnunterführung blieb ich stehen. Das Schlußlicht des Wartburg erlosch in der Nacht. Ich kehrte um, ging an den Arbeitern vorbei, die auf den Bus warteten, und hielt mich dabei ganz nahe an der Mauer. Dann begann ich zu laufen. Jetzt konnte ich das glühende Licht wieder sehen.
Der Mann fuhr auf der linken Straßenseite, so nah wie möglich am Trottoir. Im Licht des abgeblendeten Scheinwerfers entdeckte ich Heikes Umrisse, die sich immer wieder umwandte. Ihr Gesicht war eine weiße Scheibe. Sie begann zu laufen. Der Fahrer hielt mit.
Als keine Bäume mehr die Straße säumten, erhöhte er die Geschwindigkeit, überholte Brenners Frau, stieß die linke Tür seines Autos auf und blockierte sie. Sie erstarrte, die beiden Hände schützend vor sich, hatte sie sich in der Tür verkrallt, während sie der Mann von seinem Sitz aus abtastete. Ich war stehengeblieben, schaute aus dem Schatten zu, ohne mich zu rühren. Erst als der Motor aufheulte, als der Mann Heike einen Stoß gab, so daß sie seitlich hinfiel, rannte ich auf sie zu.
Sie lag mit dem Gesicht nach unten auf dem Pflaster und gab

keinen Laut von sich. Als ich mich neben sie kniete und ihre Schulter berührte, begann sie zu weinen. Ich zog sie langsam hoch. Sie schlang mit einer heftigen Bewegung ihre Arme um meinen Hals. Wir knieten uns gegenüber. Ich mußte die Umarmung aushalten, obwohl sich alles in mir dagegen sperrte. Sie roch nach Schweiß und diesem unsäglichen Parfüm, das mir jetzt penetrant in die Nase stieg. Frau Brenner!
»Komm! Laß uns gehen!«
Sie ließ ihre Arme sinken, stützte sich auf meine Schultern und stemmte sich langsam in die Höhe. Ich wußte, daß sie jetzt auf mich herabsah, liebevoll, wehmütig. Ich zog mein Taschentuch heraus und reinigte meine Brille von ihrem Make-up. Dann war ich auch schon neben ihr und zog sie mit mir fort.
Wir redeten erst, als wir in ihrer Wohnung standen und die Tür hinter uns geschlossen war.

30

»Was wollte der Mann?«
Sie schüttelte heftig den Kopf. Ihre rechte Wange war geschwollen, und eine schmutzige Spur lief quer über ihre Stirn. Wir standen uns unter der Flurlampe gegenüber.
»Er hat mich abgetastet. Überall!«
»Er hat nicht dich gemeint! Er hat etwas gesucht bei dir!«
Sie hob den Blick.
»Nicht mich?«
»Nein. Was hat dir der Arbeiter gegeben?«
»Ein Bild!«
»Was für ein Bild?«

»Es war dunkel. Ich habe es nicht genau angesehen. Ich habe es eingesteckt.«
Sie griff in ihre Tasche.
»Der Mann im Auto hat es dir weggenommen!«
Sie schien erleichtert zu sein, verzog ihr Gesicht zu einem schiefen Lächeln.
»Versuch dich zu erinnern! Was war auf dem Bild?«
»Männer!«
»So wie auf den Fotos, die in den Pornoheften steckten?«
Sie nickte. »Aber da war noch Text dabei.«
»Was für ein Text?«
Sie hob hilflos ihre Schultern. »Ich weiß es wirklich nicht! Arbeit, Arbeiter, Arbeitslosigkeit... Ich weiß es wirklich nicht! Warum fragst du! Ich will es nicht wissen, Gerd!«
Heike Brenner ballte die Fäuste.
»Woher hatte der Arbeiter dieses Bild?«
»Aus dem Spind meines... Mannes!«
Sie zögerte, wandte sich dann wortlos ab und verschwand im Badezimmer. Ich ging leise hinter ihr her und schloß die Tür. Ich wollte nicht immer dieselben Geräusche hören.
Ich trat ins Wohnzimmer, setzte mich an meinen Platz auf dem roten Sofa. Jetzt war ich wieder ein Fremder und begriff, daß dies so lange anders gewesen war, als ich mich bei ihr verkriechen konnte. Jetzt hatte dieses Nest seine Funktion verloren. Die Leute, die es auf mich abgesehen hatten, wußten, wo ich zu finden war.
Das Kunstleder roch streng. Ich stand auf und zog die Vorhänge zu. Im Bücherregal steckte ein Band, den ich beim letztenmal nicht gesehen hatte. Ich zog ihn vorsichtig zwischen *Lederstrumpf* und *Robinson Crusoe* heraus und schlug ihn auf. Ein Fotoalbum.

Es waren die Fotos, die Sabine vermißt hatte: Gerd Brenner als Säugling, nackt auf dem Rücken mit angezogenen Beinen. Gerd Brenner auf dem Kinderfest, am ersten Schultag, beim Abschlußfest der Buchdrucker, in einem Brunnen, in den ihn seine Kollegen gestoßen hatten. Brenner als Pionier, als Soldat, als Bräutigam mit seiner ersten Frau. Brenner auf seinem neuen Fahrrad. Brenner beim Betriebsfest. Und dann waren zwei Seiten schwarz, bevor der Faden wieder aufgenommen wurde: Brenners zweite Hochzeit mit Heike, einer hübschen jungen Frau, die ihn von der Seite her anlachte. Brenners Einzug in die Zwickauer Wohnung. Brenners Kameraden in den August-Bebel-Werken. Brenners kleines grünes Transportauto. Manchmal war das Datum festgehalten, an dem das Bild gemacht worden war. Oft fehlten aber auch diese Angaben.

»Das war Brenner!«

Sie stand hinter mir und schaute mir über die Schulter. Ich hatte sie nicht kommen hören, weil sie barfuß war. Sie trug wieder den weißen Morgenrock. Die Situationen begannen, sich zu gleichen. Hinzugekommen war nur die Angst.

»Du bist mir noch eine Antwort schuldig!« sagte ich und steckte das Fotoalbum wieder ins Regal zwischen *Robinson* und *Lederstrumpf*.

»Laß es, Gerd! Laß dich nicht noch weiter hineinziehen!«

»Was hat dir der Arbeiter gesagt? Wo ist dein Mann nach der Arbeit hingegangen?«

»Er weiß es nicht. Er hat niemandem etwas gesagt.«

»In welchen Kneipen verkehrte er?«

»In der Milchbar am Marktplatz.«

Ein eigenartiger Ort für einen Arbeiter. Die Milchbar war ein trostloses Lokal, kein Ort, wo man seine Freizeit verbrachte.

»Er ging immer allein und regelmäßig dorthin?«
»Es ist mir egal«, sagte sie mürrisch.
Ich stand auf.
»Du willst weg?«
»In die Milchbar. Ein bißchen rumfragen.«
»Du kommst wieder?«
»Ich habe ja keine andere Wahl. Mein Gepäck ist dein Faustpfand.«
»Ich werde auf dich warten«, sagte sie und berührte mein Knie.
»Geh schlafen.«
Ich versuchte, meine Stimme mild klingen zu lassen. Fürsorglich. Der Gedanke, daß sie mich in die Rolle des Geliebten oder eher in die des Ehemannes drängen wollte, war mir unangenehm.
»Auf bald, Frau Brenner.«
Ich küßte sie auf die Wange. Sie blieb sitzen. Die Hände auf den Oberschenkeln. Ihr Blick war besorgt. Eine Mischung aus Begierde und Zärtlichkeit.
Ich ging hinaus.
»Ich bin nicht Frau Brenner«, hörte ich sie laut sagen, bevor die Tür im Schloß einschnappte.
Brenners Fotos verfolgten mich auf meinem einsamen Gang auf der Rückseite der Zwickauer Bühnen.

31

Klein-Volker schreit verhältnismäßig viel. Das ist zwar für seine Umgebung lästig, aber es stärkt seinen Brustkorb und seine Lunge.
Vier Monate alt: Er gibt sich Mühe, Freudentöne zu artikulieren. Er weint nie. Wenn man zu Klein-Volker sagt: »Zeig, wie stark du bist!« und ihn an den Händen festhält, zieht er sich daran in die Höhe und bläst die Backen auf. Leider ist es für seine Wirbelsäule noch zu früh, ihm das Stehen beizubringen.
Mit fünf Monaten sind die beiden oberen Milchzähne durchgebrochen.
Mit sechs Monaten sagt er deutlich »Papa«.
10 Monate. Gewicht: 8800 Gramm. Größe: 71 cm. Im Laufgitter spaziert er jetzt am Geländer entlang. Aber er setzt sich sofort hin, wenn er den Halt verliert. Klein-Volker ist zu ängstlich. Das Laufgitter wurde weggenommen. Eine Stunde lang wurde er in ein leeres Zimmer gesperrt ohne Möglichkeiten, sich aufzurichten. Er bewegte sich nicht von der Stelle und weinte auch nicht. Er saß unbeweglich in der Mitte des Raumes, bis wir ihn herausholten. Er hat es niemandem nachgetragen.
Fragt man ihn: »Wie groß ist denn Klein-Volker?«, so streckt er seine Arme in die Höhe. Er offenbart einen gesunden Ehrgeiz.
Ein Jahr alt. Gewicht: 20 Pfund. Größe: 75 cm. Es fehlt ihm nicht an Kraft, aber an Willen.
28. März 1937. Klein-Volker fängt an, selbständig zu gehen. Vom heutigen Tag an heißt er Volker!
Sein Lieblingslied ist: »Die Fahne hoch!« Dabei geht er mar-

schierend im Kreis und klatscht dazu in die Hände. Er bläst gern Mundharmonika.
Juni 1937. Volker gibt sich mit Sprechen noch nicht viel Mühe. Sein Wortschatz ist beschränkt.
November 1937. Volker spricht zwar alles nach, bildet aber noch keine richtigen Sätze. Er beobachtet gut und weiß sich zu helfen. Verlangt man etwas von ihm, was ihm nicht paßt, sagt er: »Kann nicht!«
Februar 1938. Volker hat in letzter Zeit mit dem Sprechen große Fortschritte gemacht. Er bildet nun Sätze. Frauen gegenüber ist er mißtrauisch.
Oktober 1938. Anläßlich eines ärztlichen Besuches wurde ihm eine leichte Phymose gelöst.
Ich spüre, daß er hinter mir steht.
»Wie kommst du an das Album?« fragt er mit eisiger Stimme.
»Es lag auf dem Schreibtisch. Offen«, füge ich schnell hinzu.
»Was auf meinem Schreibtisch liegt, hat dich nicht zu kümmern.«
Er kneift mich ins Ohr.
»Es sind doch nur Fotos. Meine Fotos. Warum darf ich meine Fotos nicht ansehen?«
»Du darfst die Fotos ansehen, aber du darfst den Text nicht lesen!«
»Der Text steht doch unter den Bildern und daneben.«
»Eben! Das Album ist als Geschenk zu deinem 20. Geburtstag gedacht.«
Er klopft mit dem Zeigefinger auf das Buch, das jetzt geschlossen auf der Schreibtischplatte liegt.
»Das bin doch ich auf den Bildern!« begehre ich auf. Aber mein Widerstand ist bereits gebrochen.
»Das bist du auf den Bildern. Das stimmt. Aber dem, der auf

dem Bild ist, gehört das Bild nicht. Ich bin es, der das Foto gemacht hat. Also bin ich der Besitzer des Bildes. Und es ist mein Text, Volker! Und wer einen andern beschreibt, und wenn es auch sein Sohn ist, verfügt über diesen andern.«
Ich starre auf das Album, das jetzt seine Hand völlig bedeckt. Er hat mich eingeschlossen. Er hat mich festgeschrieben.
Er nimmt das Buch, geht um den Schreibtisch herum, zieht die Schublade heraus, versenkt es darin, schiebt die Schublade mit seinem Oberschenkel zu, dreht den Schlüssel im Schloß, zieht ihn ab und hält ihn in die Höhe.
»Erst der Tod dessen, der dich beschreibt, der dein Leben einrichtet, es plant, der für dich denkt, gibt dir das Recht, über Bild und Text zu verfügen. Aber dein Leben lang wirst du beim Betrachten der Bilder und beim Lesen des Textes an den denken, der die Bilder gemacht und der dein Leben beschrieben hat.«
Ich balle meine Fäuste. Er muß es gesehen haben, denn er kommt auf mich zu und streichelt über mein Haar. Einen Augenblick lang bin ich gerührt. Es ist das erste Mal, daß ich so etwas wie Zärtlichkeit von ihm gespürt habe.
Aber es ist nicht Zärtlichkeit!
»Du bist erst dann ein Mann, wenn auch du einen Menschen gefunden hast, der es dir wert ist, daß du ihn durch deine Zuwendung, durch deine Lebenserfahrung, durch deine Strenge dorthin führst, wohin du ihn führen willst!«
Er läßt den Schreibtischschlüssel in seiner Jackentasche verschwinden.

32

Die Milchbar war geschlossen, aber hinter dem Tresen an der Wand brannte noch Licht. Ein alter Mann schlurfte mit gesenktem Kopf von einer Wand des Raumes zur andern. Er schob einen schmutziggrauen Lappen, der um einen Schrubber gewickelt war, vor sich her. Der Boden glänzte. Der Mann ließ eine schlierige Spur hinter sich. Mitten im Lokal auf einem Tisch lag die rote Tafel, die tagsüber draußen zwischen den Geranienkästen aufgestellt war. »Prince Denmark« stand darauf.

Ich klopfte gegen die Scheibe. Der Mann sah nicht auf. Er zog seine Bahn wie ein erloschener Stern weiter. Ich schlug mit der geballten Faust zu. Jetzt blieb er stehen, horchte verwundert dem Geräusch nach, von dem er nicht wußte, woher es kam, hob, als sein Gehirn zu funktionieren begann, langsam den Kopf, und blickte mich dann lange mit ausdruckslosem Gesicht an. Die Haut war gelb und faltig. Er schüttelte den Kopf.

Ich zog einen Zehnmarkschein aus der Tasche und wedelte damit hin und her. Wieder dauerte es lange, bis sich die Information in seinem Gehirn durchgesetzt hatte. Er schlurfte auf mich zu.

»Das Lokal ist geschlossen«, artikulierte er tonlos.

Ich nickte und wedelte wieder mit dem Geldschein. Er nickte ebenfalls, machte eine Kopfbewegung, beschrieb dann mit seinem rechten Arm einen weiten Bogen in der Luft, der ihn beinahe aus dem Gleichgewicht brachte, drehte sich um und tappte zum Tresen. Das Licht ging aus. Er stand wie ein verwachsener Gnom vor dem Regal, auf dem die Gläser das Licht der Straßenlaterne gebrochen zurückwarfen. Ein Mann mit einem Hund ging über den Marktplatz und verschwand in der Gasse neben dem Gewandhaus. Der weißstrahlende Fachwerkbau mit dem steilen Dach und dem grünschwarzen Türmchen spiegelte eine falsche Idylle.

Ich ging rechts um die Milchbar herum, suchte nach der Tür, fand sie unverschlossen und trat ein. Ich stand in einem düsteren Flur. Plötzlich flackerte Neonlicht auf und erlosch wieder.

Der alte Mann stand in einer Türöffnung.

»Was willst du, Genosse?« fragte er und kicherte dazu.

»Eine Auskunft, bitte!«

»Da waren doch zehn deutsche Mark!«

Ich streckte ihm den Schein entgegen. Er zögerte, griff vorsichtig danach, tastete ihn ab und ließ ihn blitzschnell in der Tasche seiner weiten Hose verschwinden. Schmutziggelbe Hosenträger hielten den Mann zusammen, schnürten ihn ein.

»Kennen Sie Gerd Brenner?«

Er hielt seine Hand, zur Muschel geformt, ans Ohr.

»Brenner«, sagte ich diesmal lauter und trat auf ihn zu.

»Ich habe schon verstanden«, krächzte er. »Brenner!«

»Also?«

Er nickte. »Brenner. Ja!«

»Und?«

Er zeigte seine Zahnlücken. »Du hast mir eine Frage gestellt. Ich habe dir geantwortet, Genosse.«

»Ich bin kein Genosse.«

Er nickte. »Du bist von drüben. Aber ich bin alt. Ich bleibe beim Genossen!«

Ich zog einen zweiten Zehnmarkschein aus der Tasche. Er ließ ihn nicht aus den Augen.

»Kam Brenner oft hierher?«

»Nicht oft. Ab und zu.«

»Wie lange blieb er? Mit wem war er zusammen?«

»Er trank ein Sprudelwasser. Allein.«

Der Alte streckte seine Hand aus.

»So schnell verdient man auch nach der Wende das Geld nicht«, sagte ich grinsend. »Ich gebe Ihnen fünfzig, wenn Sie mir mehr sagen, als Sie sagen möchten.«

Er schüttelte den Kopf. Ich wußte nicht, ob er meine komplizierte Ausdrucksweise verstanden hatte.

»Es gibt keine Stasi mehr«, sagte ich leise.

Er schien das ominöse Wort von meinen Lippen abzulesen.

»Also?«

Er wandte sich um und verschwand durch die Tür. Ich folgte ihm. Wir standen in der Küche. Es roch nach verschütteter Milch. Der Alte lehnte mit dem Rücken an einem Schrank.

»Brenner trank seinen Sprudel und ging dann wieder.«

»Wohin?«

Er schüttelte den Kopf. »Er ging nicht weg. Er ging und blieb doch da.«

»Ich verstehe Sie nicht.«

Er zeigte auf den Boden. »Er ging durch die Küche und dann in den Keller.«

»Was ist im Keller?« Er wackelte mit dem Kopf. »Was so in Kellern ist. Gerümpel. Die Heizung.«

»Deswegen ging doch Brenner nicht in den Keller.«

Er streckte die Hand aus. Ich gab ihm fünfzig Mark. Ich hörte den Schein in seiner Hand knistern, als er ihn zusammenrollte und dann in einen kleinen Beutel steckte, den er an einer Schnur um den Hals trug.

»Brenner ging in einen Raum, der für andere verschlossen war.«

»Was für ein Raum?« fragte ich schnell. Ich hatte Angst, daß er plötzlich mit Reden aufhören könnte.
Er schüttelte den Kopf. »Da unten«, murmelte er und zeigte über seine Schulter auf eine Tür. »Die Treppe runter.«
»Haben Sie einen Schlüssel für den Raum?«
»Wer bin ich denn? Petrus in Person, Genosse?«
»Wissen Sie, was in dem Raum ist?«
»Ich weiß, was früher drin war. Und jetzt Gute Nacht, Genosse!«
Ich packte ihn an der Schulter. Draußen ging jemand an der Seitentür vorbei, blieb stehen und entfernte sich dann wieder.
»Was?«
»Eine Druckerei! Aber das weiß sonst keiner hier. Der Raum ist immer verschlossen. Und die Leute im Haus sind alle neu – bis auf mich!«
Ich ließ ihn los. Er drehte sich um und stierte mich mit seinen kleinen verwaschenen Augen böse an.
»Also doch!«
»Was?« fragte ich und tat einen Schritt zurück.
»Ein Genosse.«
Er stand jetzt wortlos mit gesenktem Kopf da und wartete, bis ich an ihm vorbeigegangen war. Dann schloß er die Tür hinter mir, drehte den Schlüssel zweimal im Schloß und trat mit dem Fuß gegen das Holz. Ich hörte, wie er davonschlurfte.
Es war still draußen. Ich überquerte den Platz vor dem Gewandhaus, ging dann weiter an den Theaterwerkstätten vorbei auf den riesigen Wohnblock zu, wo ich wieder einmal im unregelmäßigen Lichtermuster Heike Brenners Wohnung zu entdecken versuchte.
»Nicht umdrehen!«

Der Mann war lautlos hinter mich getreten. Diesmal aber war es ein Profi, nicht wie der unselige Sergeant von K-Town.
»Wer sind Sie?«
Die Frage war einfältig, aber ich wollte seine Stimme noch einmal hören. Er tat mir den Gefallen nicht. Er wußte also genau, daß ich, von seinem Überfall überrascht, nicht gleich darauf geachtet hatte. Ich spürte seine Hand in allen meinen Taschen, zwischen den Beinen, an den Waden und Fesseln. Obwohl mich dabei nie der Lauf einer Waffe berührte, wußte ich genau, daß die Pistole in seiner rechten Hand lag. Er war Rechtshänder, denn er hatte mich mit der Linken durchsucht.
Ich spürte den sanften Druck seiner linken Hand auf meiner Schulter. Seine Finger dirigierten mich auf eine offene Autotür zu. Der Mann am Steuer hielt seinen Kopf abgewandt, als wir einstiegen. Ich zuerst. Er rückte nach und drückte mir seinen Ellbogen seitlich in die Rippen. Der Fahrer löste die Bremse und fuhr langsam an. Der Mann neben mir zwang mit seiner rechten offenen Hand meinen Kopf in die Fahrtrichtung zurück und verband mir mit angelernter Geschicklichkeit die Augen mit einem schwarzen Tuch. Es wurde dunkel, nur manchmal drang gedämpftes Licht von Autoscheinwerfern unter den Rändern des Tuches hindurch.
Der Fahrer hatte die Geschwindigkeit erhöht. Wir fuhren jetzt über eine Autobahnbrücke. Das flatternde Geräusch der Balustrade, das durch den Spalt im nicht völlig geschlossenen Fenster drang, war mir vertraut. Der Wagen machte eine Kurve nach rechts und preßte mich gegen meinen Sitznachbarn. Die Straße wurde schlechter, und der Fahrer schien immer wieder den Schlaglöchern ausweichen zu müssen. Je länger wir fuhren, desto fremder wurden mir die Geräusche,

verloren sich die letzten Spuren von Vertrautheit, war es nur noch schwarz vor meinen Augen, und es wollten auch keine Bilder mehr auftauchen, die von der Erinnerung genährt wurden. Ich merkte, daß mich meine Einbildungskraft langsam verließ. Sie wurde erstickt von den Geräuschen dieser mir fremd gewordenen Stadt. Hier schien alles anders zu klingen als dort, woher ich kam.
Der Mann neben mir zündete sich eine Zigarette an. Ich erschnüffelte den Rauch. Sein linker Arm streifte mich erneut, als er das Feuerzeug in die Tasche seines Jacketts fallen ließ. Und dann war mir plötzlich, als ob ich unter mir wieder die Vibrationen spürte, die ich zu Beginn unserer Fahrt gespeichert hatte. Ich hörte das dumpfe Dröhnen einer Straßenbahn, das scheppernde Geräusch, als sie über eine Weiche rasselte, und dann das schrille langgezogene Pfeifen, als sie durch eine Kurve fuhr. Fuhren wir die Bahnhofstraße hinauf? Das Echo des Motorengeräuschs tönte anders, geballter. Fuhren wir durch eine von hohen Häusern gesäumte Straße? Der Fahrer wendete, wechselte die Straßenseite und bremste dann brüsk. Ich wurde gegen den Vordersitz gedrückt. Wir waren angekommen.
Ich spürte den harten Griff meines Nebenmannes an meinem Handgelenk. Geschickt löste er das Armband meiner Uhr und steckte sie ein. Er gehörte also zur Firma. Hätte er sonst gewußt, daß ich eines jener Modelle trug, bei denen sich das Deckglas aufknipsen ließ, damit man mit dem Finger die Zeit ertasten konnte? Seine trockene Hand umschloß mein nacktes Handgelenk. Die Schritte eines einzelnen nächtlichen Spaziergängers verklangen.
»Jetzt!« sagte der Fahrer vor mir halblaut. Die Tür wurde aufgerissen, ein Schwall kühler Luft schlug mir entgegen und

mit ihr der süßliche Geruch von verbrannter Braunkohle. Ich stolperte auf das Trottoir, wo mich jemand auffing. Der Geruch der Einheitszigarette Club stieg aus seinen Kleidern. Der Asphalt, den ich kurz sehen konnte, als ich den Kopf in den Nacken kippen ließ, schimmerte rot und grün.

»Achtung Stufe«, flüsterte die Stimme des andern hinter mir. Wir betraten einen Hausflur, in dem es nach Schmierseife roch. Als ich einen kurzen Augenblick zögernd still stand, hörte ich das prickelnde Geräusch einer flackernden Neonröhre über mir an der Decke.

»Weiter!«

Die Tür hinter mir fiel ins Schloß. Ich tastete mich das Treppengeländer entlang nach oben, zählte jede Stufe mit, die ich erklomm, registrierte jede Fuge im hölzernen Geländer, jede klebrige Stelle. Und dann ging es plötzlich nicht mehr weiter. Eine Hand hatte mich am Ärmel gepackt, eine Tür ging auf, heiße abgestandene Luft drängte sich mir entgegen, die Hand gab mir einen Stoß, so daß ich vorwärtstaumelte. Die Tür fiel hinter mir ins Schloß.

33

Es blieb dunkel, obwohl ich die Binde von meinen Augen gerissen hatte und die Nacht längst vorbei sein mußte. Ich hatte mich Schritt für Schritt durch den Raum getastet, aber die Orientierung war mir schwer gefallen, weil es außer einem in der Mitte des Raumes festgeschraubten Stuhl und einer dünnen Matratze, auf die ich mich endlich gelegt und umsonst einzuschlafen versucht hatte, keine Möbel gab. Die stickige Luft machte mir das

Atmen schwer, und die Dunkelheit, die nicht weichen wollte, machte mir Angst.
Die Hitze nahm zu. Ich schwitzte. Die Jacke hatte ich längst abgelegt und als Kopfkissen benutzt. Jetzt zerrte ich auch das klebrige Hemd vom Körper. Aber mir war, als ob ich unter einer Bleidecke läge, die mich langsam platt drückte.
Anscheinend war ich dann doch eingenickt, denn ich wurde von einem grellen Lichtstrahl geweckt, der mir ins Gesicht schoß. Ich starrte in die Lichtgarbe eines Scheinwerfers, der über mir an einem Gestänge an der Decke angebracht war und sich jetzt langsam von mir wegdrehte. Der Lichtkegel wanderte durch den Raum, zog sich zusammen, schwoll wieder an und schwenkte in diesem penetranten Rhythmus mein kahles Gefängnis ab, als wolle mir jemand zeigen, daß aber auch absolut nichts hier mein Bedürfnis nach Wohnlichkeit bestätigen könnte. Die Decke war mit Zinnbahnen verkleidet.
»Steh auf und setz dich auf den Stuhl!« sagte eine Stimme hinter mir. »Nicht umdrehen!«
Ich stand benommen auf und griff nach meinem Hemd.
»Du brauchst kein Hemd, Genosse! Es ist warm genug hier! Du wirst dich schon nicht erkälten!«
Ich fühlte mich nackt, ausgeliefert, aber ich gehorchte. Ich ging Schritt für Schritt auf den Stuhl zu, so vorsichtig, als müßte ich ein Minenfeld überqueren. Ich setzte mich auf den Stuhl, spürte die harte Lehne an meinem feuchten Rücken, lehnte mich nach vorn, suchte verzweifelt nach einer würdigen Position.
Der Scheinwerfer wanderte wieder von mir fort, kletterte wie ungefähr über die weißgetünchte Wand zu meiner Rechten, huschte über ein aufgerolltes Seil und zwei eiserne Kugeln, die

scheinbar zur bloßen Dekoration dort angebracht waren und mich trotzdem nach unten zogen.

Nein, ich wollte nicht reden. Ich wehrte mich gegen die Unterwerfung.

»Volker Neumann, geboren am 18. Februar 1936. Als Sohn des Rudolf Neumann in Oelsnitz, Erzgebirge. Volker war ein eher ängstlicher Junge, der jedoch bereit war, die Erziehungsmaßnahmen seines Vaters anzunehmen, ohne sich dagegen aufzulehnen. Er entwickelte sich normal und offenbarte einen gesunden Ehrgeiz. Frauen gegenüber zeigte er sich mißtrauisch, wie überhaupt Mißtrauen seine hervorstechendste Eigenschaft zu sein scheint. Mißtrauen und Vorsicht im Umgang mit scheinbar stärkeren Klassenkameraden. Seine schulischen Leistungen waren durchschnittlich. Besondere Begabungen zeigten sich keine, es sei denn eine gewisse Vorliebe für Malerei, die er allerdings nicht selbst ausübte, sondern sich anhand von Kunstdrucken einprägte, sich die Daten der betreffenden Maler merkte, sich mit der Zeit deren gesamtes Œuvre aneignete und auch die Namen der Museen, in denen die betreffenden Werke ausgestellt sind: eine bemerkenswerte Konzentrationsleistung für einen Sechzehnjährigen.

Der Beginn des Studiums an der Universität Leipzig fiel zeitlich mit dem Tod des Vaters zusammen. Volker Neumann studierte Kunstgeschichte und Philosophie. Bereits hier engagierte er sich bei der Gewerkschaft. Nach Abschluß des Studiums unterrichtete er während zweier Monate als Lehrer für Kunstgeschichte an der polytechnischen Oberschule in Zwickau. 1958 wechselte er mehrmals über die grüne Grenze in die BRD, wo er als Agitator bei marxistisch orientierten Gewerkschaftsgruppen tätig war: Er lehrte in vierwöchigen Kursen politische Ökonomie und marxistische Philosophie.«

Ich erkannte die Stimme des Mannes hinter mir, der aus meiner Akte vorgelesen hatte, wieder: Es war der Mann in der Kirche. Ich hörte das Rascheln der Zettel, als er sie zusammenfaltete. Die erste Phase der Machtdemonstration war abgeschlossen. Sie hatten mich daran erinnert, wie sie sich mir genähert hatten, daß ich keinen Schritt hatte tun können, den sie nicht mitverfolgt hatten.
Es war heiß. Der Schweiß lief über meinen Körper. So mußten sich die Gefangenen in den Bleikammern von Venedig gefühlt haben, dachte ich!
Leonardo Loredan!
Sie demonstrierten ihr Allwissen erneut. Ich war nur einer von fünf Millionen Menschen, die in ihren Archiven gespeichert sind.
»N. besitzt eine natürliche Autorität. N. ist verschwiegen. N. beachtet die Meldepflicht. N. hat keine aufwendigen Hobbys. N. kann mit Geld umgehen. N. hat einen gesunden Sinn für Realität. N. ist mißtrauisch. N. ist ehrgeizig. N. ist immun gegen Laster. N. ist mit Einschränkungen nicht pervers veranlagt. N. hat keine Verwandten im kapitalistischen Ausland. N. ist loyal. N. hat eine Neigung zur Unterwerfung. N. ist gewandt im Umgang mit Menschen. N. wirkt nie überheblich. N. hat einen natürlichen Charme. N. wirkt, auch durch seine Brille, intellektuell. N. spricht Englisch und Spanisch. N. hat eine kritische Auffassungsgabe. N. denkt in Bildern. N. schweift oft ab.«
Die monotone Stimme hinter mir erreichte mich nicht. Ich hatte mit dem Mann nichts zu tun, dessen Charakter man mir hier aufblätterte. Ich verschanzte mich hinter der Biographie und dem Charakter eines andern. Ich war Gerd Brenner. Seit über fünfundzwanzig Jahren. Ich nahm aus dem Bericht nur

Bruchstücke wahr und setzte sie in falscher Reihenfolge wieder zusammen. Ich schweifte ab.
Ich war in diesem Augenblick Dr. Paulsen. Mit meinem Diplomatenkoffer ging ich durch den Zoll des Frankfurter Flughafens. Man ließ mich passieren, problemlos. Keine Routineüberprüfung. Nichts. Ich drückte meine Zigarette aus. Ich ging durch die Schleuse. Die diskreten Piepstöne bedeuteten nichts. Keiner schaute mir nach. Niemand beschattete mich. Dr. Fred Paulsen, Biochemiker, war unverdächtig. Er und seine Destination: Stockholm.
Ich mochte den Kerosingeruch. Der emotionslose Singsang der Lautsprecherdurchsagen erregte mich. Das Luftpersonal wird darin geschult, die Leute zu beruhigen, sie in die Selbstverständlicheit des Fliegens einzuführen. Dr. Paulsen war ein Vielflieger. Seine Auftraggeber in der Magdalenenstraße in Ost-Berlin hatten es ermöglicht.
Ich lehnte mich im Sessel zurück. Die Todesanzeigen in der »Süddeutschen« überschlug ich. Ich interessierte mich für das Feuilleton. Ausstellungen in München und Hannover. Ich genoß das kleine Frühstück in der Zellophanpackung. Ich rauchte eine Philip Morris. Turbulenzen brachten mich nicht aus der Fassung. »Wollen Sie sich bitte anschnallen!« Gong. Ich hatte den Gurt nie gelöst. Ein Vielflieger, mit dem die Hostessen keine Probleme hatten. Ich schaute über den Rand der Zeitung beiläufig aus dem Fenster.
»Einen Champagner!«
Zwar sind es Luftnovizen, die sich Champagner bringen lassen. Aber es kommt auf die Stimmführung an, auf den beiläufigen Ton, mit dem man die Bestellung aufgibt. Die Hostessen haben ein Ohr dafür.
Stockholm.

Ich fuhr mit dem Taxi in die Stadt. Dr. Paulsen war im Hotel Birger Jarl angemeldet. Sein Abendessen nahm er außerhalb im Stortorgskällar ein – Swinging Piano Bar inklusive.
Am andern Morgen flog ich mit Interflug nach Berlin-Schönefeld. Der Kongreß in Stockholm fand ohne Dr. Paulsen statt. Er war mit Rolf in Ost-Berlin verabredet.
»Taxi!«
Ich war schon fast da. Und der Mann, der mich erwartete, wußte zwar über mich Bescheid, wußte aber nicht, mit welchen Informationen ich kam. Rolf war von mir abhängig. Sein Gruppenleiter erwartete Resultate.
Das Taxi fädelte in den Verkehr ein. Ich kannte die Umgebung. Ich brauchte nicht aus dem Fenster zu schauen.
»Wir sind da!«
Ich reichte einen Geldschein nach vorn. »Es ist in Ordnung!«
Ich stieg aus, bevor er dazu kam, mir die Tür zu öffnen. Der Mann weiß Bescheid, dachte der Taxifahrer.
Ich dachte es auch.
Den Rest des Weges ging ich zu Fuß. Bahnhof Friedrichstraße. Es hatte zu regnen begonnen. Ich stülpte den Kragen meines Trenchcoats hoch. Ich ging auf den Bahnhof zu, betrat das Gebäude, ortete die Toilettenanschrift: »Außer Betrieb«.
Ich ging an der Klofrau vorbei, die mir kaum merklich zunickte. Im dritten Klo von rechts lag die Uniform eines Reichsbahnangestellten auf dem Deckel. Ich zog mich um, warf eine Münze in den Teller der Alten, stellte die Plastiktüte mit meinen Kleidern unter ihren Tisch und ging ruhig über die Treppe zum Sonderausgang und murmelte mein Codewort. Die Schleuse der Verwandlung.
Ich verließ das Gebäude der Reichsbahn, ging in ein Hotel, wo ich erneut bereitliegende Kleider anzog. Für ein paar

Stunden würde ich jetzt Volker Neumann sein, Comecon-Mitarbeiter in Moskau, auf Heimatbesuch. Aber gerade diese kurze Zeitspanne der Rückkehr in meine ursprüngliche Identität löste dann jedesmal die Depression aus: Wenn ich meinen alten Namen wieder annahm und Neumann war.
Ein als Taxi getarntes Auto der HVA fuhr mich an einen der verschiedenen Orte, wo ich Rolf jeweils traf. Unter den Linden, Rosa-Luxemburg-Platz, Wilhelm-Pieck-Straße. Ich wußte nicht, von wo Rolf angereist kam, wo er wohnte, welchen Beruf er ausübte, wie er wirklich hieß. Von oben nach unten war die Hierarchie hermetisch.
»Hier brauche ich genauere Angaben, Sachse!« sagte Rolf anstelle einer Begrüßung und öffnete eines der Alben. Mit der Spitze des Bleistifts zeigte er auf ein Foto. Ich erkannte es auf den ersten Blick wieder, weil ich es selbst auf der Airbase von Zweibrücken aufgenommen hatte: mit meiner hosenknopfgroßen Kamera. Aus meinen Aufnahmen in der Größe eines halben Stecknadelkopfes hatten die Leute in den Laboratorien brauchbare Fotos in Normalformat hergestellt.
Ich lieferte die gewünschte Erklärung. Ich beantwortete weitere Fragen. Ich nahm Anweisungen entgegen, neue Zielobjekte. Wir diskutierten die Durchführung. Er war der Lehrer, ich der Schüler. Aus dieser Rolle vermochte ich mich seit unserer ersten Begegnung in Karlshorst nicht mehr zu befreien. Er hielt Distanz.
In einer Kneipe überstand ich den Abend bei Bier und Wodka. Rolf war nicht mehr dabei. Ich war mit meinen Kollegen vom Berliner Comecon-Büro zusammen. Rolf aber war trotzdem präsent. Bei jedem Schluck. Er zwang mir das Lachen in die Kehle zurück. Ich sehnte mich nach meiner Rückkehr, nach der Rückverwandlung in den Kunsthändler Gerd Brenner.

34

Der Scheinwerferkegel gab mich für ein paar Sekunden frei, wanderte die Wand entlang über das aufgerollte Seil, sprang mich dann unversehens wieder an.

»Wie kommst du dazu, ohne Befehl deinen Posten zu verlassen?«

Die Stimme war ohne Emotionen, klang sachlich, unbeteiligt. Aber es war nur die erste Frage. Jetzt erst entdeckte ich das Mikrofon, das im Gestänge befestigt war.

»Hast du Nachrichten von der Zentrale bekommen? Erste Stufe? Zweite Stufe? Dritte Stufe?«

»Nein!«

»Du hast dich verändert, Sachse!«

Das war keine Frage. Es war eine Feststellung.

»Ich habe euch informiert. Pünktlich. Zuverlässig. Ihr konntet euch nicht beklagen. Ich habe gute Arbeit geleistet.«

»Du hast geheiratet!«

»Und?«

Meine Frage kam schnell und bestimmt.

»Das war ein Fehler und gegen die Regeln.«

»Ich habe meine Frau draußen gelassen!«

Ich sah Sabines schmales Gesicht vor mir, ihren vorwurfsvollen Blick, dachte an den Liebesakt, den sie mir aufgezwungen hatte, als ich gefesselt war.

»Sie haben sich an deine Frau rangemacht, Sachse!«

»Sie?«

Ich stellte eine Frage, auf die ich keine Antwort bekommen würde, weil wir beide diese Antwort kannten. Ich wußte nicht, ob sie wußten, daß sich das BfV eingeschaltet hatte, oder ob sie mir nur zu drohen versuchten. Sie wollten mich einschüchtern, wollten mich wieder ganz auf ihre Linie trimmen. Ich hörte das Geräusch von raschelndem Papier hinter mir. Jemand blätterte in seinen Notizen und stellte dann eine Frage, die mich überraschte.

»Am 23. September 1988 trafst du dich mit einem Lothar Krenger.«

»Und?«

»Das war in deiner Wohnung in Kaiserslautern. Der Mann blieb eine Stunde lang im Haus.«

»Ein Kunde.«

»Ein Banker, Sachse!«

»Auch Banker gehören zu meinen Kunden. Antiquitäten, nicht Reproduktionen selbstverständlich.«

»Krenger hat dir einen Bausparvertrag angeboten.«

»Ist das verboten?«

»Du hast dir Grundstücke in der Nähe von Mainz angesehen.«

»Das gehörte zu meiner Tarnung. Ich durfte nicht den Eindruck erwecken, daß Kaiserslautern einzig möglicher Wohnort ist.«

»Am 4. Oktober hast du auf einer Zürcher Bank ein Konto eröffnet.«

»Für meine Frau!«

»Es lautet auf deinen Namen. Wir kennen die Kontonummer, die Summe und die Bank, Sachse. Möchtest du Einzelheiten hören?«

»Sie interessieren mich nicht. Ich habe nichts zu verbergen.«

»Du hast deinen Absprung vorbereitet!«

Sie hatten nichts begriffen. Sie klammerten sich an die Signale des Verrats am sozialistischen Gedankengut und wußten

nicht, daß all diese Kontakte zu Maklern, Geldmenschen und Baulöwen nur mit meinem Bedürfnis zu tun hatten, dem Verlust der angestammten Heimat, der ich mich entfremdet hatte, neue Behausungen, Konten, Territorien entgegenzusetzen.
»Absprung!« Ich lachte laut heraus. »Mitgehangen, mitgefangen!«
Ich wartete auf eine scharfe Antwort, aber es blieb still. Sogar das Geräusch knitternden Papiers war nicht mehr zu hören. Doch die Stille brach plötzlich ein einzelner Laut. Es war kein Stöhnen, kein Räuspern, kein Schnaufen. Es war ein kurzer Knacklaut, als ob gestaute Luft einen dicken Kloß vor sich herschöbe. Ich kannte das Geräusch. Rolf litt.
Und in diesem Augenblick der Stille wurde mir bewußt, daß es nie möglich sein würde, mich aus Neumanns Biographie, aus Brenners Legende in ein drittes Leben zu flüchten. Mitgehangen. Mitgefangen.
»Du hast unser System verraten!« Jetzt argumentierten sie wieder aus ihrer ideologisch fundierten Sicht.
»Es ist zu Ende, Genosse! Die Verräter sind jetzt auf der Seite der Sieger!« Ich wartete lange auf eine Reaktion.
»Nein!« Er preßte das Wort aus sich heraus. »Es gibt eine dritte Kraft, Sachse!«
Da war also auch einer, der stellvertretend für meinen Führungsoffizier an ein drittes Leben glaubte.
»Wir haben Leute in vielen wichtigen Positionen der Politik, Wirtschaft und Industrie, Sachse! – Auch im Kunstbereich«, fügte er mit einem schäbigen Lachen hinzu. »Die einzige Konstante in einem sich auflösenden Staat ist...«
»...sein Geheimdienst, ich weiß!« ergänzte ich. »Der Chef der Ostspionage im Nazi-Deutschland, Gehlen, wechselte

nach dem Krieg nahtlos zu den Amis über und baute den neuen bundesdeutschen Geheimdienst auf. Ihr wartet also auf einen neuen Komplizen!«

»Du gehörst dazu, Sachse!« sagte die Stimme in meinem Rücken.

Die Hitze unter dem Dach wurde immer unerträglicher.

»Nun?« Die Stimme war wieder da, schneidend, fordernd.

»Ich bin draußen!«

»Du gehörst zu uns, Sachse! Der Tansfer ist mißglückt! Du hast keine Chance!«

»Was wollt ihr hören?« Ich horchte verwundert meiner gepreßten Stimme nach.

»Wenn schon ein Transfer – dann nur gemeinsam, Sachse!«

Die Decke schien sich immer tiefer zu senken. Und dann hörte ich mich schreien, weit weg, lang und laut. Meine Biographie, die der Mann hinter mir vorgebetet hatte, bedrängte mich in wuchernden Bildern, wächserne Masken wuchsen auf mich zu, und mit einem Mal schien die glühende Hitze das lauernde Feuer freizugeben, schlugen Flammen über mir zusammen, und mit letzter verzweifelter Anstrengung quälte ich mich noch einmal hoch, setzte das bißchen Leben, das noch in mir war, dem Feuer entgegen, stand hoch aufgerichtet da, betrachtete unerschrocken die lodernden Flammen und sank dann zurück.

»Nicht umdrehen, Sachse!«

Der Befehl kam schnell und scharf, nagelte mich auf meinem Decknamen fest, auf diesem Stück Heimat, das sich mir längst verweigert hatte. Die Kremation war mißglückt.

»Fahr zurück, Sachse! Verhalt dich still, bis wir mit dir Kontakt aufnehmen!«

Die emotionslose Stimme holte mich zurück. »Ihr habt mein Auto fahruntüchtig gemacht!«

»Das Auto ist in Ordnung.«
Jeder Widerspruch war sinnlos. Sie bestimmten weiterhin mein Leben. Sie? Rolf!
Ich mußte also zurück. Was hatte mir die Rückkehr dorthin gebracht, wo meine Wurzeln waren? Überall war ich nur den Schatten meiner Vergangenheit begegnet, nirgends hatte ich sie packen können. Als ob sich mit der Überquerung des Grenzflusses zwischen Ost und West die Konturen der Welt hinter mir aufgelöst hätten.
»Das war's!«
Keine Drohung. Ich stand auf, streifte mir das Hemd über den nassen Körper, stopfte es in die Hose, ohne den Reißverschluß zu öffnen und drehte mich dann um.
Das Licht erlosch. Ich stand wieder in der lastenden Dunkelheit. Die Tür wurde lautlos geöffnet. Goldgelbes Licht in Form eines Dreiecks, dessen Scheitelwinkel sich ständig vergrößerte, fiel auf den Boden. Ich ging auf die Tür zu, trat ins Licht, sah mein rechtes Bein, wie vom Körper abgetrennt unter mir. Ich stockte, starrte auf mein Knie, auf den Schmutzfleck in der Beugung der Hose. Nein, in die Knie war ich nicht gegangen! Daran hätte ich mich erinnert.
»Stehenbleiben!«
Eine schattenhafte Gestalt trat hinter mich und legte mir wieder die schwarze Binde um die Augen. Ich hatte Rolf nicht zu Gesicht bekommen. Und trotzdem war er in jedem Augenblick gegenwärtig gewesen. Der Mann hinter mir dirigierte mich wieder die Treppe hinunter. Unten angekommen, hörte ich das Klicken seiner Pistole. Ich blieb stehen. Durch die geöffnete Tür drang kühle Luft auf mich ein. Es roch nach Nacht. Ich atmete tief durch.
Sie hatten an alles gedacht. Als sie mich in der Nähe des

Gewandhauses absetzten und ich dann vor dem Block stand, wo Heike jetzt wohl ungeduldig und angstvoll auf mich wartete, sah ich meinen BMW zwischen Trabis und Ladas stehen.

35

»Wo warst du so lange?«
Sie stand im schwarzen Nylonnachthemd in der Tür, als ich klingelte. Ihre Frage und ihr besorgter Gesichtsausdruck verstimmten mich. Sie legte ihre Hand mit einer mütterlichen Geste auf mich.
»Ein Treffen mit meinen alten Kollegen!«
Sie trat beiseite. Ich drängte mich an ihr vorbei in den Flur. Wieder streifte mein Oberarm ihren Busen. Sie hatte auf mich gewartet, in ihrem schönsten Nachthemd. Sie hatte auf dem Bett gelegen und sich die Bilder in den Pornoheften ihres Mannes vorgestellt.
Als ich mich umdrehen wollte, umfaßte sie mich von hinten. Ich spürte ihre Lippen an meiner Ohrmuschel. Ihre lackierten Fingernägel fraßen sich durch mein aufgeknöpftes Hemd in mein Fleisch.
»Ich muß weg, Heike«, sagte ich geduldig. Ich bewegte mich nicht.
»Nicht, bevor wir zusammen geschlafen haben!«
Ihre Zunge an meinem Ohrläppchen war warm und feucht.
»Sie werden mich töten, wenn ich nicht sofort fahre!«
Ihr Körper versteifte sich einen kurzen Augenblick. Doch dann ließ die Spannung schon wieder nach. Ihr Griff wurde fester.

»Jeder zum Tod Verurteilte hat einen letzten Wunsch frei«, flüsterte sie.

Ich stellte mir vor, wie der Gedanke an den eigenen Tod die Liebeslust steigern würde. Ein letzter orgiastischer Versuch, das Leben noch einmal zu spüren. Ich drehte mich im engen Käfig ihrer Arme um und sah über ihrer rechten Schulter mein Gesicht im Spiegel über der Kommode.

»Es geht auch im Stehen«, flüsterte sie und öffnete meine Hose.

Ich beobachtete meine Reaktion. Meine zusammengepreßten Lippen hatten sich für einen kurzen Augenblick voneinandergelöst, als die Kälte zwischen meine Beine fuhr. Während sie ihren warmen Körper an mich drängte und mein gewachsenes Glied in die richtige Position brachte, legte sich ein feines Netz von Falten über meine Wangen. Ein gequälter Ausdruck verzerrte das Gesicht des Mannes im Spiegel. Die schwarze feuchte Mundhöhle klaffte auf, schloß sich wieder, öffnete sich erneut, in immer kürzeren Abständen. Die Gesichtshaut verlor ihre Spannkraft, wurde immer schlaffer und hing schließlich wie ein flatterndes Segel über dem Schädel, aus dem jetzt zwei Reihen unregelmäßiger Zähne unter den fliehenden Lippen bleckten. Angst hatte sich im Blick des Mannes festgesetzt. Er starrte mich an, ohne daß er mich wahrnahm. Er war mit sich selbst beschäftigt, und trotzdem observierte er mich, wie ich ihn observierte, zwang mich durchzuhalten, bis er selbst nicht mehr zu widerstehen vermochte, die Lider ein letztes Mal hochriß und dann brüsk die Augen schloß und mich entließ. »BeHappy« stand in Regenbogenfarben auf dem Etikett im Rücken ihres schwarzen Nachthemdes.

»Ich brauche deine Hilfe«, sagte ich leise. Sie schaute mich überrascht und mißtrauisch an.

»Deshalb also?«
Ich schüttelte den Kopf, obwohl sie recht hatte.
»Mit ihm konnte ich das nicht machen!«
Ich schaute sie verständnislos an.
»Im Flur. Und einfach so auf die Schnelle!«
Unten warteten die Kollegen von der Stasi, und sie redete von Sexpraktiken.
»Er war eben bloß Zuschauer«, entgegnete ich und dachte an die Pornohefte im Schrank. Aber dieser kleine Gedanke befreite mich nicht von meinen Verfolgern. Im Gegenteil. Sie waren präsenter denn je. Sie hatten die Pornohefte aus dem Schrank mitgenommen.
»Habt ihr eine Datsche?«
Sie nickte, ohne zu fragen, warum ich mich dafür interessierte.
»Wo?«
»Im Erzgebirge! In der Nähe von Grünhain.«
»Kann ich dort unterkommen?«
Sie nickte wieder. Ein Hauch von Erleichterung huschte über ihr Gesicht. Zeit gewonnen, mochte sie denken.
»Hast du ein Auto?« Sie nickte erneut.
»Ich bin damit nach Hof gefahren, zum Einkaufen.«
Jetzt nickte ich und dachte an ihre Unterwäsche und an den Katalog auf ihrem Nachttisch, in dem ich geblättert hatte, als sie im Bad war: Neben einer vollbusigen und vollmundigen Frau hatte die Fachbezeichnung »Bustier« gestanden. Natürlich wußte ich, daß dieses Wort französisch auszusprechen war, und trotzdem verhakte ich mich rettungslos im deutschem Idiom. Heikes ausladende Brüste, die sie mir aufgedrängt hatte, suggerierten die Aussprache »Bus-Tier«, weckten Albträume.

»Ich fahre mit meinem Auto Richtung Hermsdorfer Kreuz. Du folgst mir in einigem Abstand. Bei Gera verlasse ich die Autobahn und fahre nach Triptis. Die Straße führt durch einen Wald. Dort werde ich versuchen, meine Beschatter abzuschütteln. Du kannst mir mit deinem Trabi ohnehin nicht folgen. Versuch es nicht erst. Du wartest am südlichen Stadteingang von Hermsdorf auf mich. Bleib im Wagen, bis ich komme!«

Sie ging ins Schlafzimmer. Die schwarzen Nylonschleier wallten über ihren Körper. Unter den beiden Schulterblättern, dort, wo ich sie gepackt und an mich gedrückt hatte, waren symmetrisch verteilt vier brennend rote Male zu sehen.

Ich hörte das Knarren der Schranktür. Das Geräusch war mir bereits vertraut. Sie kam mit meiner Tasche zurück und stellte sie stumm vor mich hin. Die Arme wie eine Ballerina nach hinten gestreckt, küßte sie mich mit spitzen Lippen auf den Mund und vermied es dabei, mich mit ihrem Körper zu berühren. Ich nahm meinen Regenmantel von der Garderobe, zog ihn an, nickte ihr zu und ging zur Tür. Es war, wie es immer gewesen war. Die Tür hinter mir schnappte ins Schloß. Sie hatte keine Fragen gestellt. Sie hatte nur genickt. Wie einfach es doch gewesen sein mußte, mit einer solchen Frau zu leben. Aber sie hatte Brenner nicht geliebt. War es Liebe, was sie für mich empfand? Nur, weil ich die schäbige Biographie ihres toten Mannes gleichsam veredelt hatte?

Meine Schritte klangen laut und hohl im leeren Treppenhaus. Das Doppelwort STASI-SCHWEIN auf der Wand neben dem Eingang war wie eine Geheimschrift auf mysteriöse Weise wieder sichtbar geworden. Oder hatte jemand nachgeholfen? Als ich aus dem Haus auf den Vorplatz trat, schien alles wie ausgestorben zu sein. Die meisten Lichter in den Häusern waren erloschen. Die Chromteile der Autos auf dem Parkplatz warfen keine Reflexe.

Der vertraute Geruch in meinem BMW war vom Duft eines süßen Rasierwassers durchmischt. Auf dem Beifahrersitz lag eine Packung »Club«. Wenn auch die Stasi-Leute wie alle andern jetzt Westzigaretten rauchten, so war ihre Absicht doch offensichtlich: Sie wollten mich mit der DDR-Einheitszigarette an ihre Allgegenwart erinnern.

Ich schraubte hastig das Nummernschild von einem Lada, der neben meinem Wagen geparkt war, ab und verstaute es in meinem Kofferraum. Dann fuhr ich aus der Parklücke. Im Haus über mir stand eine Frau angezogen hinter dem Vorhang und schaute mir nach.

Von entgegengesetzten Seiten fädelten sich zwei Autos hinter mir in den dünnen Verkehr ein. Sie hatten keinen Grund, sich zu verstecken. Sie würden mich bis nach Herleshausen, an die ehemalige Grenze, und wenn nötig, noch darüber hinaus eskortieren.

36

Ich fuhr aus der Stadt hinaus, weiter auf die Autobahn, wo ich die Geschwindigkeit erhöhte. Die Autos hinter mir hielten mein Tempo anscheinend mühelos mit. Als ich die Geschwindigkeit zurücknahm, schlossen sie bis auf zehn Meter auf, und nach ein paar Kilometern überholte mich ein grauer Lada, als ob er meine Absicht erraten hätte. Ich ließ es geschehen, fuhr mit 100 Stundenkilometern hinter ihm her, sah vor mir die Schattenrisse der beiden Männer auf den Vordersitzen, die stumm nebeneinander saßen. Aber dann, als sie kurz vor der Ausfahrt Ronneburg die Köpfe bewegten, als ich ein Feuerzeug aufflammen sah und der Mann am Steuer seine Kollegen kurz anschaute, schaltete ich vom fünften Gang zurück in den dritten und trat dann vehement aufs Gas.

Ich schoß am Lada vorbei, wechselte in den vierten Gang und hatte schon einen Vorsprung von über 100 Metern erreicht, als sie reagierten. Aber zu spät. Ich brauste jetzt mit 160 Stundenkilometern auf der holprigen Unterlage davon, bremste nur kurz und heftig vor der Ausfahrt Gera und erwischte knapp die Abfahrt, rutschte durch die Kurve und fand mich endlich auf der Zufahrtsstraße nach Gera wieder. Ich hatte meine Beschatter aus dem Rückspiegel verloren.

Ich fuhr nach Gera hinein, machte ein paar Umwege, bis ich die Straße nach Triptis gefunden hatte. Früher hatte ich mich in dieser Gegend gut ausgekannt. Jetzt, in der Nacht, fiel mir die Orientierung schwer, und der Gedanke an meine Verfolger irritierte mich zusätzlich.

Auf der rechten Seite tauchte der Wald auf. Baumkronen hoben sich schwarz gezackt vom mondhellen Nachthimmel ab. Die Straße hinter und vor mir war leer. Ich blendete kurz die Scheinwerfer auf. Da war die Abzweigung, die ich gesucht hatte. Ich bremste, schaltete die Scheinwerfer ab und bog vorsichtig nach rechts ab, rollte im Schrittempo zwischen die Stämme. Spießrutenfahren, dachte ich.

Ich hielt an und wartete. Und da kamen sie auch schon. Sie fuhren eng hintereinander her, darauf vorbereitet, sich zu trennen, falls sich eine bedenkenswerte Alternative anbot. Aber den Waldweg betrachteten sie nicht als Alternative.

Ich fuhr rückwärts aus dem Waldweg auf die Straße zurück und brauste dann in der Richtung, aus der ich gekommen war, wieder davon. Mein Rückspiegel blieb stumm. Ich näherte mich Hermsdorf. Heikes Trabi stand im Schatten eines Baumes. Ich blinkte kurz mit den Scheinwerfern, als ich sie entdeckte, hielt dann neben ihr an und kurbelte das Fenster herunter.

»Gut gemacht, Heike! Fahr jetzt hinter mir her!«

Sie nickte wie üblich. Und dann fuhren wir los. Ich sah im Rückspiegel ihre Silhouette, vermochte aber nicht, ihr Gesicht dazuzudenken, denn ich hatte es nie wirklich, in einem sozusagen neutralen Zustand, wahrgenommen, sondern immer nur in den wechselnden Zuständen der Erregung. Heike war für mich wie eine Trickfilmfigur in einem unwirklichen Dasein. Sie bestand aus einem Wirbel von hüpfenden Bildern, die in meiner Erinnerung keinen Halt fanden.

Die Autowerkstätte sah ich von weitem. Es war spät, elf Uhr vorbei, aber ich mußte es wagen. Ich drehte den Zündschlüssel und rollte mit abgestelltem Motor auf den gekiesten Vorplatz. Heike war, wie verabredet, ein wenig zurückgeblieben und hatte ihr Auto im Schatten geparkt. Ich löste die Verankerung der Kühlerhaube, sprang heraus, machte mich an der Benzinpumpe zu schaffen und schloß dann die Kühlerhaube wieder.

Oben im Haus war noch Licht. Ein Mann in kariertem Hemd beugte sich aus dem Fenster.

»Was is? Bleifrei können Sie hier nich haben!«

»Eine Panne!«

Der Mann schloß das Fenster. Kurze Zeit später kam er um die Hausecke geschlurft.

»Sie denken doch etwa nich...!« brummte er und hob abwehrend die Hände.

»Nein! Natürlich nicht!« unterbrach ich ihn.

Er war noch jung. Ein schwerer Schnauzbart hing im verwahrlost wirkenden Gesicht. Ich streckte ihm einen Hundertmarkschein hin.

»Ich habe dringende Geschäfte in Dresden. Die Frau da nimmt mich freundlicherweise mit!«

Ich zeigte auf den Trabi. »Kann ich den Wagen für ein paar Tage hier lassen? Lassen Sie sich Zeit mit der Reparatur!«

Er drehte den Geldschein unschlüssig zwischen den Fingern hin und her.

»Können wir das Auto in die Werkstatt schieben? Ich möchte es nicht draußen lassen!«

Er schaute mich mißtrauisch an.

»Hier werden keine Westautos gestohlen«, brummte er.

»Trotzdem! Die Miete für die Garage habe ich Ihnen ja bereits gegeben.«

Er steckte die hundert Mark in die Tasche, wuchtete die Garagentür auf, kurbelte das linke Fenster des BMW herunter, griff hinein, während ich mein Gewicht gegen den Kofferraum stemmte.

»Ungefähr in drei Tagen bin ich zurück.«

»Kein Name?« fragte er.

»Dr. Paulsen«, sagte ich und stieg in den Trabi.

Er rief mir noch etwas nach, aber seine Worte wurden von Heikes startendem Motor durchlöchert.

Auf der Fahrt besprach ich mit ihr meinen Plan.

37

Die Datsche befand sich am Waldrand mitten in einer Reihe anderer Häuschen. Ich stand noch immer in der kleinen Küche, als Heike längst weggefahren war. Auf dem Tisch eine Büchse Pulverkaffee, Brot, Kartoffeln, eine Packung Reis, eine in Zeitungspapier gewickelte Wurst.

»Fahr zurück, bevor sie bei dir auftauchen!«

Sie hatte sich auf ein paar Tage Zweisamkeit gefreut. Aber sie hatte eingesehen, daß es nur dann Hoffnung auf ein Wiedersehen gab, wenn die alten Stasi-Leute sie nicht in die Finger kriegten. Ich zog die Vorhänge mit dem grellen Papageienmuster zu. An der Wand hing ein Plakat mit dem Eiffelturm. Das Papier war gewellt, und Wasserspuren verdüsterten den westlichen Himmel. Das Rasseln einer Uhrkette und der hektische Kuckucksruf schreckten mich auf.

Ein Uhr!

Der Vogel hatte sich wieder in sein schwarzlackiertes Nest zurückgezogen. Die Uhr tickte friedlich vor sich hin. In der dünnen Pavatexwand knackte und knisterte es. Ich fühlte, wie die Müdigkeit immer stärker wurde. Die vergangene Nacht hatte an meinen Kräften gezehrt. Aber ich durfte mich nicht hinlegen, bevor ich nicht mindestens einen Anfang gemacht hatte, mein Leben zu ändern oder rückgängig zu machen. Um endlich neu anfangen zu können.

Ich ging in das enge Badezimmer. Wieder derselbe schwere Geruch! Heike hatte an alles gedacht, hatte mir auch ein Bleichmittel hingestellt und sogar eine Tube Selbstbräuner, mit dem ich meiner blassen Haut eine etwas sportlichere Tönung geben konnte.

Es dauerte mehr als eine Stunde, bis mir der Mann einigermaßen fremd war, den ich im Spiegel betrachtete. Er hatte kurzgeschorenes hellblondes Haar, hellblonde Augenbrauen, und die Stoppeln an seinem Kinn glitzerten ebenfalls hell im Licht. Es würde eine Weile dauern, bis die Ansätze zu einem Bart zu sehen sein würden.
Allein die Augen waren dieselben geblieben. Sie blickten mich mißtrauisch an, und nur der erfolgreiche Versuch, den durchhängenden Augenbrauenbogen durch eine kosmetische Korrektur nach oben zu zwingen, milderte den Eindruck von Skepsis, von kaschierter Aggression, die diesen Blick sonst kennzeichnete.
Ich ging langsam und tastend durch das Häuschen, als ob ich mich an den neuen Körper gewöhnen müßte. Ich änderte meinen Gang, benutzte kurze Schritte, den Blick geradeaus, nicht gebeugt, die Augen auf dem Boden, wie sonst. Ich tastete mich an einen andern Mann heran, wollte eine Erinnerung an ihn mit in den Schlaf nehmen und am Morgen als der andere aufwachen.
Der Schlaf als Übergang.
Aber man kann beim Ablegen seines Körpers seinen Geist nicht aufgeben, dachte ich. Ich will Brenner sterben lassen. Endgültig sterben lassen! Der Grabstein hatte nicht genügt. Und nicht das Foto mit seinem Gesicht. Und nicht die Tatsache, daß ich mit seiner Witwe geschlafen hatte. Ich hatte mich getäuscht. Ich hatte geglaubt, daß ich in dem Augenblick, in dem ich vom Tod meines Doppelgängers erfuhr, als ich sein Grab sah, nicht mehr daran zweifeln würde, allein überlebt zu haben. Aber Brenner lebte in mir weiter. Er war ein Teil von mir geworden. Und überleben konnte ich jetzt nur noch, wenn ich mich mit ihm arrangierte und mein

Gesicht opferte, ein neues überstülpte, hinter dem ich mich verbergen konnte.
Brenners blauweißgestreifter Schlafanzug lag fein säuberlich zusammengefaltet unter dem rechten Kissen der Doppelcouch in der Ecke, die so viel Platz einnahm, daß man kaum noch das eine Fenster öffnen konnte.
Ich hatte die Wahl zwischen Heikes Bett und dem Bett meines Legendenspenders. Ich entschied mich für *sein* Bett, lag anfangs flach auf dem Rücken, verkrampft. Und obwohl das Leintuch frisch gewaschen war, hatte ich das Gefühl, als ob sich Brenners Umrisse in die Matratze eingegraben hätten. Es war drei Uhr vorbei, als ich endlich einschlief.

Der hellblonde kurzgeschorene Mann im Badezimmerspiegel sah übernächtigt aus. Seine dunklen Bartstoppeln zeigten hellblonde Spitzen. Ich wusch mich und trocknete mich mit einem Frotteetuch ab. Drei Tassen Kaffee machten mich wach. Ich saß am Küchentisch und starrte auf einen gestickten Wandteppich, auf dem ein schmuckes Häuschen in einer windverwehten Landschaft stand. Der Geist der Lüfte blies als pausbackiger Kopf seine Böen über die Ebene, wo ein Junge verzweifelt seinen umgekehrten Regenschirm umklammerte. Und darüber stand in verschnörkelter roter Fadenschrift: »Ob Ost, ob West, daheim das Best!«
Heike würde noch einmal vorbeikommen. Sie würde sich an alle Vorsichtsmaßnahmen halten, die ich ihr eingeschärft hatte. Davon war ich überzeugt. Ich spähte durch die Ritzen der geschlossenen Fensterläden. Draußen war es still. Es war Freitagvormittag. Gegen Abend würden sich die Nachbarhäuschen bevölkern.

Kurz nach elf kam sie. Sie hatte sich krank schreiben lassen. Ihren Trabi hatte sie irgendwo in der Nähe abgestellt und war den Rest des Weges zu Fuß gegangen. Sie trug eine dickbauchige Basttasche, deren Henkel ausgefranst waren. Sie schien zufrieden zu sein, für mich sorgen zu können.

»Wie siehst du denn aus!« sagte sie und betrachtete mich unsicher.

»Gefalle ich dir nicht?«

Sie stellte die Tasche ab und schloß die Tür hinter sich. Das gelbe Flurlicht dämpfte das helle Blond meiner Haare.

»Ich weiß nicht! Mit Brille gefielst du mir besser! Auch deine braunen Haare paßten besser zu dir!«

»Ich wirke jünger so. Die grauen Fäden sind weg!«

»Dafür bis du jetzt blind wie ein Maulwurf!«

»Ich habe Kontaktlinsen. Ich sehe alles schärfer als vorher.«

Sie strich mir über meine Stoppeln. Es war, wie es immer gewesen war. Dieselben Gefühle, dieselben Abläufe. Nur das kribbelnde Gefühl war weg, als sie mich umarmte. Dieses Bedürfnis, mich mit Gewalt befreien zu müssen. Heike gehörte jetzt zu meiner Rolle.

Sie packte eine dunkelgrüne Kunstlederjacke aus, ein braungelbkariertes Flanellhemd und eine graue Schirmmütze.

»Ist es das, was du brauchst?«

Ich schlüpfte stumm in die Jacke, die sie mir wie eine Verkäuferin hinhielt. Brenner war etwas weniger breit in den Schultern gewesen als ich. Aber wenn ich den Reißverschluß offenließ, ging es trotzdem. Die Mütze paßte. Wir hatten dieselbe Kopfgröße. Aber ich fühlte mich nicht wohl darin. Der Gedanke an das schwarze speckige Schweißband ekelte mich an. Ich warf die Mütze auf den Tisch und zog die Jacke wieder aus.

Zur Liebe reichte es dann doch noch. Aber es geschah schnell und wie beiläufig. Ich hatte panische Angst bekommen, mich auszuziehen, als ob Kopf und Körper nicht mehr zusammenpaßten. Das war mir in der vorangegangenen Nacht unter der Dusche noch nicht bewußt geworden. Erst, als ein anderer Mensch meinen Körper berührte, hatte ich für Augenblicke das Gefühl, aus einem fremden Kopf herauszuschauen.
»Du bist müde«, sagte sie ohne Vorwurf in der Stimme. Aber ich wußte, daß sie sich nur selbst beruhigen wollte. Auch sie schien froh zu sein, als wir im Abstand von fünf Minuten die Datsche verließen.
Ich hatte sie nicht gefragt, warum sie all das mitmachte. Warum sie als meine Komplizin und Helferin das Risiko auf sich nahm, mit einem Spion zusammenzuarbeiten. Das Risiko, von den alten Stasi-Leuten erpreßt oder gar genötigt zu werden. Es hatte wohl mit dem toten Brenner zu tun, dem Gefühl, etwas verpaßt zu haben.
Ich setzte mich ans Steuer. Die Umstellung vom BMW auf einen Trabi war nicht einfach. Ich hatte das Gefühl, in einem Karussellauto zu sitzen. Ich spürte jede Unebenheit des Bodens als Schlag im Kreuz. Und doch war ich froh, mich auf das Auto und die Straße konzentrieren zu können, statt mit ihr reden zu müssen.
Wir fuhren in Richtung Zwickau. In Hochdorf stieg sie aus.
»Ja, auf bald!«
Ich winkte ihr zu und fuhr in Richtung Chemnitz. Unterwegs auf einem verlassenen Parkplatz ersetzte ich das Nummernschild von Heikes Trabi durch jenes, das ich in Zwickau hatte mitgehen lassen. Hellblaue Trabis gab es in Massen. Nur das Nummernschild hätte meine Stasi-Freunde stutzig machen können.

38

Karl-Marx-Stadt – Chemnitz. Ich parkte vor der »Kammer der Technik«.

Nach seinem letzten Referat hatte Rolf einen weiteren Kurs auf den heutigen Tag angesetzt. Ich strich über mein hellblondes Stoppelhaar. Es fühlte sich fremd an. Ich hatte mir zwei zugeschnittene Orangenschalen zwischen die unteren Zähne und die Wange gesteckt, um meine Kinnpartie zu verändern. Den Mann mit der gelbbraunen Wolljacke, der jetzt mit neuen schwarzen Schuhen über den Platz ging, wählte ich als Testperson aus. Wenn er mich nicht erkannte, würde mich auch Rolf nicht erkennen, da er mich, im Gegensatz zu dem andern, hier kaum erwartete.

Die tiefstehende Sonne schnitt die »Kammer der Technik« wie einen Bühnenprospekt aus. Ich schloß mich einer Gruppe von jungen Männern an, die auf das Haus zustrebte, und suchte mir dann einen Platz in der zweithintersten Reihe. Der Mann in der Wolljacke saß unmittelbar vor mir. Anscheinend hatte er mich nicht erkannt, zumindest hatte er keine Reaktion gezeigt.

Und dann hatte Harald Waffler seinen Auftritt. Er trug einen dunkelgrauen gut geschnittenen Anzug und eine dunkelblaue Krawatte. Unter der Tür blieb er einen Augenblick stehen, ließ seine Blicke über sein Auditorium wandern, musterte einen nach dem andern genau, stutzte unmerklich, als er beim Mann vor mir angelangt war. Seine Mundwinkel zuckten leicht. Sie zeigten nach unten. Ich saß kerzengerade da und versuchte, interessiert zu wirken, fühlte, wie mir der Schweiß auf die Stirne trat, als sein Blick auf mir ruhte, nickte unmerklich, wartete scheinbar unendlich lange, bis er wegschaute.

Jetzt trat er hinter das ausladende Pult. Die Tür hatte er offen gelassen. Er wußte, daß der Mann vorne links die Tür schließen würde, was dieser auch diskret erledigte und dann auf Zehenspitzen an seinen Platz zurückkehrte.

Harald Waffler griff zur Kreide, und halb ins Profil gedreht, in der Manier, die mir bereits vertraut war, schrieb er über seine linke Schulter eine lange Zeile von Nullen auf die Tafel hinter sich.

»Nullen, lauter Nullen«, sagte er und wandte sich seinen Zuhörern zu.

Es war still. Eine Frau, die sich schneuzen wollte, erstarrte in ihrer Bewegung, hielt stumm ihr Taschentuch an die Nase und steckte es dann wieder ein, ohne die Nase geputzt zu haben.

Waffler lächelte unmerklich.

»Nullen bedeuten nichts!« sagte er in die Stille hinein.

Niemand rührte sich. Alle starrten auf die geschlossenen Pultdeckel, hinter denen sie gefangen saßen.

»Nullen bedeuten gar nichts!« sagte Harald Waffler noch einmal und schaute in meine Richtung. Aber es war Zufall. Er hatte mich nicht erkannt.

Er schrieb eine große rote Eins vor die vorderste Null.

»Viele Nullen und eine einzige einsame Eins davor. Sie wertet die Nullen auf! Sie macht sie zur gefährlichen Macht!«

Die Leute rührten sich noch immer nicht. Die meisten unter ihnen waren zum zweitenmal da und wußten, daß sie sich gedulden mußten, bis der unnahbare Mann zur eigentlichen Sache kam.

»Tausende von Arbeitslosen erwarten uns: Sie! Sie, vielleicht Sie!« Sein Zeigefinger stach in die Menge. Er verharrte auf mir. Ich bewegte mich nicht.

»Arbeitslosigkeit heißt Null-Arbeit, meine Damen und Herren!«
Jetzt wurden die Leute unruhig.
»0-Arbeit bedeutet Null-Steuern. 0-Arbeit bedeutet aber auch Null-Macht! Es sei denn die Nullen formieren sich. Sie wählen sich einen, der ihre soziale Stellung aufwertet!«
Harald Waffler schwieg. Er hatte leise gesprochen. Aber kein Wort war verlorengegangen.
Er drehte sich um, öffnete seinen Diplomatenkoffer und zog ein Bündel mit beschriebenen Blättern heraus. Der Mann vorne links sprang beflissen auf, packte das Bündel und begann, die Zettel zu verteilen. Es war eine Anleitung zum Ausfüllen von Steuerformularen. Ganz unten auf der zweiten Seite stand: Kostenlose Beratung. Telefon: 60 07. Waffler kam zur Sache.

39

»Stell deinen Mann!«
Dieser Satz klingt mir in den Ohren.
Ich sitze in der dritten Reihe neben einem kurzgeschorenen Jungen. Ich starre auf meine Griffelschachtel, auf der ein Fußballer abgebildet ist. Aber die Griffelschachtel ist heute noch nicht gefragt. Auch nicht meine schwarze Schwammbüchse, in der ich auf Anraten meiner Mutter einen Bohnenkeimling versteckt habe.
Der erste Schultag.
Die Lehrerin hat einen Osterhasen an die Wandtafel gemalt.
»Osterhase«, sagte sie und zeigt lange eine kreisrunde feuchte Mundöffnung, bis sie den Rest des Wortes nachliefert.

Mein Vater, der als Beobachter in der letzten Bankreihe sitzt, stößt verächtlich Luft durch die Nase aus. Er ist der einzige Mann im Schulzimmer. Die anderen Kinder sind von ihren Müttern begleitet worden.

»O!« sagt die Lehrerin, und ihr Kinn wird ganz faltig.

»O!« rufen wir im Chor, bis uns die Stimme versagt.

»Wer will ein Osterhasen-O an die Wandtafel malen?«

»Ich!« ruft mein Banknachbar.

»Arm heben!« sagt die Lehrerin milde.

»Ich!« ruft da mein Nachbar noch einmal und streckt dazu seinen Arm in die Höhe.

»Komm!«

Er stürmt auf die Tafel zu, greift sich eine leuchtend gelbe Kreide und wuchtet mit weitausholender Kreisbewegung über alle vorgezeichneten roten Karos ein gewaltiges O auf die Tafel.

»Bravo!« höre ich meinen Vater hinter mir murmeln. Er klopft mit den Fingerknöcheln auf den Pultdeckel. Ich verstehe die Aufforderung.

»Wer noch?«

Ich strecke stumm den Arm in die Höhe, aber nicht mit spitzem Finger, sondern mit der geballten Faust.

Die Lehrerin macht einen schnellen Schritt auf mich zu und zwingt mit ihrer knöchernen Hand den Zeigefinger aus meiner Faust.

»Wo hast du das gelernt?« flüstert sie mir zu.

»Von meinem Vater«, flüstere ich zurück.

Sie zuckt zusammen, wirft einen vorsichtigen Blick über meine Schulter auf den Mann in der Schulbank, der hörbar den Pultdeckel zuschlägt.

»Wie heißt du?« fragt die Lehrerin.

»Volker Neumann«, sage ich.
»Komm Volker! Schreib uns ein schönes Osterhasen-O auf die Wandtafel!«
Ich quetsche mich aus der Bank. Ich fühle seinen Blick in meinem Rücken, als ob er mir ein Loch in den Rücken brennen wollte! Auf dem Tisch steht eine offene Schachtel mit Kreidestücken in allen Farben. Ich zögere, berühre mit dem Zeigefinger die einzelnen Kreiden, entschließe mich dann endlich für die rote Kreide, gehe zur Wandtafel, hole aus und lasse den Arm wieder sinken. Die schwarze Tafel erschlägt mich. Die kleinen roten Häuschen, in die man beim Rechnen die Zahlen zu setzen hat, sind wie ein unendliches Gitter.
»Ein O!«
Es ist die Stimme meines Vaters, der die Stille sprengt.
Ich hebe die Hand. Ich zittere. Und dann setze ich an, male vorsichtig ein kreisrundes O, setze es genau in ein Häuschen, ein rotes O in einem roten Karo, das es verschluckt.
Ich lege die rote Kreide sorgfältig in die Schachtel zurück und gehe mit gesenktem Kopf an meinen Platz zurück.
»Angsthase!« zischt er mir zu.
»Feigling! Scheißer! Drückeberger! Hasenfuß!« sagt er dann zu Hause.
Ich stehe mit meinem riesigen Tornister auf dem Rücken vor ihm. Ich hätte jetzt gern den Tornister von meinen schmerzenden Schultern genommen und daran gerochen, das Seehundfell gestreichelt.
»Kennst du die Parole der Woche?«
Ich schüttle den Kopf.
»Bist du nicht am Postamt vorbeigegangen?«
Ich nicke.

»Und warum hast du nicht gelesen, was da steht?«
»Ich kann noch nicht lesen! Es war doch heute der erste Schultag!«
Ich lüge. Er weiß nicht, daß ich lesen kann.
Er beißt sich wütend auf die Lippen. Die Logik, von der er soviel hält, hat ihn im Stich gelassen.
»Wir haben alle nur einen Willen: Sieg um jeden Preis! – Wiederhole!«
»Wir haben alle nur einen Willen: Sieg um jeden Preis«, wiederhole ich gehorsam.
»Wie viele O's sind in diesem Satz?«
»Keine!« sage ich schnell.
Er überlegt. Er ist enttäuscht. Kein einziges O. Keine Möglichkeit, die Parole pädagogisch zu nutzen.
»Was für ein klägliches O du an die Tafel gezeichnet hast!«
»Geschrieben«, wende ich ein. »O ist ein Buchstabe!«
Er schaut überrascht auf. Ich habe recht. Er steht auf und holt ein riesiges Stück Pappe hinter dem Schrank hervor, befestigt es mit Reißzwecken an der Wand. Dann öffnet er seine Hand. Ich starre auf drei Farbstifte.
»Was für Farben sind das?« fragt er.
«Schwarz. Rot. Grau!«
»Weiß!« korrigiert er schnell.
»Grau! Das ist grau! Wie der Kirchturm draußen.«
»Ich habe keinen weißen Farbstift. Es ist Krieg!«
Ich nicke gehorsam.
»O wie Osterhase. Was für eine unbedarfte pädagogische Methode! O wie Oder. O wie Obrigkeit. Wie Odem. Wie Offensive. Wie Offizier. Wie Optimismus. Wie Ordnung. Wie Organisation. Wie Ozean ... Los! Schreib ein O auf den Karton. Ein großes O!«

Ich greife nach dem roten Farbstift und zeichne ein O auf den Karton. Eine gequetschte Pflaume.
Er schüttelt den Kopf und hält mir den grauen Farbstift hin.
»Größer! Runder!«
Ich kreise und kreise.
Er schreit: »Weitermachen!«
Mein Arm schmerzt. Rote Kreise drehen vor meinen Augen.
»Stell dir vor, du malst eine Weltkugel!« Er drückt mir den schwarzen Farbstift in die Hand. »Eine rot-weiße Erdkugel! Und mittendrin das schwarze Hakenkreuz.«
Mein ganzer Körper rotiert. In meinen Schultergelenken kracht es.
»Größer!« ruft er. »Da stehen unsere Soldaten furchtlos dem Feind gegenüber. Da opfern sie ihr Blut für unseren Führer und unser Vaterland! Und da kommt mein feiger, ängstlicher Sohn und quetscht ein beinah unsichtbares O in ein einziges Häuschen auf der Tafel!«
Die Spitze des Farbstifts bricht ab.
»O wie Ohrfeige!« sagt er mit unheimlicher Ruhe.
Er hebt die Hand. Ich zucke zurück.
Ich laufe davon. Ich spüre den Schlag seiner geballten Faust auf dem Schultornister. Es klingt hohl. Die Schwammbüchse hüpft auf und ab. Die Griffel klappern in der Schachtel.

40

Als Rolf über die Treppe nach unten stieg und dann in Richtung Bahnhof ging, folgte ich ihm. In der Bahnhofsgaststätte suchte er vergeblich einen freien Platz an der Wand. Ich sah die strenge Falte über seiner Nasenwurzel, signalisierte seinen Unwillen, als er sich mitten in den Raum neben einen jungen Angestellten der Reichsbahn setzen mußte.

Ich beobachtete ihn vom Eingang aus.

Die Serviererin stellte ein Bier vor ihn auf den Tisch. Der Reichsbahnangestellte bewegte die Lippen: »Prost!«

Rolf reagierte nicht. Er führte das Glas langsam zum Mund und trank. Schaum klebte ihm an den Lippen. Er wischte ihn wie andere Leute mit dem Handrücken weg. Ein kleiner Rest zitterte an der rechten Oberlippe. Er schien es nicht zu bemerken. Er versank in den Geräuschen, in Wortfetzen, dem Klirren von Gläsern, dem Klappern von Besteck. Der Schaumrest verzerrte seine Züge. Er brachte sein Gesicht aus dem Gleichgewicht.

Ich wandte mich ab.

»Kein Platz mehr frei?«

Es war der Mann mit der gelben Wolljacke.

Ich schüttelte den Kopf.

»Ein beeindruckender Mann!« sagte er.

Ich wußte, daß er Rolf meinte, aber ich hob fragend die Schultern.

»Wer?«

»Waffler! Dort sitzt er!«

Er machte eine Kopfbewegung in Rolfs Richtung.

»Ach!«

Ich wandte mich ab. Vielleicht würde mich meine Stimme verraten.

»Tschüs!«

Ich drängte an ihm vorbei hinaus. Ich spürte, daß er mir nachschaute, wie ich mit durchgedrücktem Kreuz und kleinen energischen Schritten durch die Bahnhofshalle schritt.

Ich hätte Rolf länger beobachten müssen, um hinter seine Maske sehen zu können. Beim Trinken. Beim Essen vor allem. Wenn beim Kauen seine Wangen aufquellen, sein Gesicht wie geschwollen wirkt. Wenn sein Haaransatz im Rhythmus der Kaubewegung auf und ab tanzt.

Erst draußen auf dem Bahnhofsplatz fragte ich mich, ob der Mann mit der Wolljacke in der Zeit, als ich Rolf beobachtet hatte, mich seinerseits nicht aus den Augen gelassen hatte?

Endlich kam Rolf, zwei Minuten bevor der Zug nach Zwikkau abfuhr. Er ging langsam, nachdenklich. Sein Gesicht war verschlossen. Er war wieder unangreifbar. Der Mann in der Wolljacke stand halb verdeckt hinter einem geparkten Auto und schaute ihm nach. Ich ging zurück zur »Kammer der Technik« und fuhr mit Heikes Trabi nach Zwickau.

Die Dämmerung legte sich über die Landschaft, milderte manches, was am Tag erschreckte, Baulücken, zerfallene Gemäuer, Abfalldepots.

Es war dunkel, als ich den Wagen auf dem Parkplatz vor Heikes Haus abstellte. Ich blieb am Steuer sitzen und schaute mich um, konnte aber nichts Verdächtiges entdekken. Ich kroch aus dem Wagen und wechselte im Schutz der andern Autos die Nummernschilder wieder aus, steckte das falsche unter meine Jacke und ging davon, über den Platz zur Milchbar. Es saßen nur noch wenige Leute stumm und

allein an ihrem Tischchen. Der alte Mann war nirgends zu sehen.
»Ein Bier«, sagte ich zu der Frau in der weißen Schürze, die mich hinter dem Tresen beobachtete. »Kann ich hier telefonieren?«
Sie zeigte stumm in eine düstere Ecke.
6007.
Zwei Nullen in einer einzigen Telefonnummer. Aber die Zahl vor den Nullen ist entscheidend, hatte Rolf gesagt.
Ich hörte den Summton. Dann ein Knacken.
»Hier spricht Harald Waffler über den automatischen Telefonbeantworter. Bitte hinterlassen Sie Ihren Namen, Ihre Adresse und, wenn möglich, Ihre Telefonnummer. Ich nehme umgehend Kontakt mit Ihnen auf. Ich danke Ihnen für Ihren Anruf.«
Es knackte in der Leitung.
Das alkoholfreie Bier schmeckte nicht. Ich zahlte und ging. Vor mir schlenderte eng umschlungen ein junges Paar, das sich Schritt für Schritt, von Schaufenster zu Schaufenster, eine Aussteuer herbeiredete. Aber da war nicht viel, was ihnen gefallen konnte. Und trotzdem beneidete ich die beiden um ihre Nähe. Zum erstenmal, seit ich in meiner alten Heimat war, fühlte ich mich einsam.
Ich bemühte mich, nicht auf die Fugen zwischen den Bordsteinen zu treten. Magische Kindheitserinnerungen zwangen mir einen unnatürlichen Gang auf. Und plötzlich wußte ich, daß ich dieses andere Deutschland, aus dem ich stammte, nicht mehr wollte. Ich hatte über zwanzig Jahre drüben gelebt, ich war als einer von hier durch den Fluß geschwommen. Als Kundschafter des Friedens hatte ich den Kalten Krieg in dieses andere Deutschland hineingetragen, aber im Laufe der

vielen Jahre war ich einer von denen geworden. Wie könnte ich mich auch nach einem Vaterland zurücksehnen, das ich aus meiner Erinnerung tilgen mußte? Gerüche, Bilder und Töne, die sich in der Erinnerung festhaken, machen noch nicht Heimat aus. Ich hatte damals, während meiner kurzen Zeit als Lehrer in Zwickau, nie mit Schülern ein Gespräch über ihr Bedürfnis nach unorganisierter Freizeit zugelassen. In wenigen Sätzen hatte ich sie in die zementierte Welt des Marxismus-Leninismus zurückbeordert, in der ich mich damals noch aufgehoben fühlte. Doch jetzt war mir Zwickau fremd geworden. Äußerlich hatte sich nichts verändert. Ich selbst war ein anderer geworden!

»Zimmer zu vermieten.«

Die kleine Mitteilung, in roter zittriger Schrift auf einem Karton, elektrisierte mich. Das Haus lag an der Schumannstraße, Wafflers Büro gegenüber.

Ich drückte auf die Türklinke. Das Neonlicht im Schaufenster daneben flackerte. Ich stolperte über einen Kinderwagen. Ich hatte keinen Koffer bei mir, keine Tasche. Nichts. Heike würde mir meinen Koffer bringen.

»Ja?«

Die Frau war alt und verhutzelt. Aber sie hatte freundliche Augen, in denen sich Mißtrauen eingenistet hatte.

»Sie haben ein Zimmer zu vermieten?«

Ich hielt ihr den Karton mit der Anzeige entgegen.

Sie nickte und nestelte an ihrer schwarzen Schürze herum.

»Für wie lange?«

»Ich weiß es nicht! Aber ich zahle einen Monat im voraus.«

Ein glückliches Lächeln glättete für Sekundenbruchteile ihre Falten.

»Genügen zweihundert Mark?«

Sie hob abwehrend die Hände.
»Das ist zuviel! Das Zimmer ist klein und geht zur Straße.«
»Macht nichts!«
»Wann möchten Sie einziehen?«
»Gleich, wenn ich darf!«
»Das Bett ist noch nicht bezogen!« Sie wackelte aufgeregt mit dem Kopf.
»Ich helfe Ihnen!«
Ich drängte mich behutsam in den Flur. Es roch nach Kampfer. Ein riesiger schwarzer Schrank mit gedrechselten Füßen schluckte das kümmerliche Licht der Deckenlampe.
Die Frau drehte sich um und öffnete die schwere Schranktür. Weiße Laken, mit einem rosafarbenen Band umwickelt, lagen fein säuberlich in Stapeln übereinander. Und ganz oben auf dem Stapel sah ich ein schwarzes Futteral.
»Sie sind bewaffnet?« fragte ich lächelnd.
Sie drehte sich schnell um und schaute mich verdutzt an.
»Da oben! Die Pistole!«
»Ach so!«
Sie schien erleichtert zu sein.
»Die Pistole meines verstorbenen Mannes. Er war bei der Wehrmacht. Hauptmann!«
Sie fuhr sich mit einer schnellen Bewegung über die Augen, wischte resolut alles weg, was wie von weither auf sie eindrang.
»Waffen wirft man nicht weg. Ich weiß nicht, warum das so ist. Ich habe seine Kleider weggegeben, seine Uhr verschenkt, seine Brille weggeworfen. Aber die Pistole konnte ich einfach nicht weggeben. Ich dachte, daß sie bei mir immer noch besser aufgehoben ist als bei einem jungen Menschen. Täusche ich mich, Herr...?«

Sie stockte. Ihr war bewußt geworden, daß ich meinen Namen nicht genannt hatte, und plötzlich war dieses kleine Mißtrauen wieder in ihre Augen zurückgekehrt.
»Robert Bergemaier aus München.«
»Aus München kommen Sie? Von drüben! Als junge Frau war ich mit ihm zusammen auf dem Oktoberfest! Mit Bier haben Sie wohl nichts zu tun?«
»Unternehmensberatung.«
Sie schien enttäuscht zu sein. Einer von den modernen Welteroberern, mochte sie denken. Sie schloß die Schranktür, indem sie sich mit ihrem ganzen zerbrechlichen Körper dagegen stemmte.
»Bitte, warten Sie in der Küche, Herr Bergemaier. Ich möchte nicht, daß Sie dabei sind, wenn ich Ihr Bett beziehe.«
Ich saß in der engen Küche, hörte das monotone Tropfen des Wasserhahns, verirrte mich in den Landschaften, die die Wasserflecken an der Wand bildeten und erschnüffelte die Gerüche, die auch Großmutters Küche besetzt gehalten hatten. Ich sah die halbleere geblümte Kaffeetasse auf dem mit einem blauweißkarierten Wachstuch bezogenen Tisch. Automatisch wischte ich mit der Handfläche ein paar Brotkrümel auf den Boden. Ich roch an meiner Hand. Es war der säuerliche Geruch, den ich von früher her kannte: Wenn man mit einem feuchten Abwaschlappen über ein Wachstuch wischt.
»Bitte, Herr Bergemaier!«
Auf dem prallen, blendend weißen Kissen lag ein Apfel.

41

Bis über Mitternacht hinaus saß ich hinter den geschlossenen Fensterläden, ohne Licht im Zimmer anzuzünden. Durch eine Ritze beobachtete ich das Haus schräg gegenüber. Es blieb stumm. Nirgendwo brannte ein Licht. Ab und zu ging eine einsame Gestalt vorbei. Aber nie blieb einer stehen oder ging gar hinein.

Genau zwanzig Minuten nach Mitternacht kam er. Seine hagere hohe Gestalt schälte sich aus den Schatten der Bäume beim Schwanenbrunnen, war im Licht der Straßenlaternen zu sehen, verschwand für einige Zeit wieder, als sie die Straße überquerte und bog dann in die Schumannstraße ein.

Rolf blieb stehen, langte in die Tasche, holte eine Zigarette und Feuerzeug heraus, knipste es an. Der Reflex des Feuers sprang in seine Augen. Sein Gesicht verschwand für einen Moment in einer Rauchwolke, setzte sich dann langsam wieder zur Maske zusammen. Der Augenblick der Müdigkeit war vorüber.

Er hatte sich immer eine Zigarette angesteckt, wenn er ein Gespräch für beendet betrachtete. Das waren die einzigen kurzen Augenblicke der Schwäche gewesen – in dieser Mikrosekunde, in der sich Geist und Körper aufzulösen schienen wie in einer Miniform von Sterben. Diese haarrißdünne Schnittstelle hatte kaum jemand registriert – außer mir.

Danach ging er ruhig auf das Haus zu, wo Harald Waffler seine Steuerangelegenheiten betrieb und Kunden beriet. Er drehte den Kopf kaum aus der Schrittrichtung, als er die Umgebung prüfte. Dann streckte er, unter der Straßenlaterne angekommen, seinen rechten Arm aus, bis die Armbanduhr unter dem zurückgerutschten Mantelärmel sichtbar wurde,

winkelte den Arm schräg nach oben an, tat so, als ob er im Lampenlicht die Uhr lesen wollte, beobachtete dabei aber in einem kleinen Spiegel, der das Zifferblatt abdeckte, das Feld in seinem Rücken.
Alles war wie früher. Eine Demonstration, wie man Observanten ortet. Er würde jetzt am Haus vorbei weitergehen, würde in einem Hauseingang verschwinden, mit den Schlüsseln klimpern und dort einige Minuten warten. Dann würde er wieder zurückkommen, dabei aber seine Gangart verändern. Er würde jetzt hasten, wie einer, der irgendwo etwas hat liegenlassen. Er würde auch diesmal am Haus vorbeigehen und dann irgendwo im Dunkel untertauchen. Jetzt würden die Beobachter ihre Deckung verlassen, weil sie nicht mehr damit rechneten, daß er sich umdrehen könnte.
Ich kannte Rolfs Taktik.
Er hielt sich genau an das, was er doziert hatte. Er schlug seine Volten, wechselte die Standorte, um die Umgebung in den Griff zu bekommen. Er war sich sicher, daß ich ihn von irgendwoher betrachten würde, aber er kannte meinen Standort nicht. Und sicher vermutete er mich nicht da oben im zweiten Stockwerk bei der alten Frau, da ich unter einem Vorwand noch einmal auf die Straße hinuntergegangen war und das Schild »Zimmer zu vermieten« wieder neben der Haustür befestigt hatte. Diese Tafel mußte ihm ein Dorn im Auge sein. Beim letztenmal, als ich in der Moccabar gesessen hatte, war sie noch nicht dagewesen. Daran erinnerte ich mich genau, und meine Vermieterin hatte mir denn auch bestätigt, daß ihre letzte Mieterin, eine Bankkauffrau aus dem Allgäu, gestern wieder nach Hause zurückgekehrt sei.
»Rechne immer mit allen Möglichkeiten. Unterschätze nie deinen Gegner!«

Seinen Observationsmethoden war er treu geblieben. Rolf würde dieses Zimmer unter irgendeinem Vorwand mieten wollen. Er würde sich morgen nach dem freien Zimmer erkundigen. Aber morgen würde die Tafel verschwunden sein. Er würde die alte Frau fragen, wer denn das Zimmer gemietet habe. Und die alte Frau würde eine Antwort geben, die ich für sie präpariert hatte: »Robert Bergemaier, Unternehmensberater aus München. Kurzhaarig. Blond. Nein, keine Brille.« Würde sich Harald Waffler an den Mann unter seinen Zuhörern in der »Kammer der Technik« erinnern? Er würde sich erinnern. Aber die Beschreibung der Frau war nicht präzise genug. Er würde den Mann selber sehen wollen, der das Zimmer gemietet hatte. Aber der Mann würde sein Zimmer nicht verlassen. Er war krank. Fieber. Gliederschmerzen.
Rolf verschwand im Schatten des ausladenden Baumes, der im Vorgarten stand. Zwei Minuten später drang im zweiten Stock gedämpftes Licht durch ein Fenster. Aber nicht lange. Dann war das Haus wieder leblos wie zuvor. Nur die weißen Schlangenlinien auf den Fensterscheiben schienen sich zu bewegen.
In dieser Nacht schlief ich tief und fest. Autogeräusche weckten mich gegen sieben Uhr. Ich linste durch die Ritze im Fensterladen. Im Haus drüben bewegte sich nichts.
»Darf ich einen Tee haben, Frau Rupert?«
Ich öffnete die Tür zum Flur nur einen Spalt weit. Ich hörte ihr Trippeln.
»Sind Sie krank?« flüsterte sie vor meiner Tür.
»Ich habe Gliederschmerzen. Und wahrscheinlich Fieber!«
»Ich kenne ein Hausmittel!«
»Nicht nötig!«
Die Tür wurde sachte zugezogen. Ich schlüpfte wieder ins

Bett und zog die Decke über die Ohren, wartete, bis sie leise anklopfte, dann die Tür vorsichtig öffnete und ein Tablett mit einer Tasse Kräutertee hineinschob.
Kurz vor acht Uhr betrat die erste Person das Haus gegenüber. Es war eine Frau mit wippendem Pferdeschwanz, der mit einer hellblauen Schleife zusammengebunden war. Sie betrat ohne Zögern den kleinen Vorgarten und verschwand dann im Haus.
Zwanzig Minuten später blieb ein breitschultriger junger Mann vor dem Haus stehen, zog auffällig einen Zettel aus der Tasche, verglich den Text darauf mit den Informationen, die er von der weißen Tafel ablesen konnte, steckte den Zettel wieder ein, stockte, strich sich mit der Hand flüchtig über das wellige Haar und ging dann zögernd auf die Tür zu.
Ich kannte den Mann nicht, jedenfalls war er mir bis dahin nirgends aufgefallen. Ich notierte die Uhrzeit und verfaßte eine kurze Personenbeschreibung. Fünf Minuten darauf erschien eine Frau mit randloser Brille und einem mageren blassen Gesicht. Sie absolvierte dasselbe Ritual wie ihr Vorgänger.
Dann blieb es eine Weile ruhig, bis ich drüben einen Mann mit forschen Schritten das Haus betreten sah, der mir hinter dem Ladentisch im Reisebüro aufgefallen war.
Ein paar Minuten vor zehn Uhr verließ die junge Frau mit dem Pferdeschwanz das Haus und ging zur Moccabar hinüber. Bald darauf setzte sich ein kleiner rundlicher Mann in ihre Nähe, den ich am Vorabend in der »Kammer der Technik« gesehen hatte. Er war es gewesen, der immer so wieselflink die Tür geschlossen und die Zettel mit den Steuerinformationen verteilt hatte.
Bis zum Mittag hatte ich fünfzehn Bewegungen registriert.

Um ein Uhr ging Rolf ebenfalls zur Moccabar hinüber, setzte sich dort zu einem westlich gekleideten Mann an den Tisch, dessen Gesicht von einer Zeitung verborgen war. Rolf bestellte etwas zu trinken, der Mann neben ihm stand auf, warf seine Zeitung nachlässig auf den Tisch und ging davon. Rolfs Hand lag schon auf der Zeitung, bevor der andere seinen Fuß auf die Treppe gesetzt hatte. Der übliche Austausch von Informationen, abgelutscht, unoriginell.

Rolf trank seinen Kaffee aus und ging ins Haus zurück.

An diesem Nachmittag betraten noch weitere dreizehn Personen das Haus. Vier davon waren mir schon in Chemnitz aufgefallen, und sie verhielten sich, als sie vor dem Haus standen, anders als die echten Kunden. Und sie verließen das Haus auch schneller wieder als die andern.

Um fünf Uhr sah ich Rolf das Haus verlassen und über die Straße auf das Haus zukommen, von dem aus ich ihn beobachtete. Er klingelte an der Wohnungstür. Ich schlüpfte ins Bett. Ich hörte, wie er sich draußen nach dem zu vermietenden Zimmer erkundigte. Und als er hörte, daß es bereits vermietet sei, erkundigte er sich, ob ihm denn ausgerechnet sein Bekannter aus Kaiserslautern zuvorgekommen sei. Aber die Alte verweigerte ihm jede Auskunft. Erstens gehe es ihn nichts an, an wen sie ihr Zimmer vermiete, und zweitens komme der Mieter aus München und nicht aus Kaiserslautern.

»Also ein Bierbrauer«, hörte ich Rolf lachend sagen.

»Ein Unternehmensberater oder so ähnlich«, entgegnete sie.

»Aha, einer von dieser bebrillten intellektuellen Sorte«, höhnte Rolf.

»Erstens ist er nett, und zweitens trägt er keine Brille!«

»Darf ich das Zimmer trotzdem einmal sehen?« fragte er. Ich stellte mir vor, wie er die Alte beiseite schob und auf die

Zimmertür zuging. Ich hatte den Schlüssel gedreht und verhielt mich still.
»Unverschämt!« Die Stimme der Alten überschlug sich.
»Haben Sie keinen Schlüssel?« fragte Rolf ruhig.
»Den Schlüssel hat der Mieter. Und der ist weggegangen. Und Sie verlassen jetzt mein Haus auch!«
Gutgemacht.
Rolf schien zu resignieren. Er trat den Rückzug an.
Sie warf die Tür hinter ihm ins Schloß: »Flegel!« Und dann schlich sie auf Zehenspitzen in die Küche, um ihren kranken Untermieter nicht zu stören.
Rolf überquerte die Straße, ging noch einmal ins Haus zurück und erschien dann eine Stunde später wieder. Er ging die Schumannstraße hinunter und bog dann in die Innere Plauensche Straße ein.

42

Um sechs Uhr saß ich in der Milchbar am Hauptmarkt, dem Rathaus gegenüber. Ich wartete eine Viertelstunde. Aber Heike kam nicht. Sie hätte sich stumm an meinen Tisch gesetzt und mir unauffällig den Gepäckaufbewahrungsschein zugesteckt, mit dem ich meinen Koffer am Bahnhof wieder hätte auslösen können. Jetzt war ich eine weitere Nacht ohne Koffer.
Um Viertel nach sieben ging Rolf am Rathaus vorbei. Die Stadt begann, sich zu leeren. Ich zögerte. Wenn Heike etwas zugestoßen war! Doch ich wußte, daß mich Rolfs Leute in ihrer Wohnung erwarten würden. Oder in der Umgebung. Aber die Unruhe trieb mich auf den Wohnblock zu.

Von außen war kein Licht in Heikes Wohnung zu sehen. Ich bewegte mich zwischen den geparkten Autos so nahe wie möglich an das Haus heran. Noch hatte ich ja einen Schlüssel. Brenners Jacke trug ich jetzt wieder auf der rechten Seite, seine Mütze hatte ich in die Jacke gesteckt. Ich ging leicht hinkend auf das Haus zu. Eine Frau schaute sich erschreckt nach mir um und machte dann einen großen Bogen. Von der Brücke her dröhnte der Verkehr.
»Und schrieb und schrieb an weißer Wand Buchstaben von Feuer und schrieb und schwand!« Heines *Belsazar* holte mich ein, als ich das Treppenhaus betrat und das Wort STASISCHWEIN sich aus der Wand zu lösen schien. Ich blieb vor der Wand stehen und lauschte. Nichts. Ich bewegte mich nahe der Mauer langsam aufwärts.
Vor Heikes Wohnungstür blieb ich stehen. Es war möglich, daß mich jemand von der Nachbartür durch den Spion beobachtete. Ich drückte versuchsweise auf die Türklinke. Erfolglos. Ich preßte mein Ohr ans Holz und lauschte. Aber ich hörte nur das Rauschen meines eigenen Blutes und das heftige Klopfen meines Herzens.
Vorsichtig steckte ich den Schlüssel ins Schloß, drehte ihn um, horchte dem Klicken nach, wartete und öffnete dann die Tür, stieß sie mit dem Fuß auf und trat wieder einen Schritt zurück. Es war dunkel in der Wohnung. Ein Wasserhahn tropfte. Es roch süßlich nach Badewasser.

43

Heike kniete vor der gefüllten Badewanne. Ihr schwarzes durchsichtiges Nachthemd war am Rücken zerrissen. Ihre Haut war schwammig. Das regenbogenfarbene Etikett hatte sich aufgestülpt. »BeHappy«. Ihre Gesäßbacken hingen ausladend auf ihren Oberschenkeln.
Ich tauchte meine Hand in das kalte Badewasser, auf dessen Oberfläche ein krauses Haarbüschel schaukelte. Heikes Arme und Hände schwammen scheinbar mehrfach vergrößert und aufgedunsen im lila gefärbten Wasser. Auf dem Boden der Wanne lag eine glitzernde Perle, die auf einen goldenen Dorn gespießt war. Die Spitzen von Heikes Haaren, die durch einen weißen Frotteering zusammengehalten wurden, flimmerten wie Geißeltierchen unter dem Mikroskop. Schulerinnerungen.
Heike war ertrunken. Ertränkt.
Brenners Frau war tot.
Ich berührte das dumpfe Fleisch an ihrem Rücken. Es hatte seine Qualität verändert. Ich konnte mir nicht mehr vorstellen, daß meine Hände sich an ihrem Rücken festgeklammert hatten. Und je länger ich auf die tote Frau starrte, desto größer wurde mein Entsetzen.
Ich hatte Rolf nie wirklich kennengelernt. Nie wäre mir der Gedanke gekommen, daß dieser kultivierte und gebildete Mann imstande sein könnte, ein Todesurteil auszusprechen. Daß er veranlassen könnte, jemanden zu foltern, um Informationen aus ihm herauszupressen.
»Wo ist er?«
Sie saß auf dem Rand der Badewanne und schüttelte den Kopf. Die Armaturen blitzten. Sie hatte sie poliert, bevor sie

das Wasser hatte einlaufen lassen. Die Stimme des Mannes war ohne Echo. Er flüsterte nur.

»Neumann!«

»Ich kenne keinen Neu–!«

Er preßte seine Hand auf ihren Mund. Die männliche Endung meines Namens erstarb. Er drehte den Wasserhahn wieder auf.

»Sprich leise!«

Sie wandte sich ihm langsam zu. Er sah die Angst in ihren aufgerissenen Augen. Er nickte befriedigt. Es war wie in einem Operationssaal. Er kannte die Abläufe. Er wußte, wo er anzusetzen hatte. Er zeigte ihr sein Gesicht. Sie hätte ahnen können, daß er ihr keine Gelegenheit geben würde, es irgendwo ein zweites Mal zu sehen, im Büro eines Kriminalbeamten dieses Gesicht Stück für Stück aus ihrem gemarterten Hirn quälen zu lassen, bis es sich wieder zu einem Ganzen zusammenfügen würde, wobei nichts mehr von der kalten Mordlust festzustellen wäre, die sie zu Tode erschreckt hatte: das Phantombild eines Mannes, den sie nicht wiedererkannte.

Er drängte sie mit seinem Körper an den Rand der Badewanne. Sie spürte seinen prallen Geschlechtsteil an ihrem Gesäß. Ihr tödliches Erschrecken, ihr Ekel wurden sekundenschnell von der verzweifelten Begehrlichkeit verschüttet, mit der sie sich ans Leben klammerte. Der Griff seiner Finger in ihrem Nacken, der sie langsam nach unten zwang, holte sie zurück. Sie vernahm mit geschärftem Gehör das prickelnde Geräusch, mit dem die Schaumblasen des Badezusatzes explodierten. Zwischen den sich zersetzenden gallertartigen Gebilden kam das lilafarbene Wasser immer näher.

»Neumann oder Brenner. Einerlei! Wo ist er?«

»Tot!« gurgelte sie und tauchte unter.
Ich wandte mich ab. Wie lange hatte er gebraucht, bis er die beiden Biographien voneinander getrennt hatte, seziert, freigelegt? Wie oft hatte er ihren Kopf ins Wasser getaucht, bis sie endlich jenen Brenner aus sich herausgewürgt hatte, der ihr den andern, verbrauchten, abgelebten ersetzt hatte? Jenen Brenner, der ihr Leben mit seiner angereicherten Biographie veredelt hatte?
»Wo ist Brenner?«
»In der Milchbar!«
»Wie sieht er aus?«
»Kurzgeschoren. Hellblond. Dreitagebart. Ohne Brille.«
Der Mann hatte ihr den toten Brenner endgültig ausgetrieben und ihn durch seinen Doppelgänger ersetzt. Er hielt die letzten Augenblicke ihres Lebens besetzt, so lange, bis sie nur noch mit Wasser gefüllt war und ihn in ihrem Innern ertränkt hatte.
Ich schloß leise die Tür hinter mir und ging ins Wohnzimmer. Ich setzte mich auf das rote Sofa aus Kunstleder. Es war wie im Wartezimmer eines Arztes. Auf dem Teetischchen lagen zerlesene Heftchen.
»Möchten Sie etwas trinken?« hatte sie gefragt. Hatte es erwartungsvoll geklungen?
Ich stand auf und ging in die Küche. Im Kühlschrank lag auf dem obersten Regal eine letzte Flasche. Auf dem Küchentisch stand ein halbgefülltes Sektglas. Ich roch daran. Sie hatte mit Limonade ihre Gegenwart wegzuprosten versucht. Ich öffnete den Küchenschrank, starrte auf die drei Biergläser, streckte die Hand aus und ließ sie dann wieder sinken. Brenner war tot. Heike war tot. Ihre gemeinsame Wohnung hatte den Charakter eines Museums. Der Gedanke, daß ich ir-

gendwo auf einem Glas den Abdruck ihres Lippenstifts entdecken könnte, irritierte mich.
Ich lag auf dem Sofa und angelte von Zeit zu Zeit nach der Bierflasche auf dem Tischchen. Hier würden mich Rolfs Leute nicht suchen. Durch das Balkonfenster fiel schräg schummeriges Licht ein und klammerte einen Strauß künstlicher Rosen aus dem Dunkel aus. Als die Flasche leer war, stand ich auf. Unruhe hatte mich erfaßt und trieb mich durch die Wohnung. Vom Wohnzimmer in die Küche, von der Küche ins Schlafzimmer, vom Schlafzimmer zurück ins Wohnzimmer. Das Badezimmer mied ich.
Ich nahm all das wahr, was zu Heikes Leben gehört hatte. Über der Lehne des hellgrünen Sessels mit den gedrechselten Beinen im Schlafzimmer hing ihr »Bus-Tier«. Auf dem Schrankspiegel war ihr Handabdruck zu erkennen. Die schwarzen Schuhe mit der Samtschleife standen unter dem Sessel, die Spitzen gegeneinander.
Auf dem Nachttisch lag ihr Ohrring in Form einer schwarzen Träne. Ein Fläschchen mit Nagellack stand daneben. Es war offen, und der kleine Pinsel lag auf einem halbzerknüllten Papiertaschentuch. Der blutrote Buchstabe, den sie darauf gemalt hatte, zerfaserte an den Rändern: V!
Volker?

44

»Jetzt stirbt er!«

Er steht neben mir. Sein rechter Arm verkrallt sich in meiner Schulter, schiebt mich langsam auf die halbgeöffnete Tür zu. Die Eßtischlampe hinter uns zerrt den Sterbenden ins Licht. Er sitzt auf dem mächtigen Ohrensessel. Sein scharfes Profil wächst aus der Rundung der halbmondförmigen Polsterung am Kopfende. Sein Mund ist halb geöffnet.

»Schau genau hin!« flüstert mein Vater hinter mir, und seine Hand zwingt mich auf die Türöffnung zu. Noch ist die Schwelle zwischen mir und meinem sterbenden Großvater. Seine Kinnladen mahlen. Ich sehe den Schatten meiner Mutter. Er schiebt sich seitlich in den Bildausschnitt. Sie beugt sich über den alten Mann, mit abgewandtem Gesicht macht sie sich an den Gummiplanen zu schaffen, auf denen sein Körper ins Gleiten kommt, langsam seine aufrechte Position verläßt und auf den schlierigen Bahnen, die die austretenden Wasser bilden, nach unten rutscht.

»Er kann sein Wasser nicht mehr halten!«

Ich drehe mich erschrocken um. Dieser sachliche, gefühllose Ton seiner Stimme!

»Sie muß es aushalten lernen!«

Jetzt meint er meine Mutter, die den sterbenden Mann mit aller Kraft wieder in eine halbwegs würdevolle Position zerrt. Sie steht jetzt hinter ihm, hat ihn unter den Armen gepackt. Ihr Keuchen deckt sich mit seinem Stöhnen.

»Begonnen hat es mit einem feuchten Fleck auf seiner Hose. Nach dem Wasserlassen. Oder vorher. Er bekam seine Blase nicht mehr unter Kontrolle!«

Der Schatten meiner Mutter löst sich auf. Sie hat den Bildausschnitt verlassen. Der grelle Ton von springendem Porzellan teilt die Stille.
»Dumme Kuh! Sie hat den Nachttopf fallen gelassen!«
Der Sterbende stöhnt. Ich spüre den Griff meines Vater auf meiner Schulter.
»Geh!«
Ich setze ängstlich einen Fuß vor den andern, spüre, wie der Druck seiner Finger nachläßt. Er bleibt zurück, während ich seinem Vater die Referenz erweisen muß. In der rechten Hand halte ich einen Strauß mit Kornblumen.
»Hätte er sich damals operieren lassen!« flüstert mein Vater hinter mir. Er fixiert über meinen Kopf hinweg den Mann im Sessel, mit dem er nichts mehr zu tun haben will und dessen Zerfallsprozeß er über Monate hinweg registriert und minutiös aufgezeichnet hat. Die ersten Schwellungen der Fußgelenke, die meine Mutter mit Salben behandelte. Dann blähte sich der Unterbauch auf. Aber Großvater klagt nie. Er starrt nur mit Abscheu auf den aufgequollenen fischigen Fleischberg, der ihm die Beine auseinanderzwingt und an dem sich seine Schwiegertochter täglich zu schaffen macht. Er preßt seine blaugefärbten Lippen zusammen, wenn er die Schritte seines Sohnes im Nebenzimmer hört. Und als er dann trotz seiner Gegenwehr sein Wasser nicht mehr halten kann, als es zuerst unkontrolliert und permanent an der vorgesehenen Stelle aus ihm herauströpfelt und bald überall durch seine Haut sickert, gibt er seinen Widerstand auf.
Seine Lippen öffnen sich, und die Versuche seiner Schwiegertochter, ihn trockenzulegen, die Sitz- und Liegeflächen mit Gummiplanen abzudichten, läßt er mit geschlossenen Augen über sich ergehen. All das, was er Zeit seines Lebens zurück-

gehalten hatte, dringt nun aus ihm heraus. Er ertrinkt in seinen eigenen Körpersäften.
»Worauf wartest du?«
Die Stimme hinter mir treibt mich vorwärts. Jetzt trennt mich nur noch das labyrinthische Teppichmuster vom Sessel. Ein feines Rinnsal sucht sich auf dem gemaserten polierten Stuhlbein seinen Weg. Die Hände meines Großvaters liegen nebeneinander auf der schwarzen Gummischürze, die er nun täglich trägt. Ich strecke meinen Arm aus und versuche, meinen Strauß zwischen diese geschwollenen Hände zu legen. Aber die Blumen finden keinen Halt, gleiten auf der feuchten gummierten Fläche ab und bleiben zu seinen Füßen liegen. Er öffnet ein Auge, und mir ist, als ob sich sein Gesicht zu einem kleinen Lächeln verzieht. Ich bücke mich, grabsche blind nach den feuchten Stielen und schiebe sie ihm zwischen die Finger, die sich langsam öffnen.
»Ja!« flüstert er nur. Dann schließt sich das Lid seines Auges wieder.
Ich wende mich ab. Es kann nicht sein letzter Atemzug gewesen sein, den ich im Nacken fühle. Aber dann sehe ich meinen Vater in der halboffenen Tür stehen. Täusche ich mich oder liegt ein Schimmer von Triumph in seinen Augen?

45

Ich zerknüllte das Taschentuch. Die Bettdecke war aufgeschlagen. Ich berührte das Leintuch, sah den hellgrauen Fleck darauf. Sonst erinnerte nichts an ihre Nähe. Das Kleid mit dem Kornblumenmuster hing an einem Bügel seitlich am Schrank.

Der Mann im Spiegel war mir fremd. Nicht seine hellblonden Stoppelhaare, nicht die schutzlosen Augen mit den blaßlila Rändern. Es war sein Ausdruck um den Mund, der mich irritierte: diese scharfen Falten, die Linie der Lippen, die in den Mundwinkeln nach unten kippte. Nein, nicht die Augen, sondern der Blick!

Wir starrten uns an. Und keiner wich dem andern aus! Da war etwas ganz weit hinten in diesem Blick, was uns verband. Eine tödliche Entschlossenheit.

Ich erwachte gegen sechs Uhr. Der Mann im Spiegel gegenüber kippte auf mich zu, als ich mich aufsetzte. Ich zog das Leintuch glatt. Ich ging ein letztes Mal durch Brenners Wohnung, um meine Spuren zu verwischen. Nur das Badezimmer betrat ich nicht.

Um halb sieben verließ ich das Haus. Das Treppenhaus war leer. Auch der Vorplatz war leer. Es regnete leicht. Heikes Trabi stand noch immer an derselben Stelle auf dem Parkplatz. Ich ging daran vorbei, schlenderte scheinbar uninteressiert die Reihe der geparkten Autos entlang und versuchte dabei, möglichst unauffällig in deren Inneres zu spähen. Sie schienen alle leer zu sein, bis auf einen dunkelgrünen Lada am Ende der Reihe. Auch wenn ich das Gesicht des Mannes am Steuer, der sich hinter einer Zeitung zu verbergen versuchte, nicht genau sehen konnte, glaubte ich ihn trotzdem wiederzu-

erkennen. Es war mein treuer Begleiter in der braungelben Wolljacke. Ich peilte die Rückseite des Theaters an und kehrte dann auf einem Umweg zum Parkplatz zurück, stieg in den Trabi und knatterte davon.
Meine Zimmerwirtin schaute mich vorwurfsvoll an, als ich die Wohnung betrat.
»Sie sind doch krank und bleiben die ganze Nacht weg!«
»Geschäfte in Chemnitz!«
»Trotzdem!«
»Hat jemand nach mir gefragt?«
»Gefragt?« Ihre Stimme überschlug sich.
»Jemand hat hier eingebrochen, als ich einkaufen war!«
»Wie schrecklich! Fehlt was?«
Sie schüttelte ihren kleinen Kopf. »Sie haben Ihr Zimmer durchwühlt!« Sie schaute mich streng an und wartete jetzt stumm auf eine Erklärung.
»Ich habe nichts zu verbergen!«
»Sie machen mir nur Ärger!«
»Ich reise morgen ab!«
Jetzt huschte ein Anflug von Bedauern über ihr Gesicht.
»Nein! Sie können das Geld behalten!«
Ich hatte die Tür hinter mir geschlossen, bevor sie mir eine Antwort geben konnte. Sie hatte wieder Ordnung gemacht. Rolfs Leute konnten nichts gefunden haben. Alles, was für sie von Interesse gewesen wäre, die Notizen über die Leute, die gegenüber ein- und ausgegangen waren, meine Papiere, alles hatte ich auf mir getragen.
Ich saß den ganzen Tag hinter dem geschlossenen Fensterladen und beobachtete das Haus gegenüber. Rolf tauchte erst gegen Mittag auf. Von da an nahm die Häufigkeit der Besucher in seinem Büro schlagartig zu.

Als meine Zimmerwirtin nach zwei kurz das Haus verließ, schlich ich mich in den Flur, öffnete den Schrank und holte das Futteral mit der Wehrmachtspistole ihres toten Mannes aus dem Regal. Die Walther P 38 lag vor mir auf dem Leintuch. Länge: 213 Millimeter. Gewicht: 0,96 Kilogramm. Lauf: 127 Millimeter. Kaliber: 9 Millimeter. 6 Züge mit Rechtsdrall. Kapazität: 8.

Ich hatte nichts vergessen. Ich nahm die Waffe in die Hand und zerlegte sie langsam und genüßlich. Die Teile des Verschlusses glänzten ölig. Sorgfältig setzte ich sie wieder zusammen. Sie lag in meiner offenen Hand. Ich spürte den gerippten Griff, betätigte mit dem Daumen die Sicherung, spürte, wie mein Herz zu klopfen begann, als mich das eingestanzte F, das die Feuerbereitschaft signalisierte, ansprang, F wie Feuer, Fact, Fanatismus, Feindberührung, Fight, Frau, Frau ... Ich sicherte wieder, entsicherte von neuem, wiederholte diesen Vorgang in immer schnellerem Rhythmus, bis feurige Punkte vor meinen Augen tanzten und der Daumen glühte.

Dann öffnete ich den Fensterladen einen Spaltbreit, hob die Waffe, richtete sie auf die Fenster mit den weißen Schlangenzeichnungen, ließ das gefüllte Magazin in meine offene linke Hand fallen, spürte das kalte Metall auf meiner Haut und zog den Abzug, hörte das Klicken, als Lauf und Verschlußstück zurückschnappten, zog wieder durch, immer wieder, bis mein Arm zu zittern anfing und meine Stirn schweißnaß war. Keiner der Besucher im Haus gegenüber hätte meine Attacke überlebt: 351 Meter pro Sekunde! Heckenschütze!

Ich ließ den Arm sinken. Der Mann mit der Wolljacke ging am Haus vorbei, blieb einen Augenblick zögernd stehen, schaute sich um und ging dann weiter. Es war still in der Wohnung. Erst später hörte ich im Flur die Schritte meiner

Zimmerwirtin. Ich schob die Pistole unter die Bettdecke. 7974. Die in den Lauf eingestanzte Zahl brannte sich in mein Gedächtnis. Ich aß den Apfel, der am Vorabend auf meinem Kopfkissen gelegen hatte. Das krachende Geräusch meiner Zähne füllte meinen Kopf. Ich saß im dunkeln Zimmer und schaute unverwandt auf das Haus gegenüber, bis nur ein einziges beleuchtetes Fenster übrigblieb.

Wenn meine Beobachtungen stimmten, war jetzt nur noch eine einzige Frau drüben. Sie und Rolf. Die Frau war jung. Sie hatte ein verschlossenes Gesicht. Ihre Bewegungen waren eckig. Ich hatte alles registriert. Aber ich hätte nicht sagen können, ob sie hübsch war. Ob ihre Haare blond oder braun waren. Ob sie schlanke Beine hatte. Ich hatte sie nur in Fragmenten wahrgenommen. Es würde Tage dauern, bis ich aus diesen Einzelteilen ein geschlossenes Bild zusammensetzen konnte. Ich ertappte mich dabei, daß ich sie mit Rolfs Augen betrachtet hatte: Frauen waren für ihn nur ein Thema gewesen, wenn sie eine Funktion in seinen Plänen eingenommen hatten, als Informantinnen, als Zielobjekte für die Horde seiner geschulten Casanovas oder als Verführerinnen. Er mißtraute Frauen, und deshalb wunderte es mich, daß sie die letzte in der Reihe seiner Besucher war und auch am meisten Zeit bei ihm verbrachte.

Ich holte meine Pistole unter der Bettdecke hervor, steckte sie in den Hosenbund, schloß leise die Tür hinter mir und schlich durch das Treppenhaus. Ich trat auf die Straße, ging ein Stück weit auf das Zentrum zu, wechselte die Straßenseite und kehrte dann wieder zurück. Ich wartete neben dem Hauseingang der Witwe.

Nach ungefähr zwanzig Minuten hörte ich drüben die Haustür gehen. Die Schlüssel in ihrer Hand klirrten. Dann vernahm ich das tastende kratzende Geräusch, als sie das Schlüsselloch suchte. Sie drehte den Schlüssel einmal, zweimal. Der Bolzen schob sich mit metallischem Laut in die Scheide. Sie atmete aus, ließ den Schlüssel klingelnd in ihre Tasche fallen. Ein einzelner Schlüssel fällt lautlos, dachte ich.

Ich wechselte die Straßenseite. Der Hauch ihres Parfums streifte mich. Dezent, aromatisch. Westparfum. Wenn Rolf der Frau Parfum schenkte, hatte das seine Gründe. Er wollte sie in seine Pläne integrieren. Auch daß er ihr die Schlüssel zu seinem Büro anvertraute, deutete in diese Richtung. Ich folgte ihr im Abstand von ein paar Metern. Sie ging schnell und schaute sich nicht um. Sie trug ihre bauchige Tasche eng an den Körper gedrückt. Plötzlich blieb sie stehen und schaute sich um. Rolf hatte sie also gewarnt. Damit hatte ich gerechnet. Es gab keinen Zug, den er tun konnte, ohne daß ich ihn voraussah. Ich war untergetaucht. Und er würde versuchen, mich zu ködern. War die Frau das Opfer, das er mir brachte? Oder benutzte er sie in doppelter Hinsicht, als Köder und Opfer?

Er war auf alle Möglichkeiten gefaßt. Nur auf eine nicht: Daß ich bewaffnet war. Ich hatte zwanzig Jahre lang keine Waffe mehr getragen. Und die periodischen Schießübungen bei meinen Besuchen in Ost-Berlin hatten eher kosmetischen Charakter gehabt.

Die Frau hob ihren Arm, schaute scheinbar zufällig auf ihre Armbanduhr, griff in ihre Tasche, holte zwei Schlüssel heraus, dieselben wahrscheinlich, die sie eben in der Hand gehabt hatte, klimperte damit und verschwand dann in einem Hauseingang. Das wäre der Augenblick gewesen, wo ich meine Deckung hätte verlassen und mich vergewissern müssen, in welchem Haus sie verschwunden war. Sie würde mich dort erwarten. Ich tat ihr den Gefallen jedoch nicht, wartete zwei, drei Minuten, bis sie wieder auftauchte. Sie ging an mir vorbei, ohne mich zu bemerken. Ihr Schritt war jetzt bestimmter. Vor der Moccabar überquerte sie die Straße, verschwand im Schatten des Parks, war dann wieder als Silhouette vor dem silbern blinkenden Wasser des Schwanenbrunnens zu sehen und bog zuletzt in die Bahnhofstraße ein.

Kurz vor dem Zwickauer Bahnhof hatte ich sie beinahe wieder eingeholt. In einer Gruppe von Menschen, die mit Taschen und Koffern auf das Portal zudrängten, tauchte ich unter. Ich sah ihren Kopf mit dem wippenden Pferdeschwanz vor mir auf- und abhüpfen. Noch einmal drehte sie sich um, aber die hastenden Passagiere gaben mir Deckung. Sie steuerte auf die Schließfächer zu, griff in ihre bauchige Tasche, nahm ein verschnürtes Paket heraus und schob es in eines der leeren Fächer. Dann drehte sie den Schlüssel und ließ ihn in ihre Tasche gleiten. Sie ging zum Fahrkartenschalter und stellte sich geduldig in die Schlange. Jetzt schien sie Zeit zu haben. Ich wartete und folgte ihr, als sie zu den Bahnsteigen ging, kurz die Anzeigentafel studierte und dann den Schnellzug nach Leipzig bestieg.

Ich wartete eine Weile und stieg dann ebenfalls ein. Noch eine Minute bis zur Zugabfahrt. Das Abteil war voll. Die Leute drängten sich auf den Gängen, schwitzend, wortlos. Zwischen ihr und mir stand nur ein Mann. Sie hatte die Stirn gegen die Scheibe gelehnt und schaute hinaus. Ihre Tasche trug sie locker in der Beuge des linken Armes. Ich tastete mich behutsam auf sie zu, spürte mit den ausgestreckten Fingern das Kunstleder, suchte die Träger, horchte auf die Geräusche der Hydraulik. Eine verzerrte Lautsprecherstimme forderte

die Passagiere auf einzusteigen, die Begleitpersonen zurückzutreten. Ein feiner Ruck ging durch den Zug. Ich riß die Tasche an mich, quetschte mich durch die bedrohlich zischende Tür und lag auf den Knien auf dem Bahnsteig, als der Zug langsam die Halle verließ.
Ich hatte eine Stunde Zeit. Eine Stunde würde genügen. Ich lief zum Schließfach, holte das Paket heraus und verstaute es in der Tasche. Rolf mußte sich auf Besuch gefaßt machen.

46

Es war zehn Uhr vorbei, als ich wieder vor dem Haus ankam, in dem Rolf sich unter dem Namen Waffler eingenistet hatte. Die Äste der Linde im Vorgarten warfen ein oszillierendes Muster auf die Hauswand. Ich beobachtete genau die Umgebung der Eingangstür, die über eine Steintreppe zu erreichen war, aber ich konnte kein Kameraauge entdecken.
Ich nahm das Paket, das ich im Schließfach gefunden hatte aus der Tasche, und schob es in eine Tüte. Die Tasche warf ich über den Zaun. Die Pistole steckte in meinem Hosenbund. Die Schlüssel lagen in meiner geschlossenen Hand. Ich zitterte nicht. Gleich der erste Schlüssel paßte. Ich drehte ihn langsam und vorsichtig im Schloß und stieß dann die Tür schnell auf, um das Knarren zu vermeiden. Es roch nach Feuchtigkeit, und unter meinen Schuhen knirschte es, als ich mich langsam, die linke Hand am schmiedeeisernen Geländer mit einem Geflecht aus Blättern und Blüten, aufwärtstastete. Im zweiten Stock schimmerte Licht durch das gerippte Glas eines Jugendstilfensters. Die roten, gelben und blauen Glas-

stücke erinnerten mich an meine Kindheit, wenn ich auf Sonntagsausflügen vom Turm einer nahen Burg aus abwechselnd durch das bunte Fensterglas hinunter in den Graben mit den Rehen schaute, die in einer tiefblauen märchenhaften Umgebung weideten, die ferne Stadtkirche in apokalyptisches schwefliges Gelb tauchte oder das Erzgebirge beim Blick durch das rote Glas lichterloh zu brennen anfing.
Drinnen in der Wohnung war es still. Plötzlich hörte ich Schritte. Aber sie kamen nicht auf mich zu, sondern verloren sich immer wieder im Innern der Wohnung. Vier Schritte vor, vier Schritte zurück. Ich drehte den Schlüssel um. Es knackte. Die Schritte erstarben. Ich zog den Schlüssel zurück und stellte mich seitlich neben die Tür. Die P 38 hielt ich in meiner rechten Hand. Der blauglänzende Lauf zeigte auf das gerippte Glas, hinter dem sein Schatten auftauchen mußte. Die bunten Gläser der Scheiben glänzten weiterhin matt. Jetzt hörte ich die Schritte wieder. Vier Schritte hin. Vier Schritte her. Nur bestimmter, demonstrativer. Er mußte das Geräusch gehört haben. Er war auf der Hut.
Ich klopfte mit dem Zeigefinger gegen das Glas. Das Geräusch der Schritte verstummte. Sein Schatten legte sich quer über die Scheibe, wuchs, nahm zu an Volumen, füllte als scharfe Silhouette den Ausschnitt, erstickte Rot, Blau und Gelb.
»Wer da?«
Ich antwortete nicht. Ich hatte mich ganz in die Ecke zurückgezogen. Die Tür öffnete sich einen Spaltbreit. Ich rührte mich nicht.
»Ja?«
Seine Stimme war kalt. Da war keine Angst.
Sein scharfes Profil, die vorspringende Nase, das harte Kinn.

Dann schob sich sein wächsernes Gesicht in den Türausschnitt.

»Hier hat Giovanni Bellini nicht nur die Würde des Amtes, sondern auch den Ausdruck beständiger Güte festgehalten.«

Der Kritiker hat sich getäuscht. Dieses Gesicht war kalt und hart. Ja, der Mann hatte einen Schlangenblick.

Mein Fuß schob sich in die Türöffnung. Er starrte auf diesen Schuh, staubig, ungeputzt. Darüber der schillernde Lauf meiner Pistole. Er zupfte irritiert am Hemdkragen.

»Sachse!«

Er nannte mich bei meinem Decknamen, wollte mich wieder einmal daran erinnern, wohin ich gehörte.

Mit dem Ellbogen stieß ich die Tür ganz auf.

»Kurzgeschoren. Hellblond. Keine Überraschung!«

»Vielleicht die alte Wehrmachtspistole!«

Er zuckte die Schultern und wandte sich ab. Er bot mir seinen Rücken dar.

»Harald Waffler. Experte in Steuerangelegenheiten. Was für eine dürftige Tarnung!«

Er lachte in sich hinein. »Ach!« sagte er nur leise und drehte sich um.

»Du hast nicht mehr mit mir gerechnet, nicht wahr?« Ich schloß die Tür hinter mir. Er musterte mich. Sein Blick wanderte über meinen Körper, langsam, genau, von oben nach unten. Die Pistole in meiner Hand interessierte ihn nicht.

»Setz dich, Rolf!«

Er bot mir erneut seinen Rücken dar, als er auf den Schreibtisch zuging, leicht hinkend, den Stuhl behutsam an der Lehne zu sich herzog, sich dann langsam setzte und die

Hände nebeneinander auf die Tischplatte legte. Sie signalisierten keine versteckte Drohung, nicht den schnellen Griff zu einer versteckten Waffe.
»Zeig niemals, wenn du Angst hast!«
Der Satz arbeitete sich langsam aus meinem Hinterkopf in mein Bewußtsein.
»Die Frau hat dich verraten!«
Sein linkes Augenlid flatterte. Das war alles. Er reagierte auch nicht, als ich die beiden Schlüssel aus der Jackentasche zog und sie in die Höhe hielt. Sie klirrten leise.
»Panik?« fragte er. Es war dasselbe Wort, das er vor zwei Tagen auf dem Bahnhof von Oelsnitz zu mir gesagt hatte. Damals hatte er mich gemeint.
Seine Handflächen lagen jetzt in unnatürlicher Verrenkung nach oben auf der Schreibtischplatte. Bei jedem andern hätte ich dies als ein Zeichen der Resignation gedeutet. Nicht bei ihm. Er hielt die Augenlider fast geschlossen. Aber ich wußte, daß er mich beobachtete, durch seine spärlichen Wimpern hindurch.
»War es keine Panikreaktion, Brenners Frau umzubringen? Das war doch einer deiner Männer!«
Er ließ sich Zeit mit der Antwort. Langsam lösten sich die wächsernen Züge auf, ein verächtliches Lächeln kräuselte seine Mundwinkel.
»Wen interessiert schon diese Frau – außer dich!«
Seine Fingerspitzen bildeten jetzt einen gotischen Spitzbogen. Ich entsicherte meine Pistole. Seine Nasenflügel zitterten leicht. Daß ich ihn mit gesicherter Pistole in Schach gehalten hatte, schien ihn zu ärgern. Und doch war es seine eigene Schule, der er sich hier zu stellen hatte. Aber wann würde ich zu improvisieren anfangen?

Er lehnte sich auf seinem Sessel zurück. Aber er hatte keine Zeitung wie mein Vater, hinter der er jetzt in Deckung gehen konnte. Der Bildschirm seines Computers, den er mit seiner rechten Schulter halb verdeckte, war tot. Nur der Reflex der Deckenlampe war als glühendes Partikel in dessen Mitte zu sehen.

»Was willst du?«

Zum erstenmal stellte er eine Frage, die unser Gespräch weiterbrachte.

»Diese Frau!« sagte ich nur. Ich ließ die Endung ausklingen.

»Meine Sekretärin! Und?«

Er schloß wieder die Augen. Er sah aus wie tot.

»Keine verläßliche Größe in deinem Spiel.«

Ich schob den Besucherstuhl näher zum Schreibtisch. Natürlich war die Sitzfläche tiefer als die seines Sessels. Die typische Schreibtischsituation! Eine breite Schreibtischplatte zwischen ihm und dem Besucher, so daß dieser sich nicht aus der subalternen Position befreien konnte. Ich setzte mich auf die halbkreisförmige hölzerne Lehne des Besuchersessels. Ich suchte das Gleichgewicht, ohne daß er es bemerken sollte. Aber er bemerkte es trotzdem.

»So hast du dir ein Wiedersehn nicht vorgestellt!«

Er hob die rechte Hand und machte eine wegwerfende Bewegung, wollte meine Bemerkung aus seinem Bewußtsein löschen.

»Die junge Frau hat mir ein Paket gegeben!«

Jetzt wurde er wach. Seine schweren Lider gaben langsam seine forschenden Augen frei. Seine Gesichtszüge verschwammen für einen kurzen Augenblick. Dann wurden seine Kieferknochen sichtbar, die Haut straffte sich wieder.

»Wohl nicht freiwillig!« sagte er laut. Endlich bewegten sich seine schmalen Finger, robbten auf der Tischplatte.
»Nein, nicht freiwillig. Aber sie hat dabei wenigstens überlebt. Nicht wie Brenners Frau!«
Die Bewegung seiner Hände erstarrte. Er hob den Kopf und schaute mir zum erstenmal in die Augen.
»Du täuschst dich, Sachse! Wir haben die Frau nicht umgebracht! Das habe ich dir schon einmal gesagt. Wir nicht!«
»Wer dann?« fragte ich schnell. Meine Stimme klang plötzlich schrill.
Er nahm es befriedigt zur Kenntnis.
»Kannst du dir das nicht denken?«
Ich schüttelte den Kopf, wartete auf seine Antwort. Aber er schwieg. Und ich wußte, warum. Diese Antwort würde er sich für später aufbewahren.
»Die Frau lebt. Sie sitzt im Zug nach Leipzig!«
Er holte tief Luft. Seine Hände entspannten sich. Aber jetzt hatte er meinen Blick aufgefangen, der über seine rechte Schulter auf den toten Bildschirm zielte. Er drehte den Kopf ins Profil. Sein scharfer Umriß hob sich vom toten Monitor ab. Ich ging seitlich an ihm vorbei auf den Bildschirm zu. Gleichzeitig stieß ich mit dem Fuß gegen seinen Sessel. Rolf saß erstarrt da, seine Hände verkrampften sich auf der Lehne, als er rückwärts auf den Computer zurollte. Seine Lippen waren ein dünner Strich. Ich drehte seinen Sessel so um, daß er den Bildschirm vor sich hatte. Er bewegte sich nicht, als ich in seinem Rücken das Paket öffnete und es auf dem Schreibtisch ausleerte, ein ganzes Bündel von Disketten. Ich steckte eine davon, auf der »Kunden« stand, in den Schlitz und betätigte den Kippschalter. Von unten schob sich ein hellgraues Rechteck ins Bild und füllte es dann ganz aus.

»Enter!« sagte ich leise in sein rechtes Ohr.
»Was willst du, Sachse! Das ist meine Kundenkartei! Du machst dich strafbar!«
Er spürte den Lauf meiner Pistole in seinem Rücken. Ich sah von der Seite den verächtlichen Zug um seinen Mund. Der Mittelfinger seiner linken Hand berührte eine Taste. Der PC begann zu arbeiten. Es ratterte, brummte, flimmerte.
Ich las das Wort »Kundenkartei«.
»Weiter!«
Rolfs knochige Finger huschten über die Tasten, klapperten sanft eine scheinbar unendliche Reihe von Namen ans Licht. Althaus, Arens, Assmann, Berger, Borchers... Namen, Adressen, persönliche Daten. Leute aus Gera, Zwickau, Reichenbach, Schneeberg, Schwarzenberg, Hohenstein-Ernstthal, Oelsnitz, Zschopau...
Da waren Summen aufgeführt, die Vermögenswerte anzudeuten schienen. Ich schaute genauer hin. Die Summen waren teilweise hoch, auffällig aber war, daß sie bis auf Kommastellen genau notiert waren.
Ich wechselte die Diskette gegen eine zweite aus. Wieder tauchten Namen auf, Ortschaften, Daten.
»Halt!«
Er erstarrte in seiner Bewegung. Seine Schulterblätter wuchsen unter dem engsitzenden Jackett hervor. Aber seine Hände blieben ruhig seitlich neben der Tastatur liegen.
»Veit Nolte. Kronach. DM 1823,60 S.«
Die Summe war unbedeutend, aber die Summe enthielt meine Daten: Volker Neumann. Geboren am 18. Februar 1936. S wie Sachse. Es war ein simpler Code, wenn es ein Code war. Aber gerade, weil er so simpel war, war er schwer zu knakken.

Und warum sollte sich dahinter nicht tatsächlich eine Liste möglicher Kunden verbergen? Ich war überzeugt, daß die aufgeführten Namen nicht fingiert waren. Man würde sie in den betreffenden Orten finden. Das war die entscheidende Arbeit, die sich Rolf beim Ausarbeiten dieser Kartei gemacht hatte. Oder die er hatte machen lassen.

»Und?« fragte Rolf. Der Mittelfinger seiner rechten Hand klopfte ungeduldig seitlich an die Tastatur.

»Öffne die Kartei Nolte!«

»Da gibt es nichts zu öffnen, Sachse. Nolte ist ein möglicher Kunde, der von einem meiner Leute ins Auge gefaßt wurde.«

Er spürte, wie sich der Lauf der Pistole in seinen Rücken bohrte.

»Du wirst mich nicht töten, Sachse!« sagte er ruhig.

»Ich werde dich töten, wenn du dieses Dossier nicht öffnest, Rolf!«

Er drehte leicht den Kopf, als versuchte er, mir in die Augen zu sehen.

»Öffnen!« sagte ich ruhig. Ich schaute auf den Zeigefinger seiner linken Hand, der sich langsam krümmte, suchend über die Tasten streifte und plötzlich zupickte wie ein Vogel.

Buchstabenreihen drängten sich aus dem Bildschirm, Zahlen löschten sich gegenseitig aus, immer neue Formationen drängten nach, bis der ganze Prozeß zum Stehen kam.

Ich starrte auf den Bildschirm, absolvierte in Minuten ein ganzes Leben, lotete die Tiefen einer Biographie aus, hakte Begegnungen ab, machte Stipvisiten in unzähligen Städten. Alles in einer Folge von Zahlen. Nur besaß ich den Schlüssel zu dieser Biographie nicht, dennoch wußte ich, daß es meine

Biographie war. Die, die ich lebte, und all die andern, die ich gelebt hatte.

»Zufrieden?«

»Meine Kaderakte!«

Er zuckte mit den Schultern. »Und? Überrascht dich das?«

»Es überrascht mich nicht die Tatsache, daß es diese Kaderakte gibt. Nur, daß es sie *noch* gibt!«

»Ich bin dein Führungsoffizier, Sachse!« sagte Rolf ruhig.

»Du *warst* mein Führungsoffizier! Es ist zu Ende. Du bist Steuerberater ...!« Ich ließ die Wortendung verklingen.

Er stand auf und ging im Zimmer auf und ab. Vier Schritte hin, vier Schritte zurück. Wie vorhin, bevor ich kam.

»Du hast nichts begriffen, Jürgen!« Er peilte mich über meinen zweiten Decknamen an. »Leg deine Pistole weg! Ich bin nicht bewaffnet!«

Er blieb stehen, zog sein hellgraues Flanelljackett straff, zupfte an seiner dunkelblauen Krawatte. Ganz der elegante Debattierer, gesellschaftsgewohnt. Rolf hatte nie verkleidet gewirkt, selbst unter Kollegen nicht, die sich widerstandslos dem graubraunen DDR-Modediktat gebeugt hatten.

»Du machst also weiter?« fragte ich endlich. Ich hatte mich an die Wand zurückgezogen, um mich anlehnen zu können. Mit einem Mal spürte ich, wie meine Muskeln schmerzten.

»Weiter?« fragte er und hob die Augenbrauen.

»Du bist auf der Abschußliste, Rolf! Ihr alle seid auf der Abschußliste!«

»Unsere Organisation hat über 200 000 offizielle und inoffizielle Mitarbeiter.«

»Du rechnest damit, daß ein Großteil untertaucht?«

»Der Großteil ist bereits untergetaucht! Du kennst das Organigramm. Von unten nach oben ist die Struktur hermetisch.

Von der Basis haben wir keine Denunziation zu erwarten, weil die unteren Chargen nicht wissen, wer ihre Vorgesetzten sind.«

»Ich weiß es, Rolf«, murmelte ich.

Er ging nicht darauf ein. »Die Staatssicherheit besteht aus 32 Hauptabteilungen und Abteilungen.«

»Auch schwierigere Codes als deiner sind zu knacken!«

»Ein Teil wurde rechtzeitig vernichtet. Andere Daten wurden vorzeitig gefälscht. Es gibt so viele falsche Spuren, daß es den Verfassungsschützern aus der BRD nicht möglich sein wird, sie zu entschlüsseln. Mehr als die Hälfte ihrer Versuche, in unsere Datenbanken einzudringen, enden in Sackgassen. Andere wichtige Daten wurden eliminiert.«

»Warum erzählst du mir das, Rolf? Ich gehöre nicht mehr dazu!«

»Solange du in unseren Datenbanken registriert bist, gehörst du dazu!«

Ich stieß mich mit dem Rücken von der Wand ab und ging langsam auf den Computer zu. Dabei behielt ich Rolf im Auge. Ich traute ihm nicht. Ich betätigte die Tasten, und der Apparat spuckte die Diskette aus. Ich hielt sie in die Höhe wie eine Trophäe.

»Da! Ich werde sie vernichten, Rolf! So einfach ist das!«

Er lachte in sich hinein. »Du weißt genau, daß du dich nicht einfach so aus unserer Welt katapultieren kannst. Mit einem Streichholz, das du an die Diskette hältst. Es gibt dich nicht nur einmal, Jürgen! Das ist wie im Märchen. Siegfrieds Kampf mit dem Drachen. Das Zeitalter der Unikate ist vorbei, Jürgen! Also?«

Ich schaute ihn überrascht an. »Also? Was für eine Frage?«

»Das Übliche, Sachse!«

Das Telefon auf dem Schreibtisch klingelte. Rolf streckte

schnell die Hand aus. Die Sicherung der P 38 klickte. Rolf nahm seine Hand weg. Das Telefon klingelte noch viermal. Dann hörte es auf. Während dieser Zeit hatten wir beide wie hypnotisiert auf den Apparat gestarrt. Das Schrillen war unerträglich.
»Erpressung also!«
Ich spürte den gerippten Griff der Pistole in meiner Jackentasche. Der Nagel meines Zeigefingers fuhr über die rauhe Struktur. Hin und her.
»Ich hätte dich umlegen lassen können. Ich habe es nicht getan! Schon lange!«
Ich nickte. Aber mein Nicken war nicht ironisch gemeint. Ich wußte, daß er es gekonnt hätte. Aber ich war sein Geschöpf. Deshalb hatte er es nicht getan.
»Also?«
Ich hob meine linke Hand, die Handfläche gegen außen. Die rechte behielt ich in der Tasche. Und das hatte er bemerkt. Er kehrte an den Schreibtisch zurück und setzte sich. Zahlenreihen rollten über den Bildschirm hinter ihm, das chiffrierte Leben des Gerd Brenner alias Dr. Paulsen alias Volker Neumann.
»Die Arbeiter hier sind politisierbar. Leute, die auf die Straße gehen, wenn sie keine Arbeit mehr kriegen. Die kassieren nicht einfach ihre Arbeitslosengelder und kuschen. Die steigen für ihr Recht auf die Barrikaden!«
Er hatte recht. Nur, was hatte das mit uns zu tun! Mit ihm? Mit mir?
»Die Arbeitslosenzahl wird von Tag zu Tag steigen. Es wird sein wie damals, bevor Hitler an die Macht kam!«
»Und?« fragte ich unbeteiligt und verließ sein Gesichtsfeld. Er dozierte wieder wie damals. Aber er brauchte keinen

realen Zuhörer. Er sprach wie für sich. Er war nicht der Typ Mann, der Massen aufputschen konnte. Er war der große Stratege. Er war der Mann im Hintergrund.

»Wir sind noch da«, sagte er leise und senkte den Kopf. Die Tischlampe schien ihm jetzt voll ins Gesicht, das gelber wirkte als sonst. Er schien es nicht zu merken.

»Die alte Stasi als Steigbügelhalter einer neuen Opposition? So meinst du das!«

Er nickte abwesend.

»Du vergißt, welche Motive mich dazu gebracht haben, für euch zu arbeiten. Ich war überzeugter Kommunist!«

Er nickte wieder.

»Das waren wir alle. Weil dieses System zu funktionieren schien. Doch je länger wir dafür arbeiteten, desto gleichgültiger wurde es uns. Unser Dienst verselbständigte sich. Ein Staat im Staat. Wir hatten unsere Privilegien. Wir funktionierten, als der Staat längst nicht mehr funktionierte. Und letztlich war es egal, daß er nicht mehr funktionierte, solange wir funktionierten.«

Er hob den Kopf und wandte sich mir halb zu. Zum erstenmal sah ich ihn lächeln. Er streckte seine Hand aus. Ich bewegte mich nicht. Ich starrte auf seinen Hinterkopf. Und wieder kam jenes Gefühl zurück, das ich bei unserer ersten Begegnung in Karlshorst gehabt hatte, als er aus dem Auto gestiegen und über die Freitreppe gegangen war. Der Mann mit der Maske am Hinterkopf.

»Ein Geheimagent ist ein mächtiger Mann«, sagte Rolf und wandte sich mir halb zu. »Er lebt im Gefühl, ganze Nationen gegeneinander ausspielen zu können.«

»Ein Geheimagent ist ein einsamer Mensch«, entgegnete ich und stahl mich wieder aus seinem Blickwinkel.

»Einsamkeit ist unsere Stärke.«
Er stand auf, drehte sich um und schaute mich an. Wieder die halbgeschlossenen Lider! Wieder diese Andeutung eines verächtlichen Lächelns auf den schmalen Lippen!
Jetzt war es an mir, ihm zu antworten. Er würde nicht mehr preisgeben, bis ich einen Schritt auf ihn zu tat. Und er war davon überzeugt, daß ich diesen Schritt tun würde.
»Der KGB hat doch die wichtigsten Leute unseres Dienstes längst übernommen!« sagte ich endlich. »Was soll's!«
Er zeigte stumm auf den Schreibtisch, wo wild durcheinander die Disketten lagen, die ich vor ihm ausgeleert hatte. Ich ging auf den Haufen zu und fegte sie mit einer Hand in die Tüte. Dabei beobachtete ich ihn aus den Augenwinkeln. Ich sah, wie er leicht zusammenzuckte, blitzschnell seine Hand vorstreckte, sie dann aber wieder zurückzog.

47

»Woher hast du diese Disketten, Rolf?«
Wieder absolvierte er seinen Parcours: vier Schritte hin, vier Schritte zurück. Dabei hielt er die Hände auf dem Rücken wie ein dozierender Schullehrer. Aber er schwieg. Er redete zu sich selbst, präparierte in seinem Kopf die Sätze, die er glaubte, mir zumuten zu können.
»Ein schneller Transfer von der Stasi-Zentrale Gera nach Zwickau. In das Büro eines unverdächtigen Steuerberaters?« fragte ich aufs Geradewohl. Er stand still. Seine Arme hingen an der Seite herab.
»Du irrst dich, Jürgen. Nicht Gera. Ost-Berlin.«
Diese Antwort hatte ich erhofft. Sie bestätigte mir, daß Rolf

bis zum Schluß in direktem Kontakt zu seinem Gruppenleiter gestanden hatte, der seine Anonymität nicht wahren konnte und deshalb wichtige Daten an zuverlässige Mitarbeiter weitergegeben hatte, bevor die große Säuberung begann. Und Rolf gehörte zu diesen Mitarbeitern, die weit genug von Berlin entfernt waren, um nicht enttarnt zu werden.
»Das Material belastet dich, Rolf! Ich weiß Bescheid! Ich kenne deine Identität. Und ich kann mich mit diesem Material beim Verfassungsschutz freikaufen.«
»Das wirst du nicht tun, Sachse«, sagte er ruhig.
»Und warum nicht?«
»Weil du es nicht überleben würdest!«
Er hatte recht.
»Du gehörst zu uns«, fügte er plötzlich hinzu. Seine Stimme klang sanft. Er trat auf mich zu und legte mir die Hand auf die Schulter. Ich wich zurück. Er lächelte mich an.
»Freundschaft?« Nach einer Weile, als ich nicht antwortete, fügte er hinzu: »Nein?«
»War es denn je Freundschaft?«
»Wir brauchen dich, Sachse! Du fährst zurück und verhältst dich still!«
»Das habe ich schon einmal gehört. Da war ich dein Gefangener!«
»Jetzt spreche ich zu dir von Freund zu Freund.«
Er hob den Arm, ließ ihn aber wieder sinken. Einen kurzen Augenblick lang hatte ich das Bedürfnis, ihn an den Schultern zu packen und an mich zu drücken. Aber nur einen kurzen Augenblick lang, bis er zu sprechen anfing.
»Wir haben auch Leute drüben! In der Wirtschaft, Politik, bei der Polizei und –«, er machte eine bedeutungsvolle Pause, »beim BND, im BfV und beim MAD.«

»Du hast mir damals meinen Platz im Sozialismus zugewiesen. Und ich war bereit, dazuzugehören. Ich hatte das, was du politisches Bewußtsein nanntest. Du liefertest mir ein Angebot von Schlüsselworten, mit denen ich die Welt und ihre Systeme verstehen lernte. Und du sagtest immer wieder, daß die historische Wahrheit auf unserer Seite sei. Und jetzt wechselst du einfach die Seiten. Mühelos. Du unterläufst das System von rechts.«

»Hast du nicht auch die Seiten gewechselt, Sachse?« fragte er scharf.

»Du hast mich da hineingedrängt. Du hast mir eine andere Identität verpaßt!«

»Du hast dich längst darin eingerichtet. Du kannst nicht mehr heraus, sonst verbrennst du! Also!«

Langsam tastete ich mit meiner rechten Hand wieder nach der Pistole. Er schaute regungslos zu, wie sich die Tasche bauschte, als ob ein Tier darin niste, und als der Lauf auf seine Brust zeigte, wandte er sich langsam ab, ging auf den Tisch zu, packte erneut die Tüte und leerte den Inhalt auf den Tisch, griff wahllos in den Haufen von Disketten, setzte sich an den Computer, steckte eine Diskette in den Schlitz und zauberte eine Reihe von Daten auf den Bildschirm, Zahlenkombinationen, Buchstabenfolgen, Graphiken. Das metallische Klikken war das einzige Geräusch im Raum. Ich stand hinter ihm, roch sein herbes Rasierwasser, das den strengen Schweißgeruch, der plötzlich aus seinen Kleidern stieg, nicht zu neutralisieren vermochte.

»Und?« fragte ich. »Was willst du mir damit beweisen?«

Er ließ seine rechte Hand in die Höhe schnellen, wie ein Pianist nach einem prägnanten Anschlag. Neue Zahlen und Buchstaben drängten nach und erstarrten dann plötzlich.

»Ich will dir beweisen, wie mächtig unsere Organisation noch ist.«

»Zahlen und Buchstaben sind keine Beweise, Rolf!«

Er zog seine schmalen Lippen nach unten. »Ein untauglicher Versuch, mich zu provozieren. Nimm es ganz einfach zur Kenntnis. Kontaktpersonen, Provokateure, Waffenlager, konspirative Objekte, Dispositive...«

»Genug!« Ich griff über seine linke Schulter und erstickte die Zahlen auf dem Bildschirm. Rolf rührte sich nicht. Ich riß das Telefonkabel aus der Wand, kehrte zu Rolf zurück und fesselte ihm die Arme auf dem Rücken. Er ließ es geschehen. Aber ich spürte, wie sich seine Rückenmuskulatur verkrampfte.

Ich schob ihn auf seinem Bürostuhl quer durch den Raum, fixierte diesen in der Ecke neben der Tür. Rolf saß mit dem Gesicht zur Wand wie ein ungehorsamer Schüler, der sich in die Ecke zu stellen hatte. Ich hätte seinen Blick nicht ertragen, als ich zuerst seinen Schreibtisch durchsuchte, wo ich außer einem Prospekt eines Zwickauer Reisebüros nichts fand, was mich interessiert hätte.

Dann öffnete ich den Wandschrank. Da standen schwarzweißgesprenkelte Ordner, in denen Manuskripte seiner Referate abgelegt waren. In einem zweiten Ordner fand ich Rechnungen, Quittungen, Belege. Ein dritter Ordner war mit unverdächtiger Korrespondenz gefüllt. Auf einem vierten Ordner war ein Etikett mit der Aufschrift »Privat« angebracht. Er enthielt ein paar private Briefe an Freunde, unverdächtig in der Formulierung, darunter in einer Zellophanhülle ein Foto, das Rolf zusammen mit seiner Sekretärin zeigte. Er stand neben ihr, hatte andeutungsweise seinen Arm um ihre Schulter gelegt, während sie zu ihm aufschaute. Aber sie lächelte

nicht. Auch auf der Rückseite der Hülle steckte ein Foto, Rücken an Rücken mit diesem hier. Es zeigte dieselbe Frau, diesmal allein, verschlossen, beinahe mürrisch schaute sie auf den Fotografen. Außer eine Flasche Whisky und einem silbernen Löffel war nichts im Schrank. Das konnte nicht alles sein. Irgendwo mußte die Dechiffrierungstabelle versteckt sein.
»Versteck sie dort, wo sie niemand sucht!«
Dieser Satz kam mir wieder in den Sinn. Ich erinnerte mich an die aufschraubbaren Fünfmarkstücke, in denen ich eine Weile meine Codeunterlagen versteckt hatte. Einen Hausschlüssel hatte ich als Versteck gebraucht, sogar eine Krawattennadel, obwohl ich kaum je Krawatten trug. Und jetzt wußte ich es. Ich sah Rolf vor mir, als ich ihm gegenübergestanden hatte. Sein Gesicht war ausdruckslos geblieben, aber mit den Fingern seiner rechten Hand hatte er automatisch an seinem Kragen gezupft. Gezupft? Es war eine Kontrollbewegung gewesen, die er noch einmal wiederholt hatte, als ich hinter ihm stand.
»Zufrieden?«
Seine Stimme klang stumpf. Er hatte alle Geräusche, die ich verursacht hatte, mitverfolgt. Er hatte die Anzahl Ordner registriert, die ich geöffnet hatte, das Klirren des Löffels, den dumpfen Ton, als ich die Flasche wieder hingestellt hatte, und sicher hatte er die lange Pause mitbekommen, als ich die Fotos betrachtet hatte.
»Nein! Noch nicht zufrieden. Mir fehlt der Decoder.«
Er schwieg. Ich sah, wie sich seine Hände in den Fesseln krümmten und seine Ohren bewegten, als er seine Zähne aufeinanderbiß.
»Sprich nicht in erregtem Zustand! Deine Stimme könnte dich verraten.«

Rolf hielt sich an diesen Leitsatz. Er schwieg. Als er meine Finger an seinem Hals spürte, zitterte sein Kopf ganz leicht. Ich öffnete von hinten den obersten Knopf seines Hemdes und lockerte seine Krawatte. Mein Zeigefinger glitt auf einem dünnen Schweißfilm zwischen Hals und Kragen. Ich tastete die Ränder seines Kragens ab. Sie fühlten sich hart an. Ich stülpte die Enden hoch und fingerte aus den schmalen Täschchen, die in jeder Kragenecke verborgen waren, Kunststoffstäbchen heraus. Da lagen sie auf meiner offenen Hand, Stäbchen, wie man sie zur Stärkung des Kragens braucht und auf die eine Folge von Zahlenkombinationen eingestanzt war.
Ich ging zum Computer und setzte ihn in Betrieb.

48

Ich arbeitete eine Stunde lang. Ich durchforstete Rolfs Besitz, das Instrument seiner Macht, während er unbeweglich und stumm mit geschlossenen Augen auf seinem Stuhl saß.
Das Dechiffrieren der Daten beanspruchte Zeit. Viel Zeit. Aber ich hatte keine Zeit. Mittlerweile war die Frau in Leipzig angekommen. Sie hatte versucht, Rolf anzurufen. Umsonst. Sie hatte Kontakt zu andern Stasi-Leuten aufgenommen, sofern sie die Kontakte kannte. Das war meine Chance. Vielleicht hatte sie Rolf nicht eingeweiht. Um sie zu schützen, so wie ich Sabine nicht eingeweiht hatte.
Ich ging zur Wohnungstür, versicherte mich, daß sie abgeschlossen war, und löschte das Licht im Flur. In der Küche fand ich zwei Flaschen Bier.

»Was suchst du?« fragte Rolf, als ich zurückkam.
»Ich suche nach bekannten Namen!«
»Laß dir Zeit«, sagte er. Ich überhörte die Ironie in seiner Stimme nicht. Es konnte bedeuten, daß er damit rechnete, die Frau habe seine Komplizen längst mobilisiert. Es konnte aber auch nur der Versuch sein, mich zu verunsichern.
Er hatte erreicht, was er wollte. Er hatte mich irritiert. Ich verließ noch einmal das Büro, ging wieder in die Küche zurück, spähte durch das Fenster in den Hinterhof. Aber da war alles ruhig. Ich tastete mich durch die Küche. Ich hatte mich nicht getraut, Licht zu machen. Ich suchte nach den Spuren, die die Frau hinterlassen hatte. Aber nur die Anordnung der Gläser und der ausgewundene Lappen auf dem Spülstein ließen darauf schließen, daß die Frau, die Rolf als seine Sekretärin bezeichnete, auch in der Küche tätig war.
»Frauen sind tabu!« hatte Rolf damals in Karlshorst gesagt.
Ich öffnete die Tür zu einem kleinen Zimmer, in dem sich außer einem Bett und einer Kommode mit einer Platte aus Marmor nichts befand. Der Fensterladen war geschlossen, die Vorhänge gezogen. Ich machte Licht.
Das Bett war vor kurzem noch benutzt worden. Die Decke war zurückgeschlagen. Das Leintuch war wie eine Fjordlandschaft, von Falten durchzogen. Auf dem zerknautschten Kissen sah ich den flüchtigen Abdruck eines Lippenstifts. Ich öffnete die oberste Schublade der Kommode, und da war sie gleich mehrfach vorhanden, nackt, in allen möglichen Positionen auf dem Bett, auf dessen Rand ich mich gesetzt hatte.
Aber sie präsentierte sich ohne Partner. Sie präsentierte sich dem Fotografen.
Diese Frau würde Rolfs Stasi-Komplizen nicht aufscheuchen. Er würde sich bei diesen Fotos niemals in ihre Abhängigkeit

begeben. Sie war seine Geliebte, die ihn aus seiner Erstarrung befreien sollte, weiter nichts. Ich hatte mich getäuscht.
Ein Poltern schreckte mich auf. Ich lief ins Büro zurück. Rolf lag, an den Sessel gefesselt, mitten im Raum auf dem Rücken, mit gespreizten Beinen und stöhnte leise. Er hatte sich mit den Füßen von der Wand abgestoßen und versucht, rückwärts auf den Schreibtisch zuzurollen, vielleicht um die goldene Schere zu packen, die in einem weinroten Lederbecher steckte?
Ich beugte mich über ihn und zeigte ihm ein Foto nach dem andern. Er schloß die Augen. Er hatte aufgehört zu stöhnen. Er drehte den Kopf zur Seite. Ich sah seinen nackten Hals, die vorstehende Schlagader, die leise pochte. Ich ließ ihn liegen, steckte die Fotos ein und kehrte an den Computer zurück.
Ich arbeitete mich durch die Programme, kopierte, dechiffrierte, notierte. Endlich hatte ich ein ungefähres Bild von dem Vermächtnis, das Rolfs Abteilungsleiter ihm überantwortet hatte, bevor er sich der großen Wäsche stellte. Und ich wußte, daß das nur ein Teil dessen war, was in den zentralen Datenbanken gespeichert gewesen und das mindestens zum Teil in anonyme Hände transferiert worden war.
Mitternacht vorbei! Rolf lag noch immer lautlos auf dem Fußboden, mit unnatürlich abgewinkelten Beinen.
»Gehen wir!«
Ich stand auf, schob die Disketten und die Kopien, die ich gemacht hatte, in die Tüte. Nur zwei Disketten steckte ich in meine Tasche. Ich beugte mich über Rolf, löste seine Fesseln und hievte ihn hoch. Er stand auf unsicheren Beinen vor mir. Sein Kragen war verrutscht. Er griff sich immer wieder an den Hinterkopf, wo er auf dem Boden aufgeschlagen hatte.
Plötzlich tat er mir leid.

Das war nicht der Mann, der mich geführt hatte, der damals in Karlshorst lautlos in mein Zimmer getreten war und meine Intimität gestört hatte. Intimität hatte es für ihn nur in der Gemeinschaft mit ihm gegeben, ein schneller Händedruck, eine flüchtige Berührung meiner Wange, Berührungen, die ich mich nie zu erwidern getraute.
Rolf hob langsam seinen Arm. Aber ich stand zu weit von ihm weg, als daß er mich hätte berühren können. Eine Weile zitterte sein ausgestreckter Arm in der Luft und sank dann resigniert zurück. Er wandte sich ab. Ich sah auf seinem Rücken die geplatzte Naht seines Jacketts, die Beule am Hinterkopf, deren Ränder blutunterlaufen waren: Sie glühte wie das Auge des Zyklopen.
Er konnte nicht sehen, wie auch ich die Hand hob, mich vorsichtig seinem Hinterkopf näherte. Doch die Wunde berühren, sie vielleicht streicheln, konnte ich nicht. Der Mann vor mir straffte unmerklich seine Rückenmuskulatur.
Liebe kippt in Haß um, nicht in Mitleid, dachte ich und drängte ihn in den Hausflur, wartete einen Augenblick hinter ihm, die Pistole auf seinen Rücken gerichtet, genau auf die Stelle, wo das weiße Hemd zwischen der zerrissenen Naht leuchtete.
Ich beobachtete seinen Kopf, registrierte die minimale Bewegung, als er seine Augen nach rechts richtete, dorthin, wo er hoffte, einen Komplizen zu sehen. Aber der Blick kam zurück. Die Schultern sanken herab. Er hatte niemanden entdeckt.
»Gehen wir!«
Er setzte vorsichtig einen Schritt vor den andern. Die Treppe knarrte. Ich sah seine weiße Hand, die auf dem Geländer langsam nach unten glitt, ruckweise, vorsichtig. Die Innenflä-

chen seiner Hände waren feucht. Zweimal fuhr er verstohlen mit der Hand über sein Jackett.

»Halt!«

Wir standen vor der Kellertür. Ich hatte Rolfs kurzes Zögern bemerkt, die winzige Bewegung des Kopfes.

Er reagierte nicht, sondern versuchte, mit seinen gefesselten Händen die Haustür zu öffnen.

»Stehenbleiben!« flüsterte ich.

Er wandte sich langsam um.

»Du bist noch immer ein guter Beobachter, Sachse!« murmelte er anerkennend. »Aber ist's denn nicht genug? Du hast eine Tasche gefüllt mit Disketten – was fehlt denn noch auf deiner Wunschliste?«

»Handzettel, Rolf!«

Er stieß die Luft verächtlich durch die Nase aus. Ich langte in seine Jackettasche und griff mir seinen Schlüsselbund.

»Welcher ist's?« fragte ich und hielt ihm die Schlüssel auf der offenen Hand entgegen.

»Der flache«, sagte er gleichgültig.

Ich schloß die Tür auf und drängte ihn vor mir her über die Treppe hinunter. Es roch moderig und feucht. Der zementierte Boden war voller Risse, in der gemauerten Wand klafften Löcher, aus denen gelber Sand rieselte, als ich mit der Faust dagegen schlug in der kindlichen Hoffnung, daß sich die Mauer öffnen und dahinter ein gleißender Goldschatz auf uns wartete. Es war ein diffuses Bedürfnis nach Erlösung, wodurch all das, was sich aus meinem verwachsenen Leben entwickelt hatte, auf einen Schlag bedeutungslos werden würde. Noch immer hatte ich das Gefühl, daß Rolf dieses letzte Losungswort nur auszusprechen habe, und dann würde das ganze vernetzte System, in dem ich gefangen saß, von mir fallen und alles andere, was ich mich zu tun gezwungen sah, überflüssig machen.

Aber Rolf schwieg. Er lehnte gegen die bröckelnde Wand und schaute mir zu, wie ich die Kiste, die dort in der Ecke stand, öffnete, hineingriff und an die zwanzig Pappkartons herausholte. Der Inhalt überraschte mich nicht. Es waren die Bilder, die mir Heike beschrieben hatte, Arbeitslose, Hungernde. In einer der Schachteln fand ich gummierte Papierstreifen, auf denen mit roten Buchstaben Schlagwörter gedruckt waren: »Wehrt Euch!« »Arbeit für alle!« »Bekenntnis zu Deutschland! – Keine Klassengesellschaft!« »Deutschland erwache!« »Volkspolitik!«

Ich hielt Rolf ein Bündel unter die Nase und schwenkte es hin und her.

»Und?« fragte er uninteressiert.

»Brenner hat diese Flugblätter gedruckt!«

»Er war schließlich vom Fach.«

Ich schüttelte ungläubig den Kopf. »Ein riskantes Manöver, Rolf! Brenner hüben, Brenner drüben!«

»Brenner hüben wäre ohnehin nicht alt geworden! Er hat das getan, was ich von ihm erwartet habe. Er war mir nützlich!«

»Und Brenner drüben?« fragte ich und fürchtete mich vor der Antwort.

»Brenner drüben war ebenfalls nützlich. Er hat das getan, was ich von ihm erwartete. Und er hat überlebt.«

Rolfs Stimme war ohne Gefühl. Er schaute mich nicht an, als er sprach.

»Du wolltest also die Arbeiter aufwiegeln!« sagte ich schnell, um das Thema zu wechseln.

»Die Arbeitslosigkeit ist unvermeidbar. Der Aufruhr ist programmierbar. Und dann werden die richtigen Leute zur Stelle sein, die das System von innen heraus aushöhlen. Das Netz ist dicht gewoben, Sachse! Hüben wie drüben. Brenner drüben ist ein Faktor in diesen neuen Plänen!«

Es war sein letzter Versuch, mich zurückzugewinnen, einzuspannen in diese weltweite Organisation, als deren Teil er sich verstand.

Wir waren wieder oben an der Haustür angekommen.

»Wir gehen eng hintereinander über die Straße. Auf der andern Straßenseite steht ein hellblauer Trabi. Du steigst vorne rechts ein. Ich werde dir die Tür öffnen, weil du deine Hände nicht gebrauchen kannst.« Er schwieg. Er nickte nicht. Er wartete ab.

Ich dachte daran, daß er es war, der uns beigebracht hatte, wie man sich in derartigen Situationen verhalten mußte.

Er stieg ein. Ich drückte die Tür hinter ihm ins Schloß, ging um den Trabi herum und setzte mich neben ihn. Dann fuhren wir aus der Stadt hinaus: Humboldtstraße. Ethel-und-Julius-Rosenberg-Straße. Leipziger Straße.

Aus den Augenwinkeln schaute ich ihn an. Sein scharfes Profil hob sich vom Fenster ab, auf dem schräge Bahnen von Regentropfen verliefen.

Wir fuhren an einem langgestreckten Fabrikgebäude vorbei. Rolf warf einen schnellen Blick hinaus.

»Ich weiß! Auch da hast du deine Männer!«

Er zuckte mit den Achseln.

»Auch Brenner hat für dich gearbeitet!«

»Und?«

Bis zum Hermsdorfer Kreuz schwiegen wir beide. Jetzt wurde Rolf unruhig.

»Wohin fahren wir?«

»Nach Hause, Rolf!«
Er drehte mir überrascht den Kopf zu.
»Kaiserslautern?«
»Warum nicht?« antwortete ich gleichmütig und bog vor Gera von der Autobahn ab. Auf der Zufahrtsstraße nach Gera begann er, wieder zu sprechen. »Dasselbe Manöver wie beim letzten Mal!«
»Ich habe deine beiden Wachhunde versetzt!«
»Gut gemacht!« murmelte er. Das Lob irritierte mich. Er schien stolz zu sein auf seinen Schüler.
Er atmete tief durch. Die Nähe der Stadt Gera verscheuchte die Ängste, die sich in ihm gegen seinen Willen festgesetzt hatten. Der Trabi schüttelte uns durch. Rolf versuchte, seine Hände, die noch immer auf dem Rücken gefesselt waren, in eine andere Position zu bringen.
»Zigarette?« fragte ich.
Er nickte. Ich klaubte eine Zigarette aus der Packung, die im Handschuhfach lag, und steckte sie ihm zwischen die Lippen.
»Club. Leider!«
Er zuckte wieder mit den Achseln. Ich knipste mein Feuerzeug an. Er sog den Rauch tief in sich hinein, begann zu husten. Die Zigarette fiel ihm aus dem Mund und zwischen die Beine. Ihre Spitze glühte noch im Dunkel. Eine Weile war ich wie gelähmt, bevor ich zwischen seine Beine griff und ihm den Stengel wieder in den Mund steckte.
»Frau Brenners Zigaretten«, sagte ich leise.
Rechts tauchte der Wald auf. Ich bremste, löschte die Scheinwerfer und fuhr ein Stück auf dem holperigen Weg in den Wald hinein.
»Wir sind angekommen, Rolf!«

»Da ist nichts«, sagte er scheinbar gleichgültig.
»Ja. Da ist nichts!«

49

Wir saßen schweigend nebeneinander. Ich suchte nach Fluchtwegen. Aber ich fand keine. Der Regen prasselte dumpf auf die Kunststoffkarosserie. Rolf hatte mit meiner Hilfe drei Zigaretten geraucht. Ab und zu fuhr draußen auf der Straße ein Auto vorbei, ließ die Baumstämme im Stakkato vorbeihüpfen und verschwand dann wieder. Der monotone Regen und unsere körperliche Nähe machten mir das Atmen schwer. Als ob die ewig fallenden Tropfen mich weichhämmern wollten.
Ich drehte die Scheibe herunter. Der Regen besprühte mich. Ich wartete auf die Antwort auf eine Frage, die ich ihm nicht gestellt hatte. Wir waren untrennbar miteinander verbunden. Die Vatergestalt mit dem wächsernen Gesicht neben mir und ich, sein Geschöpf und Schüler.
»Ich kenne dich, seit du ein Säugling warst.«
Seine Stimme klang beinahe zärtlich. Und trotzdem fuhr ich erschrocken zusammen.
»Klein-Volker nackt und mit offenen Beinen. Der Stammhalter.«
Er stieß die Luft durch die Nase aus. Es sollte belustigt klingen.
»Klein-Volker verkleidet als Indianer, als Gigolo, als Ungeheuer mit Maske...«
»Hör auf!«
Er schwieg. Wir horchten beide auf den Regen.

»Gib mir noch eine Zigarette«, sagte er und reckte das Kinn vor.
»Die letzte!« sagte ich und schob sie ihm zwischen die Zähne.
Im Schein des Feuerzeugs, dessen Flamme mit einem Zischen vor seinem Gesicht steil nach oben schoß, betrachtete ich ihn. Er hatte fast keine Augenbrauen. Sein Blick wirkte nackt. Hatte er so die junge Frau angeschaut, als sie sich vor ihm ausgezogen hatte?
»Wie bist du an mein Fotoalbum gekommen?« fragte ich, als die Flamme erlosch und wir wieder im Dunkeln saßen und auf die Regentropfen horchten.
»Als deine Mutter in der Anstalt starb, hat ein Bekannter von mir euer Haus gekauft.«
Ich verstand. Rolf hatte einen Strohmann aus dem eigenen Verein vorgeschickt, um das Haus mit allem, was darin war, zu erwerben. Die Stasi hatte den Kauf gedeckt. Und dann hatte er sich Stück für Stück den Fundus meines Vaters angeeignet.
Ich spielte mit dem Feuerzeug, knipste die Flamme an und aus, als ob ich auf den Augenblick wartete, in dem nur noch ein bengalischer Funken übrigblieb. Aber der Vorrat an echtem Feuer schien unerschöpflich.
»Was für eine Rolle spielt diese Frau in deinem Leben?«
Ich klaubte die Fotos aus der Tasche und hielt sie ihm hin. Er vermochte in der Dunkelheit, die uns gefangen hielt, nichts zu erkennen, aber ich wußte, daß sich jede Position fest in sein Gedächtnis eingeprägt hatte.
Was wollte ich denn hören? Daß er über Liebe redete? Wollte ich hören, daß er ohne diese Frau nicht leben könnte? Zärtlichkeit? Er senkte den Kopf. Dachte er nach? Oder fragte er

sich nur, warum ich ihm eine solche Frage stellte. Ich hielt ihm die Fotos ganz nahe vor die Augen. Er stierte darauf. Ich zündete wieder mein Feuerzeug an. Die Flamme erfaßte langsam die rechte untere Ecke der zusammengepappten Fotos, und die nackte Frau verbrannte langsam unter den Blicken des Voyeurs.

Rolf schaute unbeweglich zu. Erst als sich die Glut langsam auf meine Finger zufraß, die Ränder verkohlten, zitterten und dann immer dünner wurden, verkohlten und schwarz wegtaumelten, löste sich ein kaum vernehmbares Stöhnen aus seiner Brust.

»Keine«, sagte er endlich mit gepreßter Stimme.

Nein, Rolf hatte mit dieser Frau keine Liebe gemacht. Er hatte sie nur angeschaut, immer wieder, hatte sie mit leiser Stimme in immer neue und gewagtere Stellungen beordert, bis er an einem vagen Punkt angekommen war, den er als vorläufig erkannte, über den hinaus er aber nicht weiterzudenken und zu fühlen imstande war.

Wie ich ihn verstand. Und wie ich ihn dafür haßte. Er war ein Unerlöster wie ich!

Er wandte leicht den Kopf. Ich sah den Bogen, den seine beinahe nackten Brauen beschrieben.

»Liebe?«

Er schüttelte den Kopf. »Keine Frauen! Erinnerst du dich?«

Ich nickte. »Keine Frauen! Ja, ich erinnere mich!«

»Du hättest nicht heiraten sollen, Sachse!«

Seine Stimme klang kalt. Er suchte in die Position des Führungsoffiziers zurück.

Ich öffnete die Tür und quälte mich langsam und mühselig aus der dampfenden Wärme, die uns zusammenpappte. Ich ging um das Auto herum. Meine Schuhe versanken im wei-

chen Waldboden. Ich schaute auf die grünlich schimmernden Zahlen auf dem Zifferblatt meiner Armbanduhr.
Sechs Uhr vorbei!
Ich öffnete den Kofferraum und stellte den Kanister neben das rechte Hinterrad. Es tropfte von den Bäumen. Ich tastete mit den Fingerspitzen über das Abschleppseil, spürte die Fasern, seine Windungen. Ich hörte Rolfs Husten, sah durch das Rückfenster seinen Hinterkopf, stumpf, ohne Maske. Das Seil in der Hand, befahl ich ihm, sich hinter das Lenkrad zu setzen, schaute ihm zu, wie er sich mühselig hinüberhievte, befestigte das eine Ende des Seils am Lenkrad und wickelte dann den Mann ein, um und um, schnürte ihn zum Paket, die Arme an den Körper gepreßt. Das Ende schlang ich um den Sitz und verknotete es.
Rolf ließ alles schweigend über sich ergehen. Er reagierte auch nicht, als ich mit dem glucksenden Kanister in der Hand neben der offenen Tür auftauchte, den Verschluß öffnete, die dunkle Flüssigkeit über die Kunststoffkarosserie laufen ließ. Nur als der Rest des Benzins seine Kleidung bekleckerte, als sich die letzten Tropfen durch die Öffnung drängten und sein Gesicht netzten, begann sein Körper, in wilden, konvulsivischen Bewegungen zu tanzen, und er stöhnte laut auf.
Ich stand da, den leeren Kanister in der Hand und starrte den Mann an, der mein Leben dirigiert hatte. Und mir war, als ob sich die Bilder in der Erinnerung übereinander schöben. Wenn er doch nur gesprochen hätte, einen einzigen Satz! Sein spitzer Kehlkopf bewegte sich unablässig auf und ab.

»Und eines Tages, da hat es gekracht.
Ich hörte das Wimmern tief unten im Schacht.
Ich kannte die Stimme, die Hilfe geschrien!

Mein Vater.
Mein Vater!
Da brachten sie ihn!«

Die zweite Strophe aus dem Lieblingslied meines Vaters fräste sich in mein Hirn. Ich beobachtete ihn. Und ich wartete. Aber er schwieg. Erst als ich mein Feuerzeug anknipste, als die Flamme mein Gesicht wärmte und die letzte Hoffnung auf Rettung erstickte, als ich mich dann seinem Körper näherte, das Feuer übersprang und die Fasern des Seiles packte, als mit einem Mal von überallher Flammen züngelten, hörte ich ihn schreien. Ein einziges Mal! Laut und anhaltend.

Ich stand da, sah, wie er sich gegen seine Fesseln wehrte, wartete auf den Augenblick, wo sie von ihm abfallen würden und er noch einmal aufstehen, sich gegen das Feuer stemmen, sein Leben dem flammenden Tod entgegenhalten würde. Aber er wehrte sich umsonst gegen seine Fesseln und gegen das Feuer. Als ich durch den Wald davonrannte, war ich mir plötzlich nicht mehr sicher, ob es ein Todesschrei gewesen war oder eher ein Triumphgeheul über die lustvolle Befreiung.

Die Tüte mit den Disketten schlug gegen meinen Oberschenkel. Mein Gesicht war naß vom Regen und von den Zweigen, die mich peitschten. Die Leuchtziffern meiner Armbanduhr bremsten endlich meinen Lauf.

Um sieben Uhr in der Früh stand ich vor der Tankstelle, wo der Mann mit dem schweren Schnauzbart sich über die offene Motorhaube eines Lada beugte.

»Da bin ich wieder!«

Er starrte mich an wie ein Gespenst.

»Sie? Wer?«

Er hielt den Schraubenschlüssel hoch in die Luft, beschrieb damit ein Fragezeichen und ließ ihn wieder sinken.
»Der Mann mit dem BMW. Erinnern Sie sich?«
»Ich hätte Sie nicht wiedererkannt.«
Er wandte sich ab und ging auf die Werkstatt zu.
»Es war nichts!« rief er mir über die Schulter zu. »Nichts von Bedeutung!«
»Nichts von Bedeutung!« murmelte ich und zog einen Hundertmarkschein aus der Tasche.
»Zuviel!«
Er hob abwehrend seine schwarzen Hände. Er hatte keine Augenbrauen. Seine nackten Augen waren leblos. Ich nickte und starrte, als er sich umwandte, auf seinen Rücken, auf die Falten in seinem braunen Overall. »Formula Shell« stand da auf gelbem Grund in roten Buchstaben. Die vorweggenommene weltweite Vereinigung.
Beinahe lautlos rollte mein BMW aus der Werkstatt. Er stieg aus. Der Hundertmarkschein lugte aus seiner Brusttasche. Ich glitt auf den Sitz und fuhr los. Die Sonne hatte sich aus den tiefhängenden Wolken befreit und schoß ihre ersten Strahlen auf den Kühler meines Autos.
Vor der Einfahrt auf die Autobahn trat mein Fuß auf die Bremse. Es war mir noch immer nicht möglich, nach Hause zu fahren. Obwohl Rolf tot war. Obwohl Zwickau von seiner Gegenwart befreit war. Ich mußte noch einmal zurück, mußte versuchen, ob sich die Stadt mir jetzt wieder öffnen würde. Ich mußte die Stadt noch einmal begehen, in der mich der Mann festgenagelt hatte, den ich sterbend daran gehindert hatte, im Feuermeer noch einmal gegen mich aufzustehen.
Westautos fuhren westwärts, flitzten auf der Gegenfahrbahn

an mir vorbei. Westautos fuhren ostwärts und überholten mich. Die Fahrer warfen mir ein kurzes konspiratives Lächeln zu, wenn sich unsere Frontfenster auf gleicher Höhe befanden. Ich hob winkend die Hand. Lächelte zurück. Zwickau. Ich gehörte zu ihnen: KL – Kaiserslautern.
Ich bog rechts ab, absolvierte noch einmal denselben Parcours, den ich Stunden zuvor mit Rolf an meiner Seite abgefahren hatte.

50

Ich beschritt die üblichen Wege. Durch die Innere Plauensche Straße. Um das Gewandhaus herum. Nichts hatte sich verändert. Die chinesischen Masken im Schaufenster des Theaters grinsten mich an. In der Milchbar saßen ein paar Gäste stumm an den paar Tischchen verteilt, Komparsen in einem Stück, das noch nicht begonnen hatte. »Zigarren« stand in Stein gemeißelt über der Tür neben dem Rathaus. Aber da waren keine Rauchwaren. Da war kein Laden. Da war nichts.
Noch einmal zog es mich dorthin, wo Brenner gewohnt hatte. Ich überquerte den Platz hinter dem Theater, wagte einen Blick auf den Wohnblock, wo Heike Brenner vielleicht noch immer, über den Rand der Badewanne gebeugt, auf ihren Erlöser wartete. Aber die Wabenmuster der Balkone und Fenster verweigerten sich mir. Mein Blick fand keinen Halt, vermochte sich nirgendwo einzunisten.
Ich setzte mich in mein Auto und fuhr stadtauswärts, durch die Humboldtstraße. Auf dem Platz der Völkerfreundschaft versanken die Karusselle und Schießbuden in lehmiger Erde.

Niemand bewegte sich zwischen den bemalten Pferden und goldenen Kutschen.
Die hellgrüne Kuppel des Städtischen Museums zog mich magisch an. Ich bog rechts ab, parkte meinen Wagen vor dem Eingang.
Welch ein Gefühl, nicht als Vertreter in Sachen Kunst, als beflissener Laie, der seine Secondhand-Kunst an die Leute zu bringen versucht, dieses Gebäude zu betreten, sondern als Sachverständiger die Kunstschätze dieser Stadt, die sich mir im Leben verschloß, betrachten und genießen zu dürfen. Es war die triumphale Rückkehr in meine Identität.
Volker Neumann, Kunsthistoriker.
Ich trat durch das Portal, sah mich unter der Eingangskuppel um, kaufte mir mit der Selbstverständlichkeit des Kenners eine Eintrittskarte und steuerte geradewegs auf den Gemäldesaal zu.
»Die Sammlung ist wegen des bevorstehenden Umbaus geschlossen!« Eine junge Frau war auf Zehenspitzen hinter mir hergehuscht und hatte es mir ins Ohr geflüstert.
»Ich hätte Ihre Sammlung gerne gesehen. Ich bin von drüben!«
Sie lächelte mich an.
»Wenn es Ihnen nichts ausmacht, setze ich mich in Ihre Nähe. Ich werde Sie nicht stören... Europäische und deutsche Malerei vom 16. bis zum 20. Jahrhundert«, fügte sie erklärend hinzu. Sie hatte das Bedürfnis, sich nützlich zu machen. »Die Kunstsammlung ist die bedeutendste im südwestsächsischen Raum«, sagte sie noch und setzte sich auf eine Bank in der Mitte des Raumes, den sie geöffnet hatte. Sie hatte ihre Pflicht getan, saß mit gesenktem Blick da und lauschte auf meine Schritte, die im leeren Saal widerhallten.

Ich absolvierte einen Pflichtrundgang, kämpfte mich von Bild zu Bild vorwärts, wartete auf die Augenblicke des Wiedererkennens. Aber da war kein Bild, das mir bekannt vorkam. Ich versuchte, mich an all das zu erinnern, was ich vor Jahren an der Leipziger Universität gelernt hatte, suchte verzweifelt nach den Künstlernamen, die hier vertreten waren und die ich von früher her kennen sollte. Aber je länger ich unterwegs war, auf der verzweifelten Suche nach einem bekannten Gesicht, desto mehr erlahmte mein Elan.
Schule Balthasar Denner, 1685–1749. Eine alte Frau mit großer Nase und grobem, bäurischem Gesichtsausdruck, in Pelz und Brokat gekleidet, mehr verkleidet, schaute an mir vorbei. Sie hatte mit mir nichts zu schaffen. Schule Hiller stand unter dem nächsten Bild. Schule van Goyen. Kopie nach Rubens. Wo aber steckten die Meister? Einer versteckte sich hinter einem Mann aus besseren Kreisen, der, sein Gesicht ins Profil gedreht, am Porträtisten vorbeischaute. Das blonde gepflegte Haar quoll seitlich unter dem schwarzen Barett hervor. Eine schwere Goldkette mit einem Medaillon hing auf seiner samtenen Brust. Sein Hals wuchs aus einem lanzettförmigen Stück Harnisch. Da war ein kleiner gleißender Reflex auf dem schwarzen Metall. Als ob der Mann in einem Folterwerkzeug steckte. Und die rechte Hälfte seines blassen Gesichts loderte wie im Widerschein eines gewaltigen Feuers.
Es waren Rembrandts Gesichtszüge, die Züge des Meisters, sein schmaler Mund, die dunklen leeren Augen, ein Versuch des Schülers, den Mann zu bannen, dessen Genie sein Leben bestimmte. Daß er ihn in kostbarem Gewand, in der Robe des Mächtigen malte, war nur eine scheinbare Huldigung, denn der Meister vermochte auf dem Bild dem gewaltigen flam-

menden Lichteinfall von links nicht zu trotzen. Der Schüler hatte den Blick des Meisters weggezwungen, hatte ihm beinahe kindliches Erstaunen in die Augen gedrängt.

Rolf kam zurück.

Mein Versuch, durch Kunst die Realität der vergangenen Nacht aus meiner Erinnerung zu verdrängen, war mißlungen. Das Städtische Museum von Zwickau war ein Hort der Schüler und nicht der Meister. Meine Knie begannen zu zittern.

Ich setzte mich ans andere Ende der Bank, auf der die junge Frau saß. Das Bildnis des Mannes aus der Schule Rembrandts hing hinter mir. Ich starrte vor mir auf ein Stilleben von der Hand eines gewissen Thomas Höfel, ein Arrangement aus Flaschen, Vasen, Gläsern, und hatte plötzlich das Gefühl, als nähere sich von weither ein sirrender Ton und dränge sich ein Bild nach, das ich aus dem Gedächtnis verbannt hatte. Zürich. Ein schwerer, massiger Mann in einer Bierhalle vor mir.

»Fühlen Sie sich nicht wohl?«

Die junge Frau hatte sich erhoben. Sie stand vor mir, deckte mit ihrem Körper Höfels Glasarrangement ab und blickte mir besorgt ins Gesicht. Das Sirren wurde lauter, schärfer. Ich hielt mir die Ohren zu, wandte mich um und starrte auf das Bild aus Rembrandts Schule. Dann begann ich zu schreien, um das andere Geräusch zu übertönen, das mich mitten entzweischneiden wollte.

Ich kam wieder zu mir, als mir jemand Wasser ins Gesicht spritzte. Ich lag auf dem Rücken mitten im Gemäldesaal. Die junge Frau hielt meine Hand. Eine zweite, ältere Frau mit tizianrotem Haar beugte sich über mich. Ich sah in ihre hellblauen verwaschenen Augen.

»Brauchen Sie einen Arzt?«

Ich schüttelte den Kopf. »Nein.«
»Sie haben sich auf das Bild dort gestürzt und wollten es herunterreißen!« Sie zeigte auf den Mann aus der Schule Rembrandts. Das Bild hing schief. Der Mann hatte seine Perspektive verändert.
Ich setzte mich auf. Der Raum drehte sich vor meinen Augen. Ich hielt mich an der Frau mit dem tizianroten Haar fest, klammerte mich an ihren weichen Oberarm, hätte mich an sie schmiegen mögen. Sie entzog sich mir. Die junge Frau stützte mich, als ich auf die Beine zu kommen versuchte.
»Kommen Sie!«
Sie führte mich in den Kuppelsaal, vorbei an der Kopie einer mittelalterlichen Hexenverbrennung.
»Danke! Ich fühle mich besser.«
Sie ließ mich los. Ich stand leicht schwankend unter der Kuppel und ging dann langsam auf den Ausgang zu.
»Dürfen wir um Ihren Namen und Ihre Anschrift bitten? Wenn das Bild beschädigt sein sollte...«
»Neumann«, murmelte ich. »Aus Oelsnitz.«
»Ich dachte, Sie kommen von drüben!«
Ihre grauen Augen sahen mich mißtrauisch an. Es war ihr peinlich.
»Haben Sie einen Ausweis dabei?«
Ich griff automatisch in die Tasche, zögerte und schüttelte dann den Kopf.
»Wir sind doch hier unter uns.«
Sie verzog ihren Mund zu einem gequälten Lächeln. »Wie auch immer! Sie sollten sich ausweisen können.«
»Volker Neumann. Ich sagte es schon.« Ich streckte ihr den Ausweis entgegen, den ich mittlerweile aus dem Futter meines Jacketts gefingert hatte.

»Da steht Ost-Berlin, nicht Zwickau.«
»Es könnte auch Moskau stehen. Ich ... bin Comecon-Mitarbeiter.«
Sie notierte meinen Namen in ein Buch und verschwand dann hinter dem Schalter. Ich hörte das stockende Klappern ihrer alten Schreibmaschine, das ratschende Geräusch, wenn sie den Wagen zurückschob. Es war wie bei einem Verhör. Name, Adresse, Tatbestand. Die Frau spulte ihr Pensum ohne Angst ab. Sie mußte nicht befürchten, sich im Gehege der Stasi zu verirren. Es gab offiziell keine Stasi mehr. Und vielleicht hatte sie selbst für diese Organisation gearbeitet.
»Bitte unterschreiben Sie!«
Ihr Schatten tauchte hinter dem Schalter auf. Sie schob mir das Blatt hinüber. Ich griff in meine Brusttasche, holte meinen Kugelschreiber hervor und unterschrieb.
Gerhard Brenner.
Ich schob das Blatt zurück, nickte ihr zu und ging zur Tür.
»Herr Neumann – Ihre Unterschrift...!«
»Ja?« fragte ich und wandte mich kurz um.
Sie wedelte mit dem Blatt hinter dem Schalterglas, als ob sie mir zum Abschied zuwinken wollte.
»Unleserlich. Ich weiß!«
Ich stand unter dem Portal. Auf dem Platz der Völkerfreundschaft brachte ein einzelner Mann mit einem Lappen das Messinggestänge eines Karussells zum Glänzen, entfuhr der elektrischen Orgel ein einzelner klagender Ton.
Mein BMW leuchtete matt in der Sonne.
Nach Hause.
Im Rückspiegel registrierte ich meine Eskorte.

51

Am späten Nachmittag war ich endlich wieder zu Hause. Aber das Gefühl der Erleichterung, das ich erwartete, wollte sich nicht einstellen.

Ich saß unbeweglich am Steuer und schaute auf unser Haus. Auf dem Weg zurück war ein Begleiter nach dem andern von mir abgefallen, je mehr wir uns Kaiserslautern genähert hatten. Nur einer hatte bis zum Schluß durchgehalten, ein dunkelblauer Opel. Allerdings hatte auch seine Aufmerksamkeit mit der Zeit nachgelassen, so daß er an mir vorbeischoß, als ich brüsk gebremst hatte und bei der Ausfahrt zur letzten Autobahnraststätte vor Kaiserslautern ausgeschert war. Ich hatte getankt und war dann mit Rolfs Diplomatenkoffer in der einen Hand, das kleine verschnürte Paket unter der Jacke, zur Kasse gegangen, um meine Rechnung zu bezahlen.

»Nimm den Koffer und das Paket in Verwahrung. Schließ den Koffer weg und nimm das Paket mit nach Hause! Gib nur den Koffer heraus, wenn ihn jemand verlangt. Vom Paket weißt du nichts!«

Klara hatte schweigend genickt, den Koffer mit dem Fuß unter den Tresen geschoben und das Paket beiläufig in ihre Handtasche gesteckt.

»Dreiunddreißig Mark, bitte!«

Der Mann im Opel hatte ein paar hundert Meter weiter auf dem Pannenstreifen gewartet und mich dann bis nach Hause nicht mehr aus den Augen gelassen, und da stand er also zwanzig Meter hinter mir am Beginn der Amselstraße.

Das Küchenfenster wurde kurz geöffnet. Ich sah Sabines nackten Arm. Dann hörte ich das Geräusch eines Rolladens von der Frontseite unseres Hauses her. Sabine würde sich an ihren Schreibtisch setzen und den Zeitungsartikel zu Ende schreiben, den sie am Morgen begonnen hatte. In einer halben Stunde würde sie aus dem Haus kommen, um vor Redaktionsschluß ihr Manuskript abzuliefern.

Eine schwere amerikanische Transportmaschine schwebte von Westen her ein. Sie flog durch die Sonne, würde ihren dicken Schatten auf Sabines Manuskript werfen. Die Marquisen oben bei Webster waren geschlossen, das Haus über der »Amiwiese« wirkte blind und tot. Zwei Kinder kletterten auf das Turngerät im Garten, reckten triumphierend ihre Arme zum Himmel, als sie oben angekommen waren, und kletterten schon wieder herunter, als eine Frau auf der Terrasse erschien und applaudierte. Der Mann im Opel warf einen Zigarettenstummel auf die Straße.

Ein Motorradfahrer in rotem Lederdreß bog in die Amselstraße ein, warf einen kurzen Blick in den Opel und hielt dann vor mir am Straßenrand. Seine rotglänzenden Beine standen schräg ab, hielten die schwere Maschine im Gleichgewicht. Er beobachtete mich im Rückspiegel. Ich sah seine Augen hinter dem Visier.

Auf der Fliegerstraße wurde jetzt eines der Dachfenster aufgestoßen. Ein magnesiumgreller Blitz schoß in Parabelform in den Himmel. Ein einziges grelles Auge hatte mich im Visier. Ein einziges Auge. Oben unter dem Dach! Ein verlängertes Auge!

Wurde ich bewacht oder observiert?

Ich öffnete versuchsweise die Autotür. Der Motorradfahrer, der sich an seinen Satteltaschen zu schaffen gemacht hatte, hob den Kopf. Das Küchenfenster öffnete sich einen Spaltbreit. Der Motorradfahrer schaute hin. Ich stieß die Autotür auf. Das glasklare Auge oben an der Fliegerstraße bewegte sich. Ich schob meinen Körper langsam vom Sitz. Mit der rechten Hand stützte ich mich auf dem Lenkrad. Der Motorradfahrer streckte sich. Sein rechter Fuß suchte den Startbügel. Ich richtete mich vorsichtig auf, verlagerte mein Gewicht auf das linke Bein, und in dem Augenblick, als der andere mit seinem ganzen Gewicht ruckweise durchtrat, als die startende Maschine kurz explodierte, schob sich mein Kopf über den Rand des Autodaches und verschwand auch schon wieder.

Das gläserne Auge oben im Amerikanerhaus war verschwunden. Das Fenster war wieder geschlossen. In der Ecke des Nachbarhauses war eine tiefe Kerbe. Da hatte einer auf mich geschossen, dem meine Rückkehr nicht paßte. Es würde nicht bei diesem Versuch bleiben.

Ich lief auf unser Haus zu, hämmerte gegen die Eingangstür, bis mich die Fäuste schmerzten und meine Arme kraftlos niedersanken. Als Sabine öffnete, saß ich auf der Treppe, den Kopf zwischen den Armen. Ein Mann hinter ihr half mir auf die Beine und führte mich ins Haus. Es war Loewe, der BfV-Mann, der mich damals in Jennifers Wohnung erwartet hatte.

»Gerd!«

Sie stand unbeweglich mitten im Flur und schrie meinen Namen. Hinter ihrem rechten Ohr schob sich golden die Heilige Maria ins Blickfeld, eine Ikone, die ich einem Griechen abgekauft hatte. Ich hatte es nicht übers Herz gebracht, sie weiterzuverkaufen.

Aber das war weit weg, lag Wochen, Jahre zurück.

Sabine trat auf mich zu, tastete mit der Hand mein Gesicht ab, kratzte mit den Fingernägeln an meinem Stoppelbart, an meinen Stoppelhaaren.

»Was tun Sie hier?« fragte ich und reckte mein Kinn gegen den Besucher.
»Wir kennen uns, Herr Brenner. Martin Loewe. Bundesamt für Verfassungsschutz!«
Er tat einen Schritt nach vorn, hob den Zeigefinger an die Stirn und zog sich dann wieder zurück. Ich konnte meinen Blick nicht von Sabine wenden. Ich atmete jene für sie typische Mischung aus Parfum und Zigarettenrauch ein. »Ultraleicht!« Mit diesem Wort hatte sie jedesmal die Diskussion über ihren Zigarettenkonsum abgewürgt.
»Sie haben es geschafft!«
Loewe nickte befriedigt. Seine Hand schoß auf mich zu und klopfte mir auf die Schulter. Seine Berührung war mir unangenehm. Ich tat einen Schritt zurück. Seine Hand fiel von mir ab.
»Was habe ich geschafft?«
Er hob seine Arme und senkte sie wieder. Als ob er sich plötzlich nicht mehr sicher sei, was er wirklich gemeint hatte. Er trug ein dunkelgrünes T-Shirt, darüber eine zerknautschte Lederjacke. Seine Haare waren hellblond und kurz geschnitten wie meine.
»Sie stören mich, Herr Loewe. Ich habe meine Frau seit ...«
»Ich weiß!« unterbrach er mich schnell. »Trotzdem fahren wir jetzt!«
Sabine hob hilflos die Hände. Sie trug die blauweißgestreifte Bluse und Jeans. Ihre Fäuste blähten die Taschen auf. Sie hielt ihren Kopf schräg wie ein aufmerksamer Vogel, der einen Menschen beobachtet. Genauso hatte mich Heike betrachtet. Das war erst ein paar Tage her, und ich wußte mit einem Mal nicht mehr, ob mich Sabine an Heike erinnerte oder umgekehrt.

»Sabine!«

Erst als ich ihren Namen aussprach, war ich wirklich angekommen, dort, wo ich seit Jahren mit ihr zusammen gelebt hatte.

Jetzt zitterten ihre Lippen leicht, und sie streckte wieder ihre Hand aus. Ich stieß Loewe zurück und wollte Sabine an mich ziehen. Aber da war plötzlich, wie der Schnitt eines Skalpells, diese Verunsicherung, dieses schmerzliche Zögern, als ich mir meines Gefühlsandrangs bewußt wurde und der Tatsache, daß der Mann vom Verfassungsschutz mich die ganze Zeit gespannt beobachtete. Ich sah mich unvermittelt mit seinen Augen oder den Augen Neumanns oder Brenners oder Dr. Paulsens, sah einen Mann mit weit aufklaffendem Mund und verschwommenem Blick auf eine Frau zustürzen, die ihrerseits weit die Arme öffnete.

Aber ich spielte die Szene zu Ende. Die Irritation verschwand, als ich Sabines Gesicht und ihren Körper spürte.

»Ich bin zurückgekommen«, flüsterte ich.

»Ja.«

»Bitte, Herr – Brenner!« sagte Loewe und hüstelte verlegen.

»Wohin?«

»Zum Rapport!« Er grinste und zeigte dabei seine Zähne.

Die Pause, die er vor meinem Namen gemacht hatte, enthielt die ganze Drohung. Er öffnete die Kellertür, schob mich vor sich her. Ich warf einen Blick über die Schulter, sah Sabines hilflosen Ausdruck im Gesicht, sah, wie sie sich langsam über die rechte Braue strich und dann den Arm fallen ließ. Dann schnappte die Tür hinter mir ins Schloß.

Wir gingen durch den Keller in die Garage, wo neben Sabines schwarzem Golf ein weinroter Mercedes stand. Am Steuer saß ein grauhaariger Mann, der sich kurz umwandte, als er unsere Schritte hörte. Loewe öffnete den Schlag und ließ mich hinter dem Fahrer einsteigen. Er setzte sich neben mich, betätigte routiniert und selbstverständlich die Fernsteuerung, sah befriedigt, wie sich die Garagentür langsam hob und der große Wagen beinahe geräuschlos in den warmen späten Julinachmittag hinausschnurrte. Loewe schien sich in meinem Haus gut auszukennen. Seit wann hatte er mich dort erwartet und worüber hatte er sich mit Sabine unterhalten?

Wir fuhren aus Kaiserslautern hinaus. Der blaue Opel folgte uns in einigem Abstand. Ich sah das Auge des Fahrers im Rückspiegel. Er hatte unseren Beschatter längst ausgemacht, ohne daß ihn das zu beunruhigen schien. Also gehörte mein flüchtiger Bekannter aus Zwickau auch zum Verein. Er war einer von ihnen, eine treue Seele, die mich nur ab und zu aus den Augen verloren hatte.

Der Feierabendverkehr keilte uns ein. Loewe wurde aufmerksam. Er musterte die Insassen der Fahrer neben und hinter uns genau. Seine rechte Hand hatte er wie Napoleon in Herzhöhe in die Lederjacke gesteckt.

Dann waren wir draußen in der Landschaft. Die Weinstraße lag vor uns. Die Sonne hing über dem fernen Horizont und zündete mir mitten ins Gesicht. Ich schloß die Augen, lehnte mich im weichen Polster zurück. Der Fahrer hielt.

»Immer wieder schön diese Aussicht!« sagte Loewe. »Dort ist der Slevogthof!«

Er streckte seinen Arm aus.

»Ich weiß«, antwortete ich mürrisch, ohne aufzublicken. »Ich wohne ja schließlich seit über zwanzig Jahren in dieser Gegend!«

»Ich sagte es nicht deswegen. Sie haben doch Kunstgeschichte studiert!«

Wollte er mich dazu zwingen, meine Augen zu öffnen? Don Juan in flatterigem Weiß hebt sein Glas, schmettert die Champagner-Arie. Ich wehrte mich gegen die flammenden Bilder, die aus der Sonne drängten. Don Juan als strahlende Integrationsfigur: der singende Verräter. Ich hielt die Bilder meiner ersten Begegnung mit Sabine dagegen. Die Erinnerung an ihren flatternden gelben Schal, an diese nicht zu benennende Stimmung, die, wieder herzustellen, mir nie mehr gelungen war, weil Rolfs Direktiven mich verfolgten.

»Sie schulden mir eine Antwort«, sagte Loewe beinahe sanft.

»Ich sagte, Sie hätten Kunstgeschichte studiert.«

»Sagen Sie es ruhig, Herr Loewe. Mich stört es nicht. Ich verstehe etwas von Kunst, wie auch immer!«

Der Fahrer drückte auf einen Knopf. Die Scheibe öffnete sich lautlos. Ein Schwall von Gerüchen drang ins Innere, eine Mischung aus Heu, feuchter Erde und Teer.

Ich atmete tief durch, öffnete die Augen, fühlte mich mit einem Mal geborgen, wie zu Hause. Loewe beobachtete mich von der Seite. Er schien zufrieden zu sein, rieb verstohlen die Handflächen aneinander.

»Wir haben auf Sie aufgepaßt!« sagte er und lachte in sich hinein.

Ich blickte ihn an und sah die kleinen verästelten Fältchen in seinen Augenwinkeln. Sie verliehen ihm etwas Gütiges. Aber Loewe war kein gütiger Mensch. Seine Hände waren schmal, er hatte Finger wie Krallen, und seine Stimme brach immer wieder, kippte im falschen Augenblick.

»Hätten Sie doch auf mich aufgepaßt!« antwortete ich bissig.

Er kniff die Augen zusammen und blickte mitten in die grelle Abendsonne. »Ein gutes Weinjahr!«
Ich wandte mich ab. Er hielt mich hin. Es war ja auch nicht seine Sache, mich zu beurteilen.
»Bringen wir es hinter uns, Loewe!«
Befriedigt nahm ich zur Kenntnis, daß meine Stimme rauh und unbeeindruckt klang. Ich hatte die Höflichkeitsform weggelassen.
»Wie Sie wollen, Neumann!«
Indem er mich bei meinem ursprünglichen Namen nannte, gab er die Tonart an, auf die ich mich einzurichten hatte. Sie wußten also Bescheid. Sie – wer auch immer – würden mich als DDR-Agenten ansprechen. Aber *was* wußten sie?
Der Fahrer startete den Mercedes. Über den dreistrahligen Stern peilte er ein einsames Gebäude an, das zu Füßen des Slevogthofs mitten in einem ausgedehnten Rebgebiet lag.
»Der Blick auf solche Landschaften entschädigt einen für manch Häßliches in unserem Beruf«, murmelte Loewe versonnen und faltete die Hände.
»Was für versöhnliche Töne! Arbeiten Sie auf die Wiedervereinigung hin?« fragte ich spöttisch. »Sie können sich ausrechnen, wie das ablaufen wird: Beethovens Schicksalssymphonie. Bier statt Champagner. Haydn zum Schluß. Wir haben doch die schönste Nationalhymne weit und breit.«
»Stimmt, Herr Neumann. Wir Bundesrepublikaner!«
Ich überhörte den metallenen Klang in seiner Stimme nicht.
»Ja, und dann die Amnestie. Auch für Spione!«
Er drehte blitzschnell den Kopf.
»Das nicht, Brenner!« bellte er.
Der Mercedes rollte langsam durch ein eisernes Tor und dann auf einem Kiesweg am Haus vorbei auf einen Vorplatz, der

wie von Scheinwerfern ausgeschnitten im Sonnenlicht lag. Der Opel, der uns eskortiert hatte, hatte vor dem Tor angehalten. Unsere Schatten fielen lang und kantig auf die Freitreppe. Loewe ging voran, drehte sich, oben angekommen, um und erwartete mich. Ich war am Fuß der Treppe stehen geblieben. Es war wie damals in Berlin-Karlshorst. Über dreißig Jahre her. Nichts war anders, Männer, die hinter Baumstämmen Deckung gesucht hatten, als wir vorfuhren. Die totale Überwachung in einem Deutschland, das kurz vor der Wiedervereinigung stand. Wovor fürchteten sich die Leute, die sich bewachen ließen?

Unser Haus in der Amselstraße hatten sie weniger wirkungsvoll beschützt als dieses konspirative Objekt.

»Kommen Sie, Herr Neumann!« Loewe forderte mich mit einer energischen Handbewegung auf, mich in Marsch zu setzen.

Der Weg über die breite Treppe fiel mir schwer. Ich fühlte mich nicht mehr fähig, einen vernünftigen Gedanken zu fassen. Ich nahm meine Umgebung nur noch in Fragmenten wahr, als ob sie durch das Glas eines Prismas mehrfach gebrochen sei.

52

An der schneeweißen Wand im Eingang hing ein Jagdstilleben. Der Kopf eines Hirsches kippte über einen Tischrand. Das Geweih zog ihn nach unten. Seine Augen lagen verdreht wie Glaskugeln in ihren Höhlen. Der Lauf einer Büchse schimmerte blau aus dem Hintergrund. Die dünne Flamme eines Kerzenstummels flackerte, von einem unsichtbaren Hauch in Bewegung gesetzt. Als ob das Motiv dem Maler ein Stöhnen entlockt hätte! Zweiender, schön aufgereiht, schmückten die andere Wand des Flurs. Ein ausladender Strauß mit Margeriten stand auf einer dunkelbraun gebeizten Truhe und verströmte einen scharfen Geruch.

Loewe wartete auf der zweiten Stufe der Holztreppe, die in das obere Stockwerk führte. Er schaute über seine linke Schulter, ob ich ihm folgte. In meinem Rücken spürte ich die Gegenwart des Fahrers, der mit seinem Körper die Eingangstür ausfüllte und das Licht erstickte. Von oben störte das Klappern einer Schreibmaschine die trauliche Ruhe auf, die zu diesem Haus zu gehören schien. Es war kein Ort der lauten Geräusche, der peitschenden Befehle und des schrillen Gelächters. Darauf hatte ich mich einzurichten.

Ich fühlte Loewes schwere Hand auf meiner Schulter, als ich vor der Öffnung einer niedrigen Tür angekommen war. Er stemmte mich gegen das Holz. Seine Hände krabbelten über meine Hüften abwärts, machten bei den Füßen kurz halt, umfaßten meine Fußgelenke und wanderten dann auf der Innenseite der Schenkel nach oben, berührten flüchtig mein Geschlecht und bewegten sich dann über den Rücken aufwärts, bis sie wieder dort ankamen, von wo aus sie ihre Reise angetreten hatten.

Jetzt langte Loewe an mir vorbei, drückte auf die Messingklinke und schob mich vorwärts. Sein Körper drängte sich von hinten an mich. Sein Atem schoß warm in meinen Nakken. Dann schloß er leise die Türe hinter mir.

Ich zögerte. Es war nicht die hohe Schwelle, die mich hinderte, den Raum zu betreten, der sich vor mir öffnete. Es war der sirrende Ton, der mich hier empfing.

Der gewichtige Mann mit der Wirbelglatze saß in einem engen hellgrauen Jackett aus billigem Stoff mit dem Rücken zu mir, die Arme auf einen Schiefertisch gestützt. Ich registrierte die gemächliche Rotationsbewegung seines Körpers, das kaum wahrnehmbare Zittern, das über seinen feisten Rücken lief.

»Setzen Sie sich, Herr Neumann«, sagte er, ohne sich umzudrehen.

Als ich seitlich an ihm vorbeiging, sah ich, wie sein dicker Zeigefinger mit dem abgebrochenen Nagel auf dem Rand des halbvollen Glases kreiste.

Der Mann schaute nicht auf. Ich setzte mich ihm gegenüber auf einen Stuhl, aus dessen Rückenlehne ein Herz ausgeschnitten war. Er hatte die Augen halb geschlossen. Die Lider verschwanden beinahe hinter den Wülsten, die auf seinen Wangenknochen hockten.

»Sie beherrschen Ihr Handwerk. Alle Achtung, Herr Neumann. Oder ist Ihnen der Name Brenner lieber? Oder Dr. Paulsen?«

Er erklärte mir deutlich, wo es lang gehen würde.

»Trinken Sie ein Glas mit?«

Er lächelte jetzt und neutralisierte damit wieder die Sätze, mit denen er mich festgenagelt hatte.

Ich nickte.

»Dr. Bürklin-Wolf. Ein 87er!«

Er schnalzte mit der Zunge. Auf dem Etikett nistete ein goldener Uhu im Federbusch eines Ritterhelms, seine ausladenden Schwingen schienen sich schützend über zwei Wappen legen zu wollen: über einen roten zornigen Löwen und einen weißen Baum mit zwei Vögeln auf blauem Grund.

»Wachenheimer Mandelgarten«, fügte der Mann hinzu, packte mit seinen Pranken die Flasche und füllte ein Glas.
Der trauliche Name des Weines bewirkte nichts. Er lullte weder meine Wachsamkeit ein, noch gab ich mich diesem Gefühl der Behaglichkeit hin, das sich in mir ausbreitete.
»Weber«, sagte er unvermittelt, schürzte seine wulstigen Lippen und nahm einen kleinen Schluck. »Zum Wohlsein!«
Es war nur eine Andeutung eines Zuprostens gewesen. Die Mischung aus Information und atmosphärischem Geplauder schien zu seiner Methode zu gehören. Er hob einen Satz durch den nachfolgenden auf und wertete beide gleich wieder durch einen dritten auf. Seinen Namen hatte er wie beiläufig in diesem Gefüge plaziert. Der Mann hieß nicht Weber, und er wußte, daß ich das wußte, aber es war ihm gleichgültig. Ich mußte sein Namensangebot annehmen, während er sich je nach Bedarf der Namen meiner verwickelten Biographie bedienen konnte.
»Wir haben uns schon einmal gesehen«, sagte er lächelnd.
»In Zürich!«
Er nickte anerkennend. Ich trank und stellte das Glas mit Nachdruck auf den Tisch zurück.
Er fuhr sich mit Zeige- und Mittelfinger zwischen Kragen und Hals, um sich Luft zu verschaffen. Seine altmodische, viel zu breite Krawatte mit dem Schottenmuster hing schräg auf seinem Bauch und verdeckte die klaffende Öffnung im hellblauen Hemd nicht, in der ein perforiertes weißes Unterhemd zu sehen war.
»Was haben Sie mitgebracht?« fragte er endlich leise und legte seinen Zeigefinger auf den Rand seines Glases. Die Androhung der Folter! Ich streckte ihm die offenen Hände entgegen.

»Nichts!«
»Brenner!« sagte er scharf. »Soviel Zeit haben wir nicht!«
»Ich war nicht in Ihrem Auftrag...!« Drüben, wollte ich sagen.
»Was denn sonst, Brenner?«
Er schaute zur Lampe über dem Tisch, einem schmiedeeisernen schwarzen Kranz mit sechs kerzenartigen Lampen.
»Ton ab«, sagte ich spöttisch. Es tat mir gut, ihn merken zu lassen, daß ich um das Mikrofon im Leuchter wußte.
»Also noch einmal! Was haben Sie mitgebracht?« wiederholte er ungerührt.
»Ich war ein paar Tage in Zwickau. Wenn Sie vom Fach sind, wissen Sie auch, daß so schnell nichts läuft!«
»Warum sind Sie dann zurückgekommen?«
Nur jetzt keine Zigarette anstecken, nicht nach dem Glas greifen, nicht aus dem Fenster schauen!
»Ich wollte meinen Doppelgänger kennenlernen!«
»Brenner ist tot!«
»Eben!«
Jetzt erst wandte ich den Blick zum Fenster. Feine Staubpartikel tanzten vor den Scheiben im Licht der untergehenden Sonne. Von Ferne war das Tuckern eines Traktors zu hören. Eine Amsel hockte auf dem höchsten Ast eines Birnbaums. Aber er sang nicht.
»Sie haben sich für Harald Waffler interessiert! Warum?«
Ich fixierte den Vogel, wartete auf seinen Gesang. Die Tür öffnete sich leise. Der Opelfahrer und gelegentliche Begleiter in Zwickau und Chemnitz grinste mich an. Aber Weber hob nur abwehrend den rechten Arm, ohne sich umzuschauen. Seine Hand lag wieder auf dem Glasrand. Das Glas begann zu singen.

»Müssen wir denn von vorn anfangen, Neumann?«
»Ich habe Zeit, Herr Weber!«
»Wir haben eine Akte von vielen hundert Seiten über Ihre Person«, sagte Weber geduldig.
Ich wußte, daß er nicht bluffte.
»Sie wollen mir etwas anhängen!«
Er lachte laut heraus. Seine rotgeäderten Wangen vibrierten.
»Sie reden wie ein Ganove! Sie sind ein Agent, vergessen Sie das nicht!«
»Wie könnte ich, wenn Sie mich ständig daran erinnern. Ja, ich habe Waffler getroffen!«
Ich redete absichtlich so, als ob er noch am Leben sei.
»Und warum?«
Was sollte ich ihm erzählen? Er würde mich nicht verstehen. Ich mußte ihm ein anders für ihn plausibles Motiv anbieten.
»Der Mann hat Kontakt zu mir aufgenommen!«
Weber verzog sein Gesicht zu einem mitleidigen Grinsen.
»Das war unter Ihrem Niveau, Brenner! Wie käme der Mann dazu, sich Ihnen auszuliefern!«
»Vielleicht wollte er herausfinden, ob ich etwas über ihn wußte, was die sogenannte Öffentlichkeit nicht wußte.«
Er nahm den Finger vom Glas. Draußen begann die Amsel zu singen.
»Reden Sie endlich, Brenner! Sie haben als Agent für die DDR gearbeitet.«
Ich schaute ihm in die Augen. Er zwinkerte mir belustigt zu, aber die Kälte seines Blicks entging mir nicht.
»Herr Weber! Wir stehen vor der Vereinigung. Die große Verbrüderung erwartet uns! Ich denke, daß es zur Amnestie für Stasi-Mitarbeiter kommt!«

Er wiegte seinen schweren Kopf nachdenklich hin und her.
»Wir haben denselben Beruf!« sagte ich mit Nachdruck.
»Aber wir haben nicht dieselben Motive, Neumann!« fuhr er mich an.
»Die Motive sind es nicht! Es ist doch egal, aus welchen Motiven ich mich für die Agentenlaufbahn entschließe!«
Er verzog seine wulstigen Lippen. »Ich mag nicht in einem Boot mit Ihnen sitzen!«
Seine Augenbrauen beschrieben einen gotischen Halbbogen. Er schien eine Gesprächspause andeuten zu wollen.
»Ihr Pech, Herr Weber!« sagte ich ungerührt.
»Sie sind blaß, Herr Neumann. Fühlen Sie sich nicht gut?«
Ich schaute ihn überrascht an. Er grinste still vor sich hin. Ich begriff. Er wollte ohne Mikrofon mit mir reden.
»Wenn ich einen Augenblick an die frische Luft gehen könnte! Die lange Fahrt! Der Streß...!«
»Gehen wir in den Garten!«
Er wuchtete sich aus seinem Sessel hoch, nahm im Stehen noch einen Schluck und stapfte zur Tür. Ich wußte, daß auch dieses Manöver, mich scheinbar außerhalb des Mikrofons zu befragen, ein Stück Taktik war. Er trug ein Mikrofon auf sich. Es fragte sich nur, ob er es einschaltete oder nicht. Ich würde auf seine Hände achten müssen.

53

Der Kies knirschte unter unseren Schritten. Weber trug Sandalen und graue Wollsocken. Er war mir einen halben Schritt voraus. Plötzlich blieb er stehen, vollführte eine plumpe Pirouette und baute sich vor mir auf.

»Könnte es sein, daß Waffler ein Geheimnisträger ist?«

Weber überragte mich um einen Kopf. Er schaute lauernd auf mich herab, ich zog mich zwei Schritte zurück, lehnte mich an den rauhen Stamm des Birnbaums, auf dem die Amsel sang.

»Sie waren mir ja immer dicht auf den Fersen, Herr Weber. Sie hätten den Mann doch befragen können!«

»Ach, Brenner!« sagte er mitleidig. »Der Mann hat sich nichts zuschulden kommen lassen!«

»Eben!« murmelte ich ungerührt.

»Sie waren in seinem Zwickauer Büro!«

Ich stieß mich vom Baum ab. Eine faule Birne fiel dumpf vor mir auf den Kies und explodierte. Braune Hautfetzen und matschiges Fruchtfleisch klebten auf meinen Schuhspitzen.

»Ja, ich war bei Waffler«, sagte ich gleichmütig.

»Das ist schon etwas! Was wollten Sie von ihm?«

Ich starrte auf meine Schuhspitze, bückte mich dann und rieb sie mit einem Grasbüschel sauber. Vor mir sah ich Webers große Füße. Die Zehen bewegten sich in den grobmaschigen Socken auf und ab. Aber seine Hände hatte er die ganze Zeit über demonstrativ an der Seite baumeln lassen.

»Sie wollten ihn erpressen, Brenner!«

Ich fühlte seine Stimme beinahe körperlich im Nacken. Ich richtete mich auf. Meine Knie schmerzten.

»Denken Sie, daß Männer wie Waffler erpreßbar sind, vorausgesetzt er ist das, wofür Sie ihn halten?«
»Und wofür halte ich ihn?«
»Für meinen Führungsoffizier!«
»Ach?« sagte Weber nur, aber sein Erstaunen klang nicht echt. Auch er schien das Versteckspiel leid zu sein. Er zeigte auf eine alte grüne Gartenbank, von der die Farbe abblätterte, schlurfte darauf zu und ließ seinen schweren Körper auf die Sitzfläche krachen. Ich setzte mich neben ihn. Zwischen uns hätte ein dritter Mann Platz gefunden.
»Ihr Instrukteur hat es mit der Angst zu tun bekommen. Er hat Kontakt zu Ihrer Frau aufgenommen!«
Ich nickte. Fred, der Bordellgänger und Bettakrobat!
»Der Mann ist bei einem Verkehrsunfall in der Nähe von Deidesheim ums Leben gekommen! Ein Laster, der plötzlich...!«
Weber drehte seinen Kopf, als erwarte er eine Antwort von mir. Aber ich schwieg und schaute auf die Armee von Rebstöcken, die sich am Abhang zu meinen Füßen ausbreiteten. Trotzdem sah ich, wie seine Hände sich zu seiner Brusttasche vortasteten. Ton ab! Wir waren wieder offiziell auf Sendung!
»Wir hatten also keine Möglichkeit, ihn zu verhören!«
»Sie haben sich an meine Frau gehalten!«
»Wir konnten Ihnen nichts nachweisen, Brenner! Ihre Tarnung war sozusagen perfekt, obwohl wir jede Menge Verdachtsmomente gegen Sie hatten!«
Ich wehrte mich gegen das Gefühl von Stolz, das sich in mir ausbreitete. Ich kannte die Methode. Es war dieselbe, mit der mich damals die Stasi-Leute für ihre Sache gewonnen hatten.

»Dann war da die Sache mit dem Mord an Jennifer Harmes!«
»Ich erinnere mich. Jennifer Harmes war eine gute Kundin!«
»Eine gute Informantin«, korrigierte Weber schnell.
»Ich habe sie nicht getötet!«
Das hatte ich schon einmal gesagt. Es war, als lägen Jahre dazwischen.
»Nein, Sie nicht! Sergeant Francis hat die Tat gestanden!«
»Ach so!«
Dann war also die Kette geschlossen.
»Damit haben Sie wohl nicht gerechnet? ... Aber kommen wir wieder zur Sache! Was wollten Sie von Waffler?«
»Warum befragen Sie ihn nicht?«
»Waffler ist spurlos verschwunden!«
Was wußte Weber? Er tat so, als ob er nichts wüßte.
»Er wird schon wieder auftauchen!«
Er sah mich von der Seite zweifelnd an.
»Brenner, was denken Sie, warum wir mit Ihnen auf diese beinahe kollegiale Weise verkehren und Sie nicht einfach einem normalen Verhör aussetzen?«
»Sie sind auf einen Deal aus, Herr Weber«, sagte ich gehorsam. »Sie haben mich nur deshalb an langer Leine laufen lassen, weil Sie hofften, daß ich mit den Leuten Kontakt aufnehmen würde, die meine Aktionen hier leiteten.«
»Richtig! Also, was haben Sie anzubieten, Brenner?«
»Was habe ich zu erwarten?« fragte ich schnell zurück.
»Das kommt auf den Wert der Informationen an, die Sie liefern!«
»Waffler ist ein vorsichtiger Mann, Herr Weber. Keiner, der kompromittierendes Material bei sich hortet.«

»Sein Büro war sozusagen leer!« Er nickte bekümmert.
»Sie haben nachgeschaut? Ihr Mann!«
»Leider zu spät! Am Abend zuvor waren Sie bei Waffler. Sie sind zusammen in einem Trabi weggefahren.«
Er machte eine bedeutungsvolle Pause.
»Sie hatten einen Diplomatenkoffer bei sich!« fügte er unvermittelt hinzu und schaute mich wieder von der Seite her an.
Ich wartete. Ich wußte, daß er noch einen Trumpf in Reserve hatte.
Er griff in seine Brusttasche und hielt mir ein Foto hin: Es zeigte zwei Gestalten, die eng hintereinander die Schumannstraße in Zwickau überquerten. Die hintere trug einen schwarzen Diplomatenkoffer. Das Licht der Straßenlaterne reflektierte auf dem glatten Leder. Der Kollege mit dem blauen Opel hatte mich also fotografiert!
Aber Weber fragte nicht, wohin ich mit Rolf gefahren war. Er wartete auf mein Angebot.
»Ich habe den Koffer versteckt!«
»Jetzt kommen wir der Sache schon näher! Was war im Koffer?«
Ich hatte mit meiner Antwort gewartet, bis seine Hand auf dem Oberschenkel lag. Aber die Finger waren nicht ruhig.
»Disketten!«
Weber schoß mit einer Behendigkeit von der Bank auf, die ich ihm nicht zugetraut hätte.
»Gehen wir ins Haus!«
Er wandte sich ab und stapfte erregt davon.
»Kommt jetzt der offizielle Teil?« fragte ich hinter ihm.
Er blieb erstaunt stehen und wandte sich halbwegs um. »Was immer Sie auch darunter verstehen, Brenner!«
Ich sah, wie seine Hand in der Brusttasche verschwand. Er

hatte das Mikrofon abgestellt. Erst jetzt stellte ich meine Frage: »Beunruhigt Sie der Inhalt der Disketten nicht?«
Er schaute an mir vorbei über die Rebhügel, dachte vielleicht an Müller-Thurgau, an ein Leben als gewöhnlicher Bürger? Oder waren es nur meine eigenen Sehnsüchte, die ich in ihn hineinprojizierte?
Weber setzte seinen schweren Körper langsam und ächzend in Bewegung. Sein Hosenboden glänzte und hing schlapp unterhalb seines Gesäßes. Jetzt winkelte er die Arme an wie ein Westernheld, der zur Pistole greift. Aber er zog nur mit einem Ruck seine Hose stramm und drehte sich dann noch einmal um.
»Gehen wir!«

54

Weber ließ mich eine Stunde lang warten. Ich saß auf seinem Platz am Schiefertisch, vor mir sein halbvolles Glas, dessen Rand mit undeutlichen Fingerabdrücken bedeckt war. Ich griff nach meinem Glas auf der andern Tischseite, füllte es und trank es aus. Ich saß mit aufgestützten Ellbogen da, so wie ich ihn angetroffen hatte.
Ich hatte seine versteckte Angst gespürt, weil es meine eigene Angst war. Wie würde der Deal aussehen?
Als dann endlich Loewe kam, um mich zu holen, war ich mit meinen Überlegungen keinen Schritt weitergekommen. Weber wartete vor dem Haus. Er saß auf dem Beifahrersitz meines Autos. Deshalb hatte es so lange gedauert.
»Setzen Sie sich ans Steuer, Brenner!«
Loewe öffnete die Tür. Er drängte sich an mich, knallte dann

die Tür zu und ging zum Opel hinüber, worin bereits der treue Begleiter wartete.
»Also?« fragte Weber, ohne sich mir zuzuwenden. Seine Hände lagen wie zwei Koteletts auf seinen Knien.
»Ich denke, Ihr Mann weiß Bescheid!«
»Bei der Autobahnraststätte?«
Ich startete den Motor. Es war wenigstens ein halbwegs gutes Gefühl, im eigenen Auto zu sitzen, im vertrauten Geruch, und die Rippen des eigenen Lenkrades zu spüren. Im Rückspiegel sah ich den Opel und die beiden Männer auf den Vordersitzen.
»Was ist auf den Disketten ...?« fragte Weber, als wir auf der Landstraße dahinfuhren.
»Wie soll ich ...!«
»Kommen Sie, Brenner!« sagte er barsch. »Sie sind doch nicht naiv! Sie haben doch mindestens Stichproben gemacht!«
»Summen. Namen. Adressen: Wafflers Kundenkartei!«
Webers Zeigefinger beschrieb einen kleinen Kreis.
»Unverdächtige Namen?«
Es dämmerte. Die Scheinwerfer des Wagens hinter mir blendeten mich. Ich kippte den Rückspiegel und warf dann einen schnellen Blick auf meinen Begleiter. Er saß mit angezogenen Beinen da, die Arme verschränkt, ein Koloß, ein Körper ohne Extremitäten, nirgends zu packen.
»Auf den ersten Blick wirkte alles unverdächtig, Herr Weber!«
»Sie denken, es könnte ein Code sein!«
»Seit wann interessiert Sie meine Meinung?«
Er drehte seinen Kopf. Seine Augen wurden kurz hinter den Fleischwülsten sichtbar und zogen sich schon wieder zurück.

Er roch plötzlich nach Schweiß. Oder war mir das bis jetzt nicht aufgefallen?

»Haben Sie Waffler gefragt?«

»Hätte er mir eine Antwort gegeben?«

Weber stieß wütend die Luft durch die Nase. Ein Tropfen blieb an der Spitze hängen, zitterte im Licht der entgegenkommenden Autos und fiel dann ab.

»Sie haben ihn doch bedroht!«

»Er bestritt es!«

»Unsere Leute werden den Code knacken, wenn es denn einer ist!«

»Zweifeln Sie daran?« fragte ich nach einer langen Pause. Mir war, als ob Hoffnung in seiner Stimme mitgeklungen hätte.

Er schwieg.

»Was habe ich von Ihnen zu erwarten, Herr Weber? Die Disketten sind mein Gastgeschenk!«

»Was erwarten Sie denn?« fragte er schnell zurück. Wieder hatte er sich in seine Schildkrötenposition verkrochen.

»Amnestie! Oder wenn's so offiziell und gnadenreich nicht sein darf, ganz einfach Stillschweigen!«

»Was wollen Sie, Brenner! Sie sind doch nicht meine ... Kreatur!«

Er hatte gezögert, bevor er das letzte Wort ausgesprochen hatte. Nicht, weil er nach dem richtigen Ausdruck gesucht hätte, sondern weil er dieses Wort nicht mehr zurückhalten konnte. Er schaute mich schnell von der Seite her an, fragte sich wohl, ob er mein Mißtrauen geweckt habe.

»Ich habe Sie schon verstanden, Herr Weber. Der ganze Dienst weiß Bescheid.«

Ich hatte Lust auf eine Zigarette. Aber er würde es mit Recht

als Nervosität deuten. Ich fuhr jetzt mit erhöhter Geschwindigkeit auf der Autobahn, noch immer von den beiden Beamten gefolgt.
»Aber wenn das Material brisant ist, dann habe ich doch eine Chance!«
»Wenn ...!«
Weber suchte in seiner Brusttasche herum und fingerte endlich eine Zigarre aus einer goldenen Packung. Er steckte sie in den Mund, aber er zündete sie nicht an. Ich sah im Gegenlicht, wie sie leise zwischen den Lippen zitterte und sich dann langsam senkte, bis sie schräg nach unten zeigte.
»Wer in Ihrem Dienst ist eigentlich an meinem Tod interessiert?«
Ich versuchte, die Frage beiläufig klingen zu lassen.
Er packte die Zigarre mit seiner rechten Hand und fuchtelte damit in der Luft herum. »Wer hätte denn ein Interesse, Sie umzubringen, solange wir nicht im Besitz des Materials sind?«
»Vielleicht jemand, der gerade dieses Material fürchtet, Herr Weber!«
»Ach was!«
Er zerknautschte wütend seine Zigarre in der geballten Hand.
»Vor meinem Haus wurde ich beschossen!«
»Ausgerechnet!« sagte er spöttisch. »Wo sind wir denn?«
»Ein Mann mit Zielfernrohr aus einem Dachfenster des Amerikanerhauses! Eine gut koordinierte Aktion zwischen Schütze und startendem Motorradfahrer. Das sind also schon zwei, Herr Weber! Und da muß doch noch mindestens einer sein, der die Befehle ausgibt!«
Er kurbelte das Fenster herunter und warf seine Zigarre

hinaus. Ein kühler Luftstoß schoß mir ins Gesicht und fuhr über meine kurzgeschorenen Haare. Es war ein fremdes Gefühl.

»Wissen Sie, was Sie da sagen, Brenner?« Ein paar Fäden in seinem Haarkranz flimmerten in der Zugluft.

»Ich äußerte einen Verdacht«, sagte ich förmlich.

Er kurbelte das Fenster hoch und wischte seine Hände am Sitzpolster ab.

»Beweise, Brenner. Liefern Sie Beweise!«

»Die Disketten werden sie liefern!«

Ich betätigte den Blinker, um meiner Eskorte anzuzeigen, daß ich die Autobahn verlassen wollte. Ich fuhr in einem weiten Bogen von der andern Seite her zur Raststätte.

Weber schwieg, aber seine Kinnladen mahlten und in seiner feisten Wange hatte sich eine schattige Höhle gebildet.

»Sie steigen aus und holen den Koffer«, sagte Weber, als wir auf den Parkplatz fuhren. »Aber Sie gehen erst, wenn Loewe dort draußen bereit steht.«

Ich parkte das Auto in eine Lücke und wartete, bis der Opel parallel zu den geparkten Autos zum Stehen gekommen war. Als ich Loewes Schatten auftauchen sah, stieg ich aus und schlenderte zur Tankstelle hinüber.

Loewe hatte sich eine Zigarette angesteckt und folgte mir in einigem Abstand. Weber war ausgestiegen und beugte sich über den geöffneten Kofferraum meines Autos.

»Ja, bitte?«

Klara schaute mich überrascht an, sah mein kurzes Augenzwinkern, als Loewe sich neben mich drängte und ein Fünfmarkstück auf den Tresen knallte.

»Philip Morris! Ultralight!« sagte er und trommelte mit seinen Fingern ungeduldig auf die Tischplatte.

»Der Herr war vor Ihnen«, sagte Klara eisig.
»Ich kann warten!«
»Bedienen Sie nur. Aber etwas flink bitte. Ich bin im Einsatz!«
Loewe trat einen Schritt zur Seite. Was immer er damit auch andeuten wollte. Sein Versuch, Klara Angst einzujagen, war mißlungen.
»Bitte, Ihr Koffer!« sagte Klara, bückte sich und schob ihn mir über den Tresen.
Ich legte einen Zehnmarkschein vor sie hin. »Danke fürs Aufbewahren!«
»Nicht der Rede wert! Auf Wiedersehn!«
Der Zehnmarkschein rutschte ihr vom Tresen und fiel auf den Boden. Sie bückte sich und suchte scheinbar endlos nach der Banknote. Sie wollte mir einen Vorsprung verschaffen. Loewe aber wartete nicht ab, sondern war schon wieder dicht hinter mir, als ich bei der Tür angekommen war.
»Schnell, Brenner!« flüsterte er mir ins Ohr.
Ich sah den Kopf des Fahrers im offenen Fenster des Opels und wußte, daß der Lauf seiner Waffe auf mich gerichtet war. Aber es geschah nichts. Weber stand vor dem geöffneten Kofferraum, nahm mir den Koffer ab und schob ihn hinein.
»Gut gemacht!« sagte er, als wir uns wieder auf der Autobahn befanden. Und ich dachte darüber nach, warum die Lämpchen im Kofferraum nicht gebrannt hatten.

55

Ich erwachte vom Geräusch eines Helikopters. Das blinkende Bordlicht wanderte über die Ebene und versank dann hinter den Hügeln. Ich lag noch immer angezogen auf dem Sofa in dem Raum, in den man mich für die Nacht verbannt hatte. Ab und zu hörte ich draußen das Räuspern des Mannes, der vor meiner Zimmertür Wache schob. Vor dem Fenster knirschten die Schritte der Patrouillen auf dem Kies.

Es war erst ein Uhr nachts. Das Haus erwachte. Ich konnte Webers plumpe Schritte von den knappen Absatzgeräuschen unterscheiden, die Loewe im Zimmer nebenan verursachte. Ich lag mit offenen Augen auf dem Rücken und starrte auf die Decke, über die sich die Lichter von Autoscheinwerfern ausbreiteten und auch schon wieder verschwanden. Ich wartete auf das Sirren des Glases, auf ein nächstes Verhör und ein übernächstes.

Dann mußte ich wieder eingeschlafen sein.

»Lauter nichts!«

Weber stand am offenen Fenster und schaute mich bekümmert an. Seine Stimme hatte mich aus einem tiefen traumlosen Schlaf geholt.

»Das glaube ich nicht«, sagte ich ruhig und setzte mich langsam auf. Es war kurz vor zehn Uhr morgens.

»Es bleibt Ihnen nichts anderes übrig! Es waren keine Disketten im Koffer!«

Es roch nach Kaffee. Weber füllte das ganze Fenster aus, und ich vermochte nicht zu erkennen, was in seinem Gesicht vorging.

»Das verbessert Ihre Lage nicht, Brenner!«

Seine Stimme hatte jede Jovialität verloren. Er hatte mich im Griff.

»Der Koffer war also leer?« fragte ich und stand auf.

»Ja.«

»Das kompliziert die Sache allerdings«, sagte ich lächelnd.

»Wie soll ich das verstehen?«

Webers Körper löste sich aus dem Fenster und verschob sich seitlich. Das Morgenlicht, das ganz plötzlich eindrang, blendete mich. Ich schloß für einen kurzen Moment die Augen.

»Kaffee?« fragte er und öffnete die Tür.

Ich folgte ihm in den Raum, in dem er mich am Vortag befragt hatte. Der Frühstückstisch war für zwei gedeckt. Jetzt erst fielen mir die gerahmten Slevogt-Zeichnungen an den Wänden auf, biblische Motive, wie ich zu erkennen glaubte: *Der barmherzige Samariter*. Weber schenkte Kaffee ein, lehnte sich dann zurück und brach ein Stück Brot mitten durch.

»Sie haben Waffler umgebracht!« sagte er kauend. Auf seiner Oberlippe hing ein Brotkrümel.

Er vermied es also vorläufig, auf den leeren Koffer zu sprechen zu kommen, sondern versuchte, mich mit Drohungen in die Defensive zu drängen.

»Warum hätte ich Waffler umbringen sollen?«

»Waffler verbrannte in einem Auto in der Nähe von Gera! Wenn wir den Ermittlungsapparat einsetzen würden, hätten wir den Mörder bald gefunden! Es würden sich genug Leute finden lassen, die Sie in der Nähe gesehen haben könnten!«

Er hatte in der Möglichkeitsform geredet. Auf seiner Stirn glänzten Schweißtropfen, die er nicht wegzuwischen wagte, um mich nicht darauf aufmerksam zu machen. Er leckte den Krümel auf seiner Lippe weg.

»Ihr Mann hat Brenners Frau getötet. Ertränkt!«

Weber schwieg. Er wartete ab.
»Was erwarten Sie von mir, Herr Weber?«
Jetzt huschte der Anflug eines Lächelns über sein Gesicht. Er beugte sich vor und legte flüchtig seine Hand auf meinen Unterarm.
»Endlich, Brenner! Endlich haben Sie begriffen, daß es kein Schlupfloch gibt. Sie hätten es schon damals in Zürich begreifen können. Aber damals haben Sie noch daran gedacht, Ihren Kopf aus der Schlinge zu ziehen!«
Er lehnte sich wieder zurück.
»Ich war also Ihre Marionette, Herr Weber?« murmelte ich in die leere Tasse. Es klang hohl und falsch.
»Damals in Zürich habe ich Sie verunsichert. Und als wir Ihre Frau aufklärten, blieb Ihnen nichts anders übrig, als jenen Mann zur Strecke zu bringen, der über Ihre Agententätigkeit Bescheid wußte: Waffler alias Rolf.«
»Fred... Fred hat meine Frau aufgeklärt...!«
»Es war nicht Fred! Fred war zu diesem Zeitpunkt bereits tot! *Wir* haben Ihre Frau aufgeklärt, Brenner!«
Er schenkte sich Kaffee ein und schmierte eine dicke Schicht Marmelade auf ein Stück Brot.
»Wir haben Ihnen eine Chance gegeben! Sie haben sie nicht genutzt! Ein toter Führungsoffizier ist keine Freikarte! Leider!«
Er rührte geräuschvoll mit dem Löffel in seiner Tasse.
»Haben Sie mich verstanden, Brenner?«
Ich nickte. »Ich habe Sie verstanden. Aber ich bin Neumann, nicht Brenner!«
Er lachte in sich hinein. »Sie bleiben der, dessen Leben Sie weiterleben. Wir hätten eine weitere Verwendung für Brenner!«

Jetzt erst begriff ich, worauf er hinaus wollte. Ich sollte als Doppelagent zum KGB wechseln, so wie viele meiner Kollegen im letzten Augenblick abgesprungen waren, um ihre Haut zu retten! Ich sollte die alte Abhängigkeit gegen eine neue eintauschen.

»Der KGB hatte noch nie so viele Leute nötig wie Sie, gerade jetzt. Sie haben ihre Satelliten verloren und damit ihr Bollwerk eingebüßt. Und sie können sich nicht mehr auf ihr Agentennetz verlassen. Nur ein gut informierter Gorbatschow überlebt. Da ist kein Informant zuviel!«

»Nein!«

Ich schob meinen Stuhl zurück und stand auf.

»Sie haben Waffler ermordet! Vergessen Sie das nicht!«

Auch er war aufgestanden, ging jetzt quer durch den Raum und betrachtete mit schrägem Kopf die Slevogt-Bilder an der Wand, schnalzte anerkennend mit der Zunge, drehte sich dann langsam um und blieb breitbeinig stehen.

»Was hast du mit Brenners Witwe getrieben?«

Ich schüttelte den Kopf.

»Dieses durchsichtige Zeug hat sie wohl deinetwegen gekauft?«

Er griff in seine Brusttasche und zog ein transparentes schwarzes Höschen heraus, ließ den olivgrünen Schmetterling durch das Zimmer gaukeln.

»Westwäsche«, grinste er.

Dann griff er ein zweites Mal in seine Jacke, schlurfte langsam auf den Tisch zu und blätterte eine Reihe von Fotos vor mir auf den Tisch. Heike hängt halbnackt und tot über dem Rand ihrer Badewanne.

»Sie hatte einen schönen Arsch!«

56

»Warum sprechen wir nicht vom leeren Koffer, Herr Weber?«

Ich stand jetzt wie er vorher am Fenster und war für ihn nur als Schattenriß sichtbar.

»Reden wir über Ihre zukünftige Arbeit, Brenner!«

»Im Garten?«

Er nickte und ging zur Tür. Erst als wir wieder wie am Vorabend unter dem Birnbaum standen, begann er zu sprechen.

»Was wollen Sie, Brenner! Ich werde die Frau von der Tankstelle verhören. Und endlich wird sie zugeben, daß sie den Koffer irgendeinem Unbekannten weitergegeben hat!«

»Das bringt *Sie* nicht weiter, Weber!«

Er erstarrte, stützte sich mit der rechten Hand am Baumstamm.

»Sie haben also Kopien!«

»Haben Sie mich wirklich so unterschätzt? Oder war Ihre Hoffnung stärker als Ihre Skepsis? Sie haben, bevor wir zur Tankstelle fuhren, einen schwarzen leeren Diplomatenkoffer in den Kofferraum meines Wagens gelegt. Und dann haben Sie ganz einfach diesen Koffer den Spezialisten vom BfV übergeben. Den richtigen haben Sie irgendwo verschwinden lassen!«

»Was enthalten die Disketten, Brenner?«

Er stieß die Frage wie einen langen Fluch aus und preßte dann die Lippen zusammen.

»Namen von HVA-Agenten im Ausland. Auch solche von Maulwürfen im Bundesamt für Verfassungsschutz zum Beispiel. Und Teile eines Netzes von ehemaligen Stasi-Leuten,

die weiterhin im Untergrund operieren. Auch im Westen. Es ist nicht zu Ende, Weber! Das wissen Sie genau . . ., weil Sie dazugehören!«
Er schnaufte, grabschte in seiner Tasche nach einem riesigen gelben Taschentuch und schneuzte sich laut und anhaltend. Dann lockerte er den Griff seiner Hand und betrachtete versonnen den Inhalt seines Taschentuchs.
»Das ist Erpressung!« sagte er und schloß die Hand.
»Das Übliche!«
Ein weißer Schmetterling torkelte in weiten Kreisen um uns herum. Weber schaute ihm nach, als er davongaukelte.
»Keiner bringt Gläser schöner zum Singen als Sie!«
Er lehnte mit seinem massigen Körper am Baumstamm, die Arme vor der Brust verschränkt.
»Was wollen Sie?« fragte er leise.
»Wir machen ein Geschäft zusammen. Ich behalte die Disketten so lange zurück, wie Sie mich in Ruhe lassen!«
»Ich habe keine Kompetenz, Sie in Ruhe zu lassen. Das wissen Sie genau. Ihr Einsatz als Doppelagent ist mit dem BND vereinbart! Was glauben Sie, warum wir all das so privat abgewickelt haben?«
»Privat! Sie haben mich zu Ihrem privaten Killer gemacht, Weber! Ich sollte Rolf eliminieren, weil er auch Ihr Führungsoffizier war! Rolf lief nie Gefahr, enttarnt zu werden! Das war Ihre Fehleinschätzung!«
Es war Sommer, und ich merkte es erst jetzt! Die Luft war voll von Zwitschern und Summen.
»Ich bin Neumann!« sagte ich für mich.
»Sie bleiben Brenner!« Weber starrte auf seine Füße und schüttelte immer wieder den Kopf. »Was ist denn schon ein Name!«

Er wandte sich ab und ging auf das Haus zu.
Ich schaute ihm nach, wie er über die Freitreppe ging, sich langsam die Stufen hoch quälte und sich dann oben noch einmal umdrehte. Er hob andeutungsweise den Arm, als ob er mir zuwinken wollte und sich dann doch etwas in ihm dagegen sperrte. Weber oder wie auch immer er in Wirklichkeit hieß!
Ich wandte mich ab und schaute über die Reben zum fernen Hügelzug hinüber. Ein Jagdbomber wurde wie Ikarus aus der Sonne katapultiert und raste auf mich zu. Brüsk zog er seine Schnauze wieder hoch und dröhnte über mich hinweg. Das eiserne Kreuz der bundesdeutschen Luftwaffe leuchtete am Rumpf.
Der scharfe Knall, der kurz darauf zu hören war, war im Vergleich zu dem Donnern des Kampfflugzeuges bedeutungslos.
Ich stand noch immer an derselben Stelle, als zehn Minuten später ein Helikopter über dem Haus kreiste und dann in unmittelbarer Nähe niederging. Männer in weißen Mänteln trugen auf einer Bahre einen verhüllten Körper fort. Zwei Füße in Wollsocken und Sandalen schauten unter dem verrutschten Tuch hervor.
Als dann ein Mann in brauner Lederjacke oben auf der Treppe auftauchte, in der linken Hand einen schwarzen Diplomatenkoffer, einen Augenblick lang stehenblieb, in meine Richtung nickte, und als der junge Mann, der, die rechte Hand in der Jackentasche, fünf Meter von mir entfernt, sich abwandte und davonging, wußte ich, daß es jetzt wohl an der Zeit war, dieses Gefühl von Heimat, das ich beim Blick über die Rebberge empfunden hatte, irgendwo festzumachen.

Es war ein gutes Gefühl zu wissen, daß Sabine mich zu Hause erwartete.
Der Mann mit dem Aktenkoffer stand jetzt neben mir.
»Gut gemacht, Herr Brenner!«
Ich schaute ihn fragend an.
»Danner – vom Bundesnachrichtendienst!«
Ich nickte und ging langsam auf den schwarzen Mercedes zu, zu dem er mich mit einer freundlichen Geste gewiesen hatte.

Ich danke der Stiftung Pro Helvetia, die mir 1989 aufgrund eines Exposés einen Werkauftrag zusprach und so die Entstehung dieses Romans finanziell unterstützte. Mein besonderer Dank geht an Gerhard Beier, der mir mehr als nur wertvolle Informationen aus der Welt des ehemaligen DDR-Geheimdienstes vermittelt und meine Recherchen in der ehemaligen DDR erleichtert hat. In meinen Dank schließe ich auch Freunde in den neuen Bundesländern, in der Bundesrepublik und der Schweiz ein, die mir bei der Arbeit an diesem Buch geholfen haben.

Zürich, Januar 1991 Peter Zeindler